⑤ 倪匡珍藏限量紀念版

衛斯理傳奇之

蜂雲

（含：蜂雲・合成・湖水）

倪匡 著

無窮的宇宙，
無盡的時空，
無限的可能，
與無常的人生之間的永恆矛盾，
從倪匡這顆腦袋中編織出來。

——金庸

目錄

蜂雲

合成

目錄

蜂雲

序言

「蜂雲」究竟是不是緊接著「藍血人」在報上刊出的，已經十分難以查考，但大抵是在那個時期。衛斯理一直十分厭惡鄙視情報工作人員，認為那一類人，絕無人性好得一面可言，其一生致力的任務、行動，全部和人性好的一面，背道而馳。「蜂雲」十分強烈地表達了這一點，而這種觀點，幾乎貫徹在所有的衛斯理故事之中——衛斯理對特務，是沒有好感的！可是，也有著更深一層的追究，可以在文內找到。

「蜂雲」的設想也相當奇，但由於是早期的作品，所以外星生物的「外星」，還未曾脫出太陽系的範圍，比較上，「小兒科」一些及和「藍血人」的土星相似，「蜂雲」選擇了海王星，其實，大可以選些幾百萬光年之外的星座，甚至假設第二宇宙，像後來的一些作品那樣。

蜂雲的結束部分相當可怖，高興的是，寫在大批類似的西方電影盛行之前許多年。

「合成」是一個典型的科學幻想故事——通過外科手術來改造人，故事稍微觸及了一下人性和獸性，以及兩者之間的衝突，是衛斯理故事中最早討論這個問題的一篇。

另一個故事「湖水」，不很受人注意，但可以看出一個幻想小說寫作人的心路歷程——分明是一個鬼故事，但結果演變成是人在作怪，作者是想直接寫靈魂的存在的，但二十多年前社會風氣提到靈魂，總斥為迷信，要經過許多人的提倡說明，到今日，才使人正視靈魂的存在，寫作人也能毫無顧忌表達自己的觀點。

人類的觀點，總算在進步。

倪匡

第一部：地球上的奇蹟

這一天，對別人來說，可能是平常的一天，和其他的日子並沒有甚麼不同；陽光明媚，秋高氣爽。但是對陳天遠教授和他的女助手殷嘉麗來說，卻可以說是最不平常的一天。

陳天遠教授是國際著名的生物學家，本來是在美國主持一項太空生物的研究工作的，因爲此處一間高等學府的主持人是他的好友，而這間高等學府的生物系又亟需要一位教授，所以了將他聘來的。

陳天遠教授雖然離開了美國，但是卻並沒有放棄他的研究課題：「海王星生物發生之可能。」

陳天遠教授的這項研究工作，可以說不算得十分之複雜，他只需要一間實驗室就行了。人類雖然還未到達離地球最近的行星，但是，派出去的飛船，卻已經到達了十分遙遠的太空，將一些星球表面上的情形，拍攝成照片，彙集成資料，使得地球人對這個星球有深切的瞭解。

海王星距離地球二十七萬萬哩，若說它和地球有甚麼相似的地方，那就是它只有一個衛星，這和地球只有一個月亮是相同的。

由於海王星離開地球很遠，在太空探索的計劃中，它並不重要，陳天遠教授之所以會去研究「海王星生物之可能」，那完全是因爲太空署的一項錯誤所造成的。

去年，在該署的主持下，向金星發射了一枚火箭，是準備去搜集有關金星的一切資料的，但是因爲計算上極其微小的錯誤，這枚火箭以及它所攜帶的儀器，並沒有如預期的那樣地到達金星附近，它逸出了飛行軌道，竟不知去向了。

當時，全世界的雷達追蹤站，都曾協力追蹤這枚火箭的下落，但是卻沒有結果。

美國方面，也已放棄了這項探索金星的研究計劃，只留下了幾個雷達工作人員，在注意著那枚火箭有關的雷達系統。

這樣做的原因，是因爲這枚火箭，始終沒有已臨毀滅的跡象，這證明了火箭還在太空中飛行，只不過向何而去，不爲人所知而已。

在七個月後，地球上的雷達系統，突然接到了那枚火箭上所攜帶的儀器拍回來的大批資料，這一大批資料，是關於一個星球表面上的情形的。

太空專家們忙碌了幾個月，才研究出這份極其完善的資料，竟然是有關海王星的，那枚火箭在逸出了軌道之後，竟到了海王星的附近。

但海王星是不在太空探索計劃之內的，於是這份資料便被擱置了起來，直到被陳天遠教授發現。陳天遠教授審視了這份資料，顯示海王星上可能有生物存在。於是，他就按照資料上明記載的氣壓、空氣的成分，海王星表面上的岩石成分、溫度，建造了一個實驗室。

那個實驗室，人是不能進去的，因爲裏面的情形，幾乎完全和海王星相同。陳天遠教授在建立了這個實驗室大半年之後，應聘東來，他將這實驗室也帶了來，當然，附屬於實驗室的許多機械，也一齊帶來，安裝在實驗室的旁邊。如氣壓增加儀，溫度調節儀等等。

這些器械，必須日夜不停地發動，以維持實驗室中的一切和海王星表面的情況相似。

當然，這些機器在發動的時候，會發出許多噪聲來——這也就是爲甚麼我能夠和陳天遠教授做鄰居的原因。

陳天遠教授所選擇的住處十分僻靜，是在郊外。但是在他居處的二十碼處，另有一個富人，早就建造了一座別墅。

當陳天遠教授和他的實驗室搬來之後，不到一星期，那個富翁就搬走了，反正他是真正的富翁，絕不止一幢別墅，空置一幢，也根本不放在心上。

我在那時候，心情很不好，所以想要找一個地方靜養一下，我想起了這個富翁朋友，他想起了那幢別墅，他告訴我如果不是怕時斷時續的機器聲的話，那幢別墅倒是十分好的休養所在。

本來我也是怕吵的，但是我聽得近鄰者是個知名的學者時，我又變得不怕吵了。我搬到了那幢別墅中，一連七八天，我甚至未曾看到陳天遠教授，只看到他那美麗的女助手。

他的女助手殷嘉麗，是那間高等學府的助教，年紀很輕，而且美麗得不很像一個助教。

那天早上，我正在陽臺上享受著深秋的陽光，聽到在離我所躺的地方，只不過二十來碼子處，發出她尖聲的呼叫，我立即一躍而起，循聲望去。

殷嘉麗正穿著白色的工作服，她雙臂揮舞著，從那間密封的長方形的實驗室中，衝了出來，向屋子中奔去，口中失聲地叫著：「陳教授，陳教授，他出現了，他真的出現了，我看到他了！」

我被殷嘉麗的話陡地吃了一驚，「他」是甚麼人？難道有甚麼歹徒，在襲擊殷嘉麗麼？我幾乎絕不考慮，翻身躍下了欄杆，從很高的露臺上跳了下去，身子彈起，便向前奔了過去。

當我翻過了陳教授住宅的圍牆時，有兩個人以充滿了奇異的眼光望著我。一個是殷嘉麗，我們不止見過一次了，另一個，是看來神情十分嚴肅的中年人。那中年人踏前一步，喝道：「你是甚麼人？想作甚麼？」我知道我自己已造成一個誤會了。我連忙道：「我是你們的鄰居，剛才我聽得這位小姐的高呼，我以為是發生了甚麼意外——」

我的話還未曾講完，那中年人和殷嘉麗，便同時發出了「哼」地一聲，齊聲道：「請你出去！」

他們兩人下了逐客令，可是又不等我出去，便匆匆地向實驗室走去，「砰」地一聲，將實驗室的厚門，重重地關上。

我變得尷尬地站在那裏，老實說，我是很少被人這樣奚落的。我一個轉身，想要離去，但是我又決定等他們出來，好向他們表明，我絕不是他們想像之中那樣的人。

我剛才設想著我應該怎樣措詞之際，實驗室的門，又被打了開來。

我回頭看去，只見那中年人——他當然是陳天遠教授了——跳著向外走去，我實是難以相信，像他那樣的一個學者，神情又是如此莊嚴的人，竟然會跳跳蹦蹦著向前走過來的。

我正在錯愕間，他已經到了我的面前，一伸手，按在找的肩上。

這時，我才注意到他的面上，現出了狂喜的神情，他大聲道：「朋友，它出現了！」

這句話他是用英文說的，所以我知道他說的是「它」而不是「他」。

我還未及問，陳天遠教授又已道：「朋友，不管你是甚麼人，你恰在這時候出現，請來分享我們的一份快樂，你來看，你來看！」

他一面說，一面拉著我，向實驗室走去，我不知道陳天遠教授發現了甚麼，使得他如此興奮，對我的敵意完全消除了。

他一直將我拉進了實驗室，我一跨進門去，是一間小小的工作室，一架十分大的顯微鏡，正放在工作桌上，而殷嘉麗則正在顯微鏡前觀察著。

她聽到了腳步聲，卻並不回過頭來，道：「教授，它分裂的速度十分驚人，相互吞噬

——」

陳天遠道：「你讓開，讓我們這位朋友看看。」

殷嘉麗側了側身子，她美麗的眼睛，瞪了我一眼，我報以一個微笑，來到了顯微鏡前，我先看了看顯微鏡的倍數，是三千倍的。

我湊上眼睛去，我看到了幾個如同「阿米巴」變形蟲也似的東西，正在蠕動著、分裂著，數字一倍一倍地在增加，越來越多。

但是相互之間，卻也拚命在吞噬，轉眼之間，便只剩下了一個，而那一個，又開始分裂，不到幾秒鐘，又到了成千成萬個，相互間仍然吞噬著，到最後，又只剩下了一個。這樣的一次循環，大約不到二十秒鐘，而那種微生物，在吞噬了其他之後，它的體積，看來已大了許多。

它們吞噬的，可以說是它的本身，這種生長的方式，的確是聞所未聞的。

我看了大半分鐘，才抬起頭來，道：「這是甚麼東西？」陳天遠教授「哈哈」大笑起來，道：「你聽聽，他說這是甚麼東西，哈哈，這個『甚麼東西』將是地球上的奇蹟。」

我在那時，對於陳天遠的實驗課題，也還一無所知，我聳了聳肩，道：「那算是甚麼？要用三千倍放大鏡才能看到的奇蹟？」

陳天遠教授瞪著我，我剛準備再問時，殷嘉麗已道：「教授，我們該去報告國際太空生物研究協會了。」

物。」

陳天遠點頭道：「不錯，朋友，你該高興今天看到了這種生物，因爲它是海王星上的生

殷嘉麗又提醒陳天遠：「教授，你不該和陌生人講太多的話。」

陳天遠揮了揮手，道：「不錯，朋友，你該離開這裏了！」我雖然不願離開，還想進一步滿足我的好奇心，但是在這樣的情形下，卻也不能不走了。

我保持著禮貌，向後退開了兩步，但是我的好奇心，卻又使我停了下來，明知可能碰釘子，仍然問道：「我所看到的，究竟是甚麼？是原形蟲，還是變形蟲？」

陳天遠教授有些悲哀地搖了搖頭，那顯然是因爲我自作聰明的問題，在他聽來是太幼稚了。

他再度拍了拍我的肩頭，道：「朋友，我很難向你解釋得明白的，你機緣湊巧，看到了世界上還沒有人見過的海王星上的生物，就應該很滿足了，走吧！」

我更奇怪了：「海王星上的生物？這是甚麼意思？」

陳天還不再回答我，向我連連揮手。

我心中想，反正我暫時也不準備搬走，就在貼鄰，究竟是怎麼一回事，還怕不明白麼？於是我就退了出來，陳天遠和殷嘉麗兩人，又進了那間實驗室。

我回到了自己的住所，用一具長程望遠鏡去觀察陳天遠和殷嘉麗兩人的行動，我發現他們

兩人十分忙碌，到了下午，我命人自市區送來的「偷聽器」已經送到了。這種小巧的偷聽器在英美各國，已普遍為商業間諜所使用，能夠在對街的大廈中，偷聽到對面大廈中的秘密交談，如今我用來偷聽陳天遠教授和殷嘉麗的交談，當然這是大材小用了。

只可惜，偷聽器是利用特殊靈敏的裝置，將微弱的音波放大，所以才能聽到人耳所聽不到的聲音的，所以在我聽到陳天遠和殷嘉麗交談的同時，實驗室旁的機器聲，也變得震耳欲聾，使我聽不十分清楚兩人的交談聲。

我聽了兩三小時，總算也知道了不少有關陳天遠教授的事，這就是我寫在篇首的那些。同時。我也知道我在顯微鏡中看到的那種反覆地進行「分裂——吞噬」運動的微生物，是存在如同海王星表面情形完全一樣的實驗室中所產生的。

我雖然無所事事，但是我在明白了這些之後，我的好奇心也滿足了，這並不是使我感到興趣的事情。

當晚，我一早就睡了，在有規律的機器聲中，人似乎更容易入睡。

我不知道我在被那一聲驚呼聲驚醒的時候，我已睡了多久，我所可以肯定的是，那下驚呼聲發出之後不到一分鐘，我已經向聲音發出的所在，奔了過去。

那一下淒厲，恐怖的驚呼聲，是從陳天遠教授的住處發出來的，我直奔到他住所的圍牆之外，我聽得在圍牆之上，發出一種呻吟聲來。

當我抬頭向上看去的時候，我看到一個人，雙手抓住了圍牆上的鐵枝，身子正在搖曳不定，自他的背後，鮮血正汩汩而下。呻吟聲當然是那人發出來的，剛才那下驚呼聲，自然也是那人所發的了。

我剛想喝問間，那人的手一鬆，整個人，便已經跌了下來，我連忙趕向前去。

時間正當在清晨，天色十分黑暗，當我趕到那人面前的時候，那人動了一下，勉力以雙手撐起了身子，向我望了過來。

老天，我見過不少死人，受傷的人，或臨死的人，但是我從來未曾見到過一個人在臨死之際，面上露出了如此恐怖的神情。

他面上的肌肉，全都作著不規則的扭曲，而且在簌簌地抖動著。他的眼中，放射出恐怖之極的青光，他的喉核，如同跳豆也似地跳動著，發出了極其難聽的「咯咯」之聲。

他只向我望了一眼，撐住身子的手便軟了下來，倒在地上，死了。

我連忙俯身去察看他背上的傷痕，依我的經驗來看，他似乎是被一柄刃口十分窄，但是刀身十分長的尖刀所刺死的。

他死了，當然是被殺的，那麼兇手呢？

兇手可能就在附近，我不應該毫不警惕！正當我想到這一點的時候，突然有甚麼東西，觸及我的肩部，我的反應十分快，立即反手向肩後抓去，我握到了一條毛茸茸的手臂。

我立即一俯身，想將握住的那人自我頭頂摔過來，跌倒在地上。可是，那條手臂，卻以一種異乎尋常的大力一掙，掙了開去。

我大吃了一驚，心想這一次，可能是遇到勁敵了，我連忙轉過身來。

當我轉過身來，定睛向前看去時，我不禁呆了，而且覺得秋夜似乎出於意料之外的涼，令得我有毛髮直豎的感覺！

不要以為在我的面前是出現了甚麼三頭六臂的怪物。所以我才如此的，絕不是，如果在我的面前是兀立著甚麼怪物的話，那麼我第一個反應將是想到如何去對付它，而不是怕它！

可是如今在我眼前，卻是甚麼也沒有！

我陡地一呆，以背靠牆而立，我想到那個死者臨死之前，臉上那種恐怖的神情，我的心中，更是駭然。

我靠牆立了不一會，便聽到陳天遠所養的狗，奇異而恐怖地嗚嗚叫了起來，接著，圍牆內的屋子便著了燈，那當然是陳天遠教授起來了。

我不想多惹是非，所以我連忙向我自己的住號奔去，翻進了圍牆，我覺得我的手上，似乎黏有甚麼東西，當我攤開手掌來的時候，我更其愕然。

在我的手掌中，黏有三四根金毛。或者說是金刺，金光閃閃，硬而細，那當然是我剛才抓住了那條手臂時黏在我手上的了。

世界上哪一種人——包括喜馬拉雅山的雪人在內，手臂上是有生這樣的金毛，而又力大無比，來去如風的呢？我自己問著自己，卻找不到答案。

我回到了臥室不久，便聽到陳天遠教授發出了怒罵聲。

殷嘉麗白天來工作，晚上是不在的，晚上，只有陳教授和一個男僕，我聽到這個高級知識分子，生物學的權威以可怕的粗獷之語咒罵著，也不知他在罵甚麼人。

二十分鐘後，警車到了。

作爲貼鄰，我如果裝著甚麼都不知道，那未免說不過去，所以，我披起衣服，又走了出去。

在陳天遠住宅的外面，到了三輛警車，其中有一輛，是有著探照燈設備的，這時正在大放光明，我立即知道事情十分不尋常，因爲一件普通的兇殺案，警方在接獲報告之後，是斷然不會出動那麼多人的。

我還未曾走到警車旁邊，便被兩個便衣人員攔住了去路——這更證明我的猜想不錯，普通的案件，根本不必出動便衣人員。

我說明我是附近別墅的住客，那兩個便衣人員則「有禮貌」地請我回去睡覺，只當甚麼事情都沒有發生過。就在這時候，我看到新近升了官的傑克中校，駕著一輛電單車，趕到了現場！

傑克的出現，更使我覺得事情比我預料中更要重大，因爲傑克是秘密工作組的組長，我曾和他打過交道，那時他還是少校。

如果不是事情關係重大，而且牽涉到國際間諜糾紛的話，他是絕不會在午夜親自出動的。

我不想被傑克發現我也在這裏，因爲上次我和傑克所打的交道，並不愉快，而且，我有一個宗旨，我絕不牽入任何間諜特務鬥爭的漩渦之中。

我抱定這個宗旨是有道理的，那是因爲，再兇惡的強盜、匪徒，他總還是人，在他的內心，總還有一絲人性。唯獨特務、間諜，那卻是絕無人性的「特種人」。唯其絕滅人性，而始能做特務，這種沒有人性的「特種人」，我是一直抱著敬鬼神而遠之的態度的。

所以，我便遵從了那兩個便衣人員的勸告，退回到臥室中。

然而，我用那具長程望遠鏡，和那具偷聽儀，伏在窗口，向前看著，我彷彿置身於現場一樣。

可是那些工作人員，卻只是做事，而絕不出聲。我看到十來個人，裏裏外外地搜索著，幾乎將每一根草都翻了過來。

而那個死者，則被抬上黑箱車，由四個武裝人員保護著，風馳電掣而去。

我又看到傑克的面色，十分緊張，他除了發出簡單的命令之外，甚麼話也不說。

聲音最大，說話最多的則是陳天遠教授。

他穿著睡袍，揮舞著雙手，漲紅了臉，以英語向傑克中校咆哮著：「此地的治安太差了，我在從事那麼重要的實驗，怎可以沒有人保護？如今，我剛有了一些成功，就甚麼都毀了，一個小偷，毀了震驚世界的巨大成就，發生在由你們管理治安的城市中，可恥，可恥，這真是太可恥了！」傑克中校絕不是一個好脾氣的人，但是這時，他卻只是鐵青著臉，並不發作。他冷冷地道：「如果你成功了一次，你就可以成功第二次的。」

陳天遠更是怒氣沖天，他大聲叫道：「胡說！胡說，這是完全沒有知識的話！你知道我在實驗的是甚麼？我所實驗的是別的星球生命的形成，你當我是在學愛迪生試製電燈泡麼，你——」

陳天遠的咆哮，突然停了下來。

他絕不是自願停下來的，他的話，是被一下尖厲，可怖之極的慘叫聲所打斷的。

陳天遠和傑克中校兩人，這時正在圍牆之內，而那下慘叫聲，則是從圍牆之外發出來的，所以他們兩人，不知道牆外發生了甚麼事。

我的望遠鏡本來是對準了他們兩人的，那一下慘叫聲傳入我的耳中，我立時想起了那下將我自酣睡中驚醒的慘叫來。

兩下慘叫聲，當然是發自不同的兩個人，但是其恐怖、淒厲，令人毛髮直豎則一。

在那瞬間，我的心中，實是奇怪之極。第一下慘叫聲，是那個死者發出來的，如果說，如今在有著三十個以上的警方人員工作著的現場，還會有兇殺案發生的話，那實是太不可思議了。

然而，不可思議的事，竟然發生了。

我一聽到了那一下慘叫聲，立即轉過望遠鏡，向發出慘叫聲處看去。幾乎是在同時，一盞探照燈灼亮的光芒，也照到了發出聲音的地點。

那地方是一個十分深的草叢，我可以說是第一個看到，究竟發生了甚麼事情的人。

我看到一個便衣探員，倒在草地上，他的手正竭力想伸到背後去，去接住他背後的傷口，可是，他的手臂卻不夠長。

從他背後傷口處流出來的鮮血，將半枯黃的草染得怵目驚心。

而使得我雙手發軟，幾乎連望遠鏡都跌下去的，則是那個便衣探員臉上的那種恐怖絕倫的神情。他的眼珠，幾乎要凸出眼眶來，而他的口角，則可怖地歪曲著，流著發出泡沫的涎，他的手指起著痙攣，他的身子，則在緩緩地滾動。

我一眼看出這人活不長了，我連忙去觀察四周圍的情形。

那草叢離公路並不太遠，而在草叢的四周圍，又全是平地，在那些平地上，雖然有些土坑，但卻也難以藏得下一個人。

探照燈已將周圍的一切照得通明，我相信我聽到聲音和看到那死者，相隔不會超過四十秒鐘，可是這時在我目力所及的範圍，卻看不到兇手。

我從望遠鏡中，看那探員背部的傷口，可以看得十分清楚，那是一個深而狹小的傷口，一定傷及內臟，要不然，那探員不會在慘叫一聲之後，便立即死去的。

那兇手實在太大膽了！

我幾乎懷疑這是一個狂人，因爲沒有一個正常的人，會在警員密佈的情形下，去殺死一個探員的。

如果那不是一個狂人的話，那麼這個兇徒，就可能是一個身手靈活之極，而心思又縝密、狠辣到極點的人，他殺那個探員，是有意在向警方示威。

雖然我一聽到聲音，便立即循聲去看，探照燈也立即照到了行兇的現場，但所謂「立即」，至少也有二三十秒，二三十秒對身手特別敏捷的人來說，是可以奔出一百多公尺的了。

那麼，那兇徒就可以在沒有探員的路面中穿過，隱入路對面的草叢中，然後從容離去。

一想到這裏，我又想起，在我發現第一個死者的時候，曾有人在我的背後偷襲，而當我轉過身來時，兇徒卻已不見了。

毫無疑問，那向我偷襲的人，一定便是連殺兩個人的兇徒了。

看傑克中校和許多探員忙碌的情形，他們顯然是一無所獲。但是我卻掌握了一個十分重要的線索，那便是：我曾經握住那兇徒的手臂，而當那兇徒掙脫時，我手心留下了幾根金色的毛。

那當然不是亞洲人，沒有一個亞洲人會有著這樣金色的體毛的。我如今不知道那兇徒是歐洲人還是美洲人。

但是我很容易知道，我有一個朋友是十分成功的人種學家，他會告訴我，有這樣體毛的是甚麼地方人，這是一項極其重要的線索。

我心中暗自決定，如果傑克中校來求助於我的話，我就將這個線索供給他。

我從望遠鏡中看到傑克中校的情形，他幾乎要瘋了，青著臉在拚命踢著草叢，和草叢中的石塊。這也難怪，任何人都會像他一樣：他在率領著數十個探員辦案時，其中的一人，被人所殺！

警務人員一直忙到天亮，還未曾收隊回去，我則早已躺在床上，思索著這件事，和審視著那幾根金色的硬毛。

到了清晨六時，突然響起了急驟的門鈴聲，我由於要清靜，連僕人也沒有用，我只得下去開門，我一開門，四個彪形大漢便衝了進來，其中一個則取出了證件，道：「警方特別工作組。」

另一個立即取出了手銬，我連忙問道：「這算甚麼？」

那人冷冷地道：「你被捕了。」他一面說，一面取出手銬，便向我的手腕銬來。

我不禁大怒，道：「我爲甚麼被捕？」

我一面說，一面陡地一翻手腕，反將對方的手腕一壓，只聽得「拍」地一聲響，那隻手銬反而銬到了那個探員的手上！

那個探員陡地一呆，一時之間，幾乎難以相信眼前發生的會是事實！

我趁機向後退去，就在這時，傑克中校在門口出現了，他大聲叫道：「衛斯理，不要拒捕！」

我站在一張沙發旁邊，怒道：「傑克，你憑甚麼捕我？」

傑克冷冷地道：「謀殺，連續的謀殺！」

我又是好氣，又是好笑，道：「你以爲昨晚發生的兇案，是我所爲的？我殺了人還在這裏不走？你有甚麼證據這樣說？」

傑克十分有把握地笑了笑，一揮手，一個便衣人員捧著一卷紙，走了進來，傑克冷冷地道：「你自己看吧，不必我來解釋了。」

那便衣人員將這張紙攤了開來。

那是一張經過微粒放大的照片，足有一碼見方，照片中是我的那幢別墅，從角度上來看，一望便知照片是在陳天遠住宅的牆外所攝的。

從那張照片上可以看出，別墅的二樓，我做臥室的房間，有著微弱的燈光，而在窗口則有著一個人，手中持著一具長程望遠鏡，在窗檻上還有著一具儀器，稍具經驗的人，一眼便可以看出那是一具偷聽儀。

而那個人，雖然背著光，而且在經過超度的放大之後，從照片上看來，人的頭部輪廓，也顯得十分模糊，但是如果退後一步，站得遠些。還是清晰得可以使凡是認識我的人都認出是我來。

我不禁尷尬地笑了笑，道：「這算甚麼？難道你不看到我手中的望遠鏡麼？」

傑克中校像是正在發表演講似地，挺了挺身子，道：「科學足使任同犯罪行爲無所遁形，昨晚，我們利用紅外線攝影，將周圍的環境全部拍攝了下來，然後帶回去研究，衛先生，想不到你的尊容竟在照片上出現，那實是使我不勝訝異之處。」

我攤了攤手，道：「這又有甚麼值得奇怪之處？我本來就住在這裏的，半夜有了聲響，我難道不要起來看一看麼？」

傑克中校冷笑道：「尤其是，你自己就是聲響的製造者。」

我大聲道：「傑克，你弄錯了，我絕不是謀殺犯，譬如說，兇器呢？沒有兇器，我如何殺人？我如何殺了人之後，又回到屋子來，不錯，我是看到了現場的一切，但是我這就等於殺人了麼？」

傑克中校的面色冰冷，道：「衛斯理，你不必再狡辯了，他們給你的兇器，一定使你有狡辯的餘地，無論你將之藏在甚麼地方，我都能搜出來的。」

我更是莫名其妙了，傑克中校口中的「他們」，是甚麼意思呢？他以爲我是受甚麼人指使的呢？

但不論如何，我都覺得這個時候，我如果聽憑傑克中校逮捕的話，那我未免太吃虧了，因爲事實上，我甚麼也沒有做過。

而且，我還決定，非但要逃脫逮捕，而且還要根據幾根金毛的線索，自己去尋找兇手——至於那個線索，由於傑克對我如此之不客氣，我已決定不供給他，讓他在錯路上去兜一些圈子。

我心中剛一有了決定，已看到傑克轉身過去，揮手在命令便衣探員，衝到樓上去搜索。這是我千載難逢的機會，我早已在等著這個機會的，這也就是爲甚麼我剛才退到了一張沙發旁邊的原因。

我的身子猛地一矮，將那張形狀怪異的新型沙發，用力掀了起來，向前拋了出去！

這張沙發不論是不是拋得中傑克，都足以引起一場混亂了。

而所引起的這場混亂，不論是大是小，都足以使我身子打橫，撞破玻璃窗，而穿出窗去，倒在草地上了。我在草地上陡地一個打滾，躍了起來，向前衝去。

然而，我只衝出了兩步，便停了下來。

而且，我還自動地舉起了雙手！

我實是未曾料到傑克會調動了那麼多人來包圍我的，當我跳出窗子，在草地上滾動，以為可以逃出他的逮捕之際，在我的前、後、左、右，足足出現了一百多個武裝警員！

我一點也不誇張，足有一百多個武裝人員，那麼多久經訓練，配備精良的武裝人員，是足可以去從事一場武裝政變的了，所以，當我服服貼貼，自動停下來，並高舉雙手之際，我心中充滿了自豪感。

傑克中校的冷笑聲，從我的後面傳了過來，道：「衛斯理，當我們在照片上認出是你的時候，你想，我們還會照普通的辦法處理麼？」

我被那麼多武裝人員圍在中心，但我的態度頗有些像表演家，我緩緩地轉過身去，向站在窗前的傑克，微一鞠躬，道：「多謝你看得起我。」

傑克命令道：「帶他上車！」

一輛黑色的大房車，駛進了草地，在我的身邊停下，車門自動打開，我向內一看，便知道這輛車子是經過精心改造的。

它的車廂，變得只能容下一個人，其餘的地方，當然被防彈的堅固的金屬佔去了，而車門厚達二十公分，從外面看來，彷彿有著車窗玻璃，從裏面看來，根本沒有窗。

而在車廂中，也看不到司機在甚麼地方。這種車子顯然是用來運送要犯的，如今要運的要犯自然是我了。老實說，我的心中仍未曾放棄逃走的打算，但至少途中逃跑這一個可能是取消了，怎能在這樣的一輛車子中逃出去？而這時候，我也知道，事情絕不如我所想的那樣簡單！因爲，運送一個涉嫌謀殺的人犯，是絕不需要如此鄭重其事的！

那麼，我到底是被牽進了一件甚麼樣的大事的漩渦之中了呢？我一面彎身進了車廂，一面苦心思索著。我才在坐位上坐下，車門便「砰」地一聲關上，我推了推，車門紋絲不動。

而且，在車廂中，也找不到可以開啓車門的地方，當然，車門是由司機控制的，我根本沒有可能打開這該死的車門來逃走！

我坐在車中，只覺得車子已經開動，我自然無法知道車子向何處駛去，情勢既已如此，我也只得暫時安下心來，這當真可以說是飛來橫禍。

我試圖整理發生的一切，但我的腦中卻亂得可以。

因爲在事實上，我幾乎甚麼都不知道，我所知道的是：有兩個人被神秘地殺死了，如此而已。

車子行了足有半小時，還未曾停止，我開始去撼動車門，這等於是將溺斃的人去抓一根草一樣，一點用處也沒有。

我彎著身子，頂著車頂，站了起來，又重重地坐了下去，如是者好幾次，我這樣做，純粹是無意識的發洩，可是在三四次之後，我發覺車廂中這唯一的坐位，十分柔軟。我心中一動，連忙轉過身，用力將坐墊，掀了起來。座下有著彈簧，我用力將所有的彈簧，完全拆除了下來，結果，我造成了一個相當大的空洞。

我蜷曲著身子，盡量使自己的身子縮小，小到不能再小。

在那麼小的空間中能藏下一個人，看來是不可思議的，但是英國的學生既然能做到六十三個人擠在一輛九人巴士中，當他們擠在九人巴士中的時候，每個人所佔的空間，絕不會比我這時更多些。

我再將坐墊放在我的頭上，我立即感到窒息和難以形容的痛苦。

我知道，我雖然躲了起來，但是未必能夠逃得出去。然而總算有了希望。

再說，就算不能逃脫，一打開車門的時候，傑克中校一定會大吃一驚，這混帳東西，讓他吃上一驚，又有甚麼不好。

而我還可以在人們的心理上搏一搏，當傑克發現我不在的時候，他一定向種種高深複雜的問題上去猜想，甚至可能以爲我是侯甸尼再世，絕不會想到我是用最簡單的藏身方法：躲在椅子下藏身起來的。如果傑克中校不搜索車廂——這是十分可能的，因爲車廂十分小，一覽無遺——那麼我便有機會脫身，不受他無理的糾纏了。

我心中越來越是樂觀，那一些不舒服，也就不算得甚麼了。

在我躲起來之後大約七八分鐘，車子便停了下來。

我聽到了鑰匙相碰的叮噹聲，這輛車子的車門，一定要經過十分複雜的手續，才能打得開來。接著，我聽到了「格勒」一聲，車門被打開了。

剎那之間，十分寂靜，一點聲音也沒有。

靜寂大約維持了半分鐘，便是兩聲驚呼，和一連串的腳步聲、哨子聲（他們大約以爲我逃了出去，想召集人來圍捕我，要不然我實是想不出在這樣的情形下狂吹哨子有甚麼作用）。再接下來，便是「拍拍」聲和傑克中校的咆哮聲。

「拍拍」聲可能是他正用力以他手中的指揮棒在敲打著車子，他高叫道：「不可能，這是不可能的！」

而在他的聲音之後，另有一個聽來毫無感情，冰冷的聲音道：「中校，我看不到車廂中有人。」

傑克叫道：「是我親自押著他進車的。」

那聲音又道：「別對我咆哮，中校，如今車中沒有人，這是誰都看得見的事。」

傑克沒有別的話可說，只是不斷地重複道：「這是不可能的，這是不可能的。」

那聲音道：「中校，你說已經擒住了對方的一個主要工作人員，我已向本國最高情報當局呈報，但如今我只好取消這個報告了，中校，你同意麼？」

我當然看不到傑克中校的面部表情，但是他的聲音，聽來卻是沮喪之極，道：「我……我同意取消這報告，上校先生。」上校先生，原來那人的地位還在傑克中校之上，那一定是情報總部來的了。

第二部：捲入骯髒特務糾紛

爲甚麼呢？爲甚麼出動傑克中校還不夠，另外還要出動一個上校呢？我被指爲「對方的主要工作人員」，這「對方」又是何所指呢？

我正在想著，只聽得「砰」地一聲響，車身震了一下，車門已關上了。

接著，便聽得傑克的一下怪叫，車子又向前駛去，隨即又停了下來。我聽到前面司機位置處有開門關門的聲音，那顯然是司機將車子開到了車房之後又走了。

我感到狂喜，如此順利地便脫出了傑克的糾纏，這真是我意想不到的事，我連忙頂開坐墊，鑽了出來，幾乎想要哈哈大笑。

我才一鑽出來，便不禁呆了一呆。車廂中一片漆黑，我立即想到，我雖然瞞過了傑克，但是我卻自己將自己關在車廂中了。

這車廂是打不開門的，我如何能出去呢？

我要高聲呼叫，讓傑克中校像提小雞似地將我從車廂中提出來麼？

我當然極之不願，要不然，我那麼辛苦躲起來作甚麼？我扳開鞋子的後跟。在我來說，鞋跟是雜物的儲藏箱。這時，我取出一支小電筒，按亮了之後，仔細地審視車廂中的情形。

不到三分鐘，我就熄了電筒，以免浪費用電，因爲我發現是沒有法子打開那道門的。

我試用拆下來的彈簧去撬前面司機的位置，希望可以爬出去。但是隔絕我和駕駛位的，是極其堅硬的合金，根本沒有希望。

過了半小時，在滿身大汗之後，我喘著氣，我發現我的呼吸，越來越是困難，那當然是這個密封的車廂中的氧氣快要用盡了。

如果我再不出聲的話，我一定會窒息而死的！

我的心頭不禁狂跳了起來，正在拚命地想著，如何才能不要太難堪地召人來打開車門之際，忽然聽得車外傳來了傑克中校的聲音，道：「你已經試過了許多辦法，打不開車門，是不是？」

我呆了一呆，才知道原來傑克中校早已站在車子之外了！

那當然是我開始用彈簧去撬門時，發出了聲響，有人去報告他的。

我不出聲，在開始，我是覺得無話可說，但接著，我抑覺得，如果我不說話，卻是一個好辦法。

傑克不遲不早，在我呼吸困難的時候出聲，那當然是他也知道車廂內的空氣，不可能供我永遠呼吸下去的。他是絕不肯讓我窒息在車廂中的，因爲我是他提到的「對方的主要工作人員」！

我決定不出聲，會使傑克以爲我已昏了過去。他顯然是想我哀哀懇求他打開車門，以免窒息而死，但我卻料定了他絕不願令我死在車中，所以可以不出聲。

這在我如今的情形來說，實在是「精神勝利」之極，因爲不論是我出聲求傑克打開車門，還是傑克怕我死去而打開車門，我都將落在傑克的手中，逃不出去。

傑克的聲音，又傳了過來，道：「衛斯理，你想逃脫，只怕沒有那麼容易了，你可知道車廂中的空氣，祇能供你呼吸多久？你如今已接近昏死的邊緣了。」

傑克估錯了，如果是常人，這時可能已昏了過去。而我則不同。這並不是說我是甚麼超人，而是我受過嚴格的中國武術訓練之故。

中國武術中的「內功」，最重要的一環，便是學習如何控制呼吸，如何在幾乎不呼吸的情形之下，使得生命不受威脅。

當然，人總是要呼吸的，但是我常可以比常人更多忍耐些時候。這時，我估計我還可以挺半小時左右，而不昏過去。

傑克在車外，不斷地冷嘲熱諷，他顯然是要我出聲，可是又過了三四分鐘，傑克卻停止了說話，道：「快拿鑰匙來，快！」

從他急促的聲音之中，我可以看到，他是以爲我已經昏過去的了，一個因缺乏氧氣而昏過去的人，如果不立即獲得氧氣，是很快就會死亡的，這就是傑克的聲音，變得如此焦急的原因。

我將身子略挪了挪，使自己靠近車門，將頭靠在墊背上，閉上了眼睛，十足是昏了過去的樣子。

我才擺好了這一個姿勢，車門便被打了開來，我聽到了傑克的咀咒聲，同時，我雙眼打開了一道縫，只見傑克一面探頭進車廂，一面粗暴地伸進手來，想將我拖出去！

哈哈！傑克上當了！就在傑克的手，碰到我的手腕之際，我突然一翻手，已經將他的手腕抓住，緊接著，我猛地一扭，傑克無法不順著我轉扭的勢子轉過身來，而他的手臂，也已被我扭到了背後。

我的左手一探，已將他腹際的佩槍取了過來。

傑克中校發出一連串可怕的詈罵聲，那是我從來也未曾聽到過的「外國粗言」。我用槍指住了他的背部，將他推出了一步，我也跨出了車廂。

那是一間車房，還停著別的幾輛車子。幾乎在每一輛車子的後面，都有武裝人員持槍在瞄準著我出來的那輛車子。那當然是傑克中校的佈置，可是這時候，那些武裝人員看到了他們上司被我扭轉手臂，以槍頂背的情形，個個都呆若木雞。

我自覺得意地笑了一笑，道：「對不起得很，我只能用這個方法來對付你。」

傑克咆哮道：「你逃不出去的，全世界的警務人員、秘密工作人員都將通緝你。」

我搖了搖頭，道：「你太糊塗了，我完全是一個無辜的人，你卻要將我逮捕，當我是謀殺者，我除了自衛之外，還有甚麼法子？」

傑克試圖說服我，道：「那麼，你爲甚麼不等待公正的審判？」

我冷笑了一聲，道：「照如今的情形看來，我似乎被你們當作特工人員了，我還能得到公正的審判麼？你快召一個聽命令的司機來，我要你陪著我離開這裏，別試圖反抗。」

傑克的面色發青，他還沒有下命令，一個身子十分矮，面目普通之極的中年人，已經匆匆地走進車房來，他直來到我的面前，道：「久仰久仰，是衛先生麼？」他一面伸出手來，似乎想和我握手。

從他的聲音上，我便認出，他正是來自情報總部的高級人員，那個曾毫不留情地申斥傑克的上校。我望著他伸出來的手，道：「對不起，上校，我一手要執住你的同事，另一手要握槍，沒有第三隻手來和你相握了！」

他「噢」地一聲，收回手去，道：「聽說國際警方的納爾遜先生是你的好朋友，是不是？」

我點了點頭，心中不禁黯然。納爾遜的確是我的好朋友，但是他卻已經死了。那位上校道：「我想，我們也可以成爲好朋友的，因爲納爾遜先生也正是我的好友。」

我冷冷地道：「或者可能，但不是現在，我想離去了，你不會阻攔我吧？」

那位上校，不愧是一位老練之極的秘密工作者，他不動聲色，身子讓開了半步，道：「當然可以，希望我們能再見。」

我道：「我們當然會再見的，因爲我必須向你們指出，你們是犯了多麼嚴重的錯誤！」

那位上校聲色不動，道：「歡迎，歡迎。」

他揮手道：「朗弗生，你來駕車，使這位先生可以舒服地離開這裏。」

一個年輕人應聲而出，走到了一輛汽車面前，打開了車門。我仍然抓著傑克，將他推到了那輛汽車前，兩人一齊進了車廂。

那叫作朗弗生的年輕人上了前面的汽車，車子駛了出去，我看到那是一幢十分宏偉的花園洋房，駛出了花園，我立即認出那是郊外的甚麼地方，我也知道，在駛上了公路之後，約莫廿分鐘，便可以到達市區了。

朗弗生轉過頭來問我：「到哪兒去，先生？」

我道：「到最熱鬧的市區去，我要在那裏下車。」

傑克喃喃地道：「你走不了的，你絕走不了的！」

我懶得再去理睬他，車子迅速地向市區駛去，比我預期的還快，已到了市區最繁盛的地方。

我是在清早被傑克弄醒的，如今回到市區，已是九時左右。

我吩咐朗弗生在一條最熱鬧的馬路上停了下來，然後，我打開車門，竄出車廂，迅即消失在一條橫街之中。當然，我知道我們的車子一定是受著跟蹤的，但至少，他們不知我將在何處下車，等他們跟著追上來時，我已可以逃脫了。

我穿過了兩條橫街，在一個食物攤前，坐了下來，喝了一杯咖啡，察看著我周圍的人，似乎沒有人在注意我，我喝了咖啡之後，又去擠公共汽車，漫無目的地走著，最後來到了公園中。

我該到甚麼地方去呢？在我平時所到的地方，一定已擠滿了密探。我不能回家，也不能到那個別墅中去，在這樣的情形下，我如何進行我的偵查工作呢？我不進行偵查，又如何使我自己，恢復清白呢？

我在公園的木椅中坐了許久，才決定了如下的步驟：我決定先去訪問陳天遠教授，他在大學中任教，我可以到大學中去找著他！

一小時後，我已在大學的會客室中了。我在會客室中等了五分鐘，陳教授沒有來，進來的是他的女助手殷嘉麗！

殷嘉麗一見到我，便怔了一怔，道：「原來是你，你來作甚麼？」

我竭力想使自己的態度表示得友善些，我站起身來，道：「殷小姐，我有重要的事情，要見陳教授，請你轉達我的請求。」

殷嘉麗搖了搖頭，道：「我怕你不能見到他了。」

我陡地吃了一驚，道：「你……你這是甚麼意思？」

殷嘉麗皺起了她的兩道秀眉，道：「陳教授失蹤了！」

我本來已準備又坐下去的了，可是一聽得殷嘉麗那種說法，我又陡地站了起來，道：「他遇到了甚麼意外？他可是——」

我本來想說「他可是也被神祕的兇手所殺了麼」，但是我卻沒有講出口來，因爲我越來越感到其間事情的複雜和神秘。

殷嘉麗道：「沒有人知道他去了哪裏，陳教授是一個脾氣十分古怪的人，他對於他所從事的實驗，十分重視，可是昨天晚上，實驗室卻遭到了破壞，他可能受了極大的刺激，便不知去做甚麼去了。」

我連忙道：「警方不知道麼？」

殷嘉麗道：「知道，我早上到陳教授住宅去，才知道發生了變故，而且發現陳教授不在，所以我立即通知了警方，他們已在調查了。」

警方要調查陳天遠失蹤一事，當然會到這間大學中來的，我覺得我不適宜再在這裏逗留下去了，我起身告辭，殷嘉麗和我一起走出會客室，在走廊中，殷嘉麗和我分手，道：「再見了，楊先生。」

我猛地一呆，道：「我不姓楊。」殷嘉麗忽然一笑，竟不理會我的否認，轉身走了開去，我望著她婀娜窈窕的背影，不禁呆了半晌，楊先生，她叫我楊先生，那是甚麼意思呢？

我想了一會，想不出甚麼道理，便向大學門口走去，出了大學，我變得更茫無頭緒，更加無從著手了。陳天遠到甚麼地方去了呢？希望他還在人間，因爲到目前爲止，他還是這一連串神秘事件的中心人物！

我漫無目的向前踱去，一路上想著陳天遠失蹤之謎，然而，我的耳際，卻總像是仍響著殷嘉麗對我的稱呼一樣。

「楊先生」，她叫我「楊先生」，那究竟是甚麼意思呢？她在這樣叫我的時候，面上還現出一種難以形容的神情來，這又是爲甚麼呢？

會不會這個稱呼，是一個暗號，是一種聯絡的信號呢？我當時是怎樣回答的？我說：我不姓楊。那當然不是殷嘉麗預期中的答案，所以她立即不再和我說甚麼了。

如此說來，殷嘉麗在這一連串神秘的事件中，又擔任著甚麼角色呢？

我在街角處站了下來，呆想了許久，又以手敲了敲自己的額角，覺得去懷疑殷嘉麗那樣美麗、年輕而有學問的少女，簡直是一種罪過。

可是，我的心中儘管這樣想，我人卻又向著大學走去，我先打了一個電話到大學中去找她，等她來聽電話時，我只是濃重地咳嗽了一聲，並不出聲。她也沉默了一會，然後，我聽得她以十分低，而且聽來十分詭秘（那也有可能是我的心理作用）的聲音問：「楊先生麼？」

又是「楊先生」！

我沒有作任何回答，便放下了電話。

我在大學門口對街的一株大榕樹旁等著，約莫過了半小時，我看到殷嘉麗走出來，有一個年輕的紳士送著她，那位年輕的紳士可能是她大學中的同事。

他們兩人並肩向前走著，我則遠遠地吊在後面。

直到這時候爲止，我還不知道我自己爲甚麼要跟蹤殷嘉麗。然而，我卻覺得事有蹊蹺——這可能是直覺，但在茫無頭緒的情形下，些微的蹊蹺，便可能是一個大線索的開端。

我一直跟在兩人的後面，過了幾條馬路，殷嘉麗和那年輕紳士分手了，獨自一人向前而去，又過了十幾分鐘，她走進了公園，在一張長椅上坐了下來，取出書來觀看。

我離她廿呎左右，站在樹下，又等了近半小時，殷嘉麗仍在看書。

我正覺得無聊，要起步離去之際，突然我看到了一個人，向前走來。

我連忙轉過身去，不讓那人看到。那人自然是認識我的，我也認識他，他有上十個化名，但是最適宜他使用的名字，該是無恥之徒。

他是一個印度人，身形矮小，面目可憎，只要有利可圖，販毒、走私、出賣真假情報、做買兇殺人的經紀，一句話，無論甚麼事，他都做。

而這時候，他穿著十分整齊的衣服，推著一輛嬰兒車，車上有一個白白胖胖的男嬰，以致他看來像是退休的老祖父！

這傢伙，我們姑且稱之爲阿星，他正向著殷嘉麗坐的長椅走來。

他一出現，我便知道這一個多小時來，我並不是白等的了。

我將身子藏得更嚴密些，阿星慢慢地走著，向著車中的嬰兒微笑，殷嘉麗俯首看書，絕不抬起頭來。

如果殷嘉麗是約定了和他在這裏相會的話，那麼殷嘉麗已經可算是老手了！

阿星來到了殷嘉麗所坐的長椅之前，停了一停，他像老鼠一樣的眼睛四面打量著，足足有兩分鐘之久，他並不坐下來。

我的心中暗叫糟糕，我想，那一定是我已經給他發現了，他們可能臨時中止這次聯絡。

但阿星在張望了兩分鐘之後，終於在長椅的另一端坐了下來，我聽不到他們的交談聲，但我看到他們在交談，這已經夠了，他們交談了只不過兩分鐘，殷嘉麗便站起身來，走了。

阿星在長椅上伸懶腰，看情形他是準備在殷嘉麗走遠之後才離去的。

我輕輕地向前走去，直到來到了長椅後，他仍然沒有發覺，我繞過了長椅，來到了長椅的前面，俯身去看車中的嬰兒，然後道：「多可愛的孩子啊，阿星，你和這純潔的孩子在一起，不覺得太骯髒麼？」

阿星僵在長椅上，鼠眼突出，一時之間，不知說甚麼才好。

好一會，他才結結巴巴地道：「衛斯理，我……是有同伴一起來的。」

我冷笑了一聲，道：「你的同伴可能在我的背後，但是，我不怕，你又有甚麼辦法呢？」

阿里翻著眼，道：「好了，我不欠你甚麼。」

我在他的身邊坐了下來，道：「阿星，你欠每一個人的債，你是一個骯髒的畜牲，居然以人的形狀活在世上，這就使你對每一個人欠情。」

阿星的面肉抽動著，他幾乎如同在呻吟一樣，道：「你要甚麼？」

他一面說，一面伸手進入上衣的襟中，我由得他伸進手去，但是當他想拔出手來之際，我卻將他的手腕抓住，拉了出來。

他手中握的並不是槍，而是一隻如同打火機也似的東西，由於我緊緊地握住了他的手腕，以致他的五指不得不伸直，而那打火機也似的物事，也「拍」地一聲，跌到了地上。

那東西一跌到地上，「的」地一聲，便有一根尖刺，突了出來，不消說，那一定是含有劇毒的殺人利器了。

我仍然握著阿星的手腕，一手又將那東西拾了起來，向阿星揚了一揚，道：「被這尖針刺中，死的形狀是甚麼樣的？」

阿里面色發青，道：「不……不……這裏面儲有足可殺死數百人的南美響尾蛇毒液，我……送給你，送給你，你將它拿開些。」

我哈哈一笑，道：「是毒蛇的毒液麼？」

阿星道：「是的，一點也不假。」

我道：「那太好了，像你這種畜牲，正應該死在毒蛇的毒液之下！」

我將那尖刺漸漸地移近他，他的頭向後仰，直到仰無可仰，他面上的每一絲肌肉，都在跳舞，他口中「咯咯」作響，也聽不出他要講些甚麼。

遠處有人走了過來，我將毒針收了起來，一手搭在他的肩頭上，和他作老友狀，道：「你聽著，我問甚麼，你答甚麼。」

阿星頸部的肌肉大概已經因爲恐懼而變得僵硬了。他竟不知道點頭來表示應承。

我問道：「殷嘉麗是甚麼人，你和她聯絡，又是爲了甚麼？」

過了好久，阿星的頭部，才回復了正常的姿勢，他的聲音，變得極其尖利，像鴨子叫一樣，道：「不關我事，我只不過受人委託，每隔三天，和她見面一次，看她是不是有東西交給我，我便轉交給委托我的人，如此而已。」

我冷笑了一聲，道：「委托你的人是誰？」

阿星瞪著眼，道：「我不知道，我只知道收了錢，便替人服務。」

「你倒很忠誠啊，那麼你同委托人怎樣見面呢？」

阿里眨著眼，我又取出了那毒針，在他的面前，揚了一下，他連眼也不敢眨了，忙道：

「每次不同，這一次是在今天下午三時，在一個停車場中，他是一個皮膚白皙的胖子，是歐洲人，穿極其名貴的西裝，戴著鑽石戒指。」「好，那麼殷嘉麗今天有沒有東西交給你？」

阿星哀求道：「衛斯理，我如果甚麼都說了出來，我一樣活不了的！」

我對這傢伙絕不憐憫，因爲他早該遠離人世的了。我冷笑道：「貴客自理，我以爲將所有的事情都告訴了我，你至少可以多活上幾小時，是不是？」

阿里嘆了一口氣，道：「有……這便是她交給我的東西。」

他的手哆嗦著，從衣袋中，摸出了一樣東西。一時之間，我幾乎以爲那又是一件特種的殺人利器，因爲那並不是我預料中的文件、紙張或照片菲林，竟是一粒女裝大花鈕子！

我瞪著眼，道：「阿里，你想早幾小時入地獄麼？」

阿星的雙手按在那粒大花鈕子上，旋了一旋，大花鈕子旋開，成了兩半，在鈕子當中，藏著一卷和手錶的游絲差不多的東西。

我一看便知道那不是縮影菲林，而是超小型的錄音帶。

這種錄音帶，放在特殊設備的錄音機上，便會播出聲音來，用來傳遞消息，當然是十分妥當的。但如今我得到了這卷錄音帶，可說一點用處也沒有。

本來，我希望在殷嘉麗交給阿星的東西上，立即明白殷嘉麗所從事的勾當。

但如今這個願望是沒有法子達到的，因爲這種超小型的錄音帶，只有特種錄音放音的設備，才能將上面的聲音播出來。這種設備，除了特務機構、情報機構之外，民間可以說是絕無僅有的。如今，我是一個「黑人」，必須為我自己的安全，四處躲避，如何還能夠去找一套這樣的設備？

但是我還是將這東西接了過來，放入袋中。我站了起來，道：「阿星，你聽著，今天下午是我去和那個胖子見面，不是你！如果我見到你的影子，那便是你進地獄的時候了。」

阿星連連地點著頭，像是巴不得我有這種話講出來一樣。

這又使我警惕起來：那個胖子可能是一個十分厲害的傢伙，我和胖子相會或有危險，所以阿星才那麼高興的。

我不再理阿星，繞到了阿星的背後，面對著阿星，向後退去，然後，迅速地離開了公園。

我知道我這時在做的，是違背我一貫信條的事，那便是：捲入了骯髒的國際特務糾紛之中。但是在如今這樣的情形下，我有甚麼法子不繼續下去呢？

我出了公園，買了信封、郵票，將鈕子中的超小型錄音帶寄到了我租用的郵箱中，傑克中校可以搜遍我的住所，但這隻郵箱是我用我的商行經理人的名義租用的，十分秘密，他一定無法知道的。

我斷定這卷錄音帶十分重要，但由於我目前無法知道錄音帶中的內容，所以我便將之放在一個妥善的地方。

我又和那位學人種學的朋友通了一個電話，這傢伙，他在聽我說了我抓住在背後向我偷襲的人之後，手上黏上幾根金黃色的硬毛一事之後，竟哈哈大笑了起來，說我一定是喝醉了，宿醉未醒！

我氣惱地掛上了電話，在街頭游蕩著，直到三時左右，我才來到阿星所說的那個停車場中。

我的行動十分小心，因爲阿星可能已將一切全都告訴那胖子了，那麼，我來到停車場中，無疑是在走進一個圈套。

而且，阿星也充任警方的線人，他當然知道警方也在找我，他也可能通知警方。阿星這人是甚麼都做得出來的，但我也知道他怕死，這時候，他多半已經收拾細軟，離開了本地了。

我到停車場的時候，是二時五十八分，恰好在三時正，一輛名貴的房車，由一個口銜雪茄，身穿名貴服裝的歐洲胖子駕著，駛了進來。

那胖子專心駕車，目不斜視，在他和停車場職員打交道的時候，彷彿他此來只是爲了停車，絕無其他任務一樣。

我以前未曾見過這個胖子，但是我的觀察如果沒有錯的話，這個胖子是屬於冷酷無淸，思想靈敏的那一種人。他停好了車子，絕不停留，便向外走去，我連忙跟了上去。

在停車場口，我和他打了一個招呼。

那胖子冷冷地回頭來看我，我連忙道：「阿星有要緊事不能來，派我來做代表。」

那胖子從鼻子中，發出了「哼」一聲，道：「誰是阿星?滾開！」

我取出了那隻大衣鈕扣，在他面前揚了一揚，道：「這個，是阿星叫我轉交給你的。」

那胖子連望也不向鈕扣望一下！

那鈕扣分明是他所要的東西，但他竟表示了如此漠不關心的態度，這使我不能不佩服他。

他怒道：「你如果繼續騷擾我，我要報警了！」

我見那胖子堅持不認，倒也拿他沒有辦法，只得呆了一呆，以退爲進，忙連聲道歉，道：「對不起，先生，我認錯人了！」一面我即喃喃自語：「阿星真是該死，也不告訴我那胖子叫什麼名字！」

那胖子頭也不回地向前走去，我也裝著不再注意他，只是在停車場的門口，東張西望。對每一輛駛進來的車子，都加以注意。過了十分鐘，我看到那個胖子向我走了過來。

他站在我的面前，我知道他忍不住了，要來上鉤了，我仍然裝作抱歉地向他笑了一笑。

他的面上，絕無表情，只是低聲問我：「楊先生?」

我一聽得那胖子問出了這樣一句話來，便不禁陡地呆了一呆。

這句聽來極其普通的話，我已經在殷嘉麗那裏，聽到過兩次了。這當然是他們集團中的暗話，但是我卻不知道該怎樣回答！

當我逼問阿星的時候，我未曾想到對方會如此老練，甚至會向我提出這樣的暗號來。在如今這樣的情形下，我除了裝出傻頭傻腦之外，沒有別的辦法可想。所以我翻了翻眼睛，道：「楊先生？我不姓楊，你弄錯了，先生，你剛才自己已經說過你不是我要找的人，阿星說，我這粒鈕扣，交給了一個胖子，就可以得到十元錢的賞銀，你不要使我失了賺十元錢的機會！」

胖子的面上，仍是一點表情也沒有，但是我卻可以知道，他心中正在迅速地轉念頭：這小子是不是真傻呢？阿星爲甚麼自己不來呢？阿星爲甚麼派這樣的一個人來呢？是不是因爲他是個傻瓜，所以阿星才派他來呢？我們兩人，對望了一分鐘之久，他才道：「那不錯了，你說十元錢，是不是？」

我忙道：「是，你……願意出十元錢來換這粒鈕扣麼？」

那胖子總算笑了一笑，道：「我願意。」

他取出了皮夾子，拿出一張十元的鈔票來，我連忙搶過鈔票，將那位鈕扣交給了他，他轉過身就走，等他走過了街角，我才開始跟蹤。

那胖子走得並不快，使我有足夠的時間，在一間百貨公司中，以最快的速度，買了一件外套，將我原來的外套換上去。

我跟著那胖子，一直到了下午四時，才看到那胖子進了一家十分高貴的咖啡室，我也跟了進去，遠遠地坐著。那胖子坐了半個小時，若無其事地看著報紙，然後，又走了出來。

我仍然跟在他的後面，胖子是向停車場的方向走去的，他要去取回車子。如果他駕車而行，那我是沒有法子可以繼續跟蹤他的了，因爲如今我並沒有交通工具可供使用。我決定走在他的前面。

我可以斷定他是回停車場去的，而他的步伐又是十分慢，所以，我要走在他的前面，並不是難事，我進了停車場，逃過了職員的注意，來到了他那輛房車旁邊，用百合鑰匙，打開了行李箱。

當我爲了避免給停車場職員覺察，而輕輕地揭開行李箱蓋的時候，我心中暗忖：這是在這次事情中，我第二次躲進車子中了。

我躲進車廂中，結果被傑克中校包圍，雖然事後仍能脫身，但卻已是十分狼狽，這一次，會不會又是那樣呢？

我在心中苦笑了一下，因爲就算真是那樣的話，我也只好躲進去！

我閃身進了行李箱中，就用一個硬幣將行李箱蓋頂開一道縫，那樣，我就既不至於悶死，又可以不被人發覺行李箱蓋有異。

夜光錶的錶面，在黑暗中使我清晰地知道現在是四時十二分。

在四時十五分，我聽到車門被打開的聲音。那胖子的駕駛技術顯然十分好，車子幾乎沒有經過任何震蕩，便向前滑了開去。

車子駛了十五分鐘，我可以覺察到是向山上駛去的，當車子第一次停了下來的時候，我聽到了一個人在發問：「楊先生？」

而那個胖子則在車廂中答道：「楊先生的姐姐——她媽的，你連我也不認識麼？」

我意識到車子一定是停在一扇門前，而看門的在向那胖子查問暗號。原來那暗號的回答，是「楊先生的姐姐」，我心中不禁暗暗高興。

可是，我高興未已，便聽得那先發問的聲音道：「那不能怪我，誰知道誰是否仍被信任？如果你不被信任，那你自然也答不出今天的暗號了！」

今天的暗號！我好不容易得知了暗號的回答，但那暗號卻只是在今天有用，到明天暗號又換了！

只不過這兩人的對答，即可以使我肯定，這個集團一定是一個國際特務機構。因爲除了特務機構之外，還有甚麼機構是每一天都對屬下人員決定應否繼續信任的呢？

我又聽到了鐵門打開的聲音，車子繼續駛了極短的路程，又停了下來。

我仍然蟄伏在行李箱中不動，直到七時半，我估計天色已經黑了，而且，那胖子也定然發覺我所交給他的扣子當中，是沒有東西的，他們可能正在集中力量，尋找阿星和我的下落之際，我才慢慢地頂開了行李箱的蓋來。

深秋，七時的確已很黑了。我看到車子是停在一座花園洋房的花園之中。在花園的鐵門口，有一個人正在來回踱步，我要動作十分迅速，才能出行李箱，而又不被他看到我。

我輕而易舉地做到了這一點，當我從行李箱出來之後，我隱身在車子的一面，打量著花園洋房的正門。正門處燈火輝煌，不是混進去的好地方。

在二樓，大多數的窗口都有燈光，但也有幾個窗口是黑暗的。

我打量了不多久，便決定在其中的一個窗口中爬進去，因為這個窗口外有著水管，而且它的所在，又恰好可以不為大鐵門處的人所看到。

我俯伏著身子，快步地向前，奔出七八步，到了牆下，那守在鐵門前的人，顯然未曾發現我。我抓住了水管，迅速地攀援而上，叫我手上的戒指，在玻璃上劃出了一個小圓圈，伸手進去，將窗子打開，然後一聳身，跳了進去。

房間中十分黑暗，我在一時之間，辨不清這是一間什麼房間，我只聽得在對面的房間中，有人講話的聲音，傳了過來。

那聲音道：「來了，來了，他已經爬進了房間，身手十分敏捷，他正在東張西望，想弄清楚房間中的情形——」

我聽到這裏，不禁猛地一忙，這是在說我麼？

難道我的行動，已早被人發現，而我還在自作聰明麼？我覺出不妙，連忙一個轉身，想從爬進來的窗口中穿出去。

但是也就在此際，房間中陡地亮起了燈光，我看到了一枝電視攝影管正對準著我，而那攝像管上，是有著紅外線裝置的。

可以說，我一爬進這間房間，甚至我未曾爬進這間房間之際，我的行動已被人覺察了，但這仍不表示我已然絕望。

我繼續向窗前衝去，我已準備節省時間，穿窗躍出，而不是爬下牆頭。

但是，當我一衝到窗前的時候，「刷」地一聲，自窗上落下了一塊銅板來，將窗子蓋住。我狠狠地在銅板上擊了一拳，銅板動都不動。我連忙轉過身來，但另外的幾扇窗上，也一樣被銅板遮住了。

我向門口衝去，門鎖著，我向門踢了幾腳，那門十分之堅固，我已經被困在這間房間中了。

我在門前，呆立了極短的時間，立即轉過身來，先將那枝電視攝像管用力拉了下來，那樣，他們雖然將我困住，卻不知道我在做甚麼。

當然，這無補於事，但我至少可以作逃走的活動。我化了兩小時來從事這種活動，但是卻一點結果也沒有。

我放棄了逃走的打算，我取出了得自阿星處的那儲滿毒蛇毒液的殺人利器，準備一有人進來，便硬殺硬拚地闖出去。

我等了許久，才聽得門外傳來了腳步聲，腳步聲在門外站住。接著，便聽到叩門聲，一個十分動聽的女性聲音問道：「我可以進來嗎？」

那是殷嘉麗！

她的話，不禁使我啼笑皆非，我沒好氣地應道：「你當然可以進來！」

門柄輕輕一旋，發出「格」地一聲，便被推了開來，像是根本沒有鎖上一樣。

門一打開，殷嘉麗便走了進來。

她向我笑了一笑，走到了窗前，將封住窗子的銅板，向上一托，銅版便「刷」地縮了上去。

這件事，將我看得目瞪口呆，因爲我剛才，的確是用盡了心機，銅板也不動分毫的！

我仍然坐在椅上不動，本來，我準備一有人進來，我便立即以毒針殺人的。可是，我卻未曾料到進來的會是殷嘉麗！

殷嘉麗並不是什麼女學者，她是一個兩面人，那是已經可以肯定的事，但無論如何，她總是一個如此美麗動人的女子。

第三部：出神入化的化裝術

就憑這一點，使我難以實行我原來的計劃。

她輕而易舉地將窗子上的銅板，全都推了上去，才微微一笑，對我道：「這樣空氣好些，是不？」我報以一笑，道：「不錯，空氣好得多了，而且香得多了，殷小姐，你常用的是甚麼香水？」殷嘉麗笑得更加甜蜜，道：「這種香水的名字，叫作『傻瓜的陷阱』。」

我攤了攤手，道：「如此說來，我是傻瓜了。」

殷嘉麗在我的對面坐了下來，看她的樣子，似乎對我，全然不加防範。也正因為如此，她便也有使人莫測高深之感。

她微笑著，道：「我來遲了，因爲我在研究你。」

我不知道她竟何所知，只得不作回答。

殷嘉麗道：「我是在研究你的資料，原來你是如此大名鼎鼎的人物，真是有眼不識泰山！」

我敷衍地答應著，一面看看門，看看窗。

門窗都開著，我可以輕而易舉地逃出去，可是我又不能不往深一層自己問自己：我真的能輕而易舉地逃出去麼？我決定暫時還是不要妄動的好。

殷嘉麗臉上的微笑，仍然是那樣地動人，道：「你不要想離開這裏，當然我們知道你是個神通廣大、無所不能的人，但是你應該知道，我們也和你以往的敵手不同，是不是？」

我望著殷嘉麗，不禁由衷地點了點頭，道：「的確是不同。」

在我過去的冒險生活之中，我接觸過不少美麗的女子，但是她們每一個人有每一個人的身份、個性。她們的美麗，和她們的個性、身份相符。

我從來也未曾見過一個外觀如此純潔、如此美麗溫柔的女子，而在從事著如此恐怖的工作的。

殷嘉麗又笑了一笑，道：「而且嚴格地來說，我們還不能算是敵人，是不是？」

我不禁有些迷惑，「嗄」地一聲，道：「這算是甚麼意思？」

殷嘉麗道：「你還不明白麼？你雖然以極爲高妙的手段，殺了我們的一個工作人員，可是你也以更高妙的手段，竟在密探星佈的情形之下，又殺了一個密探——」她的話還未講完，我已經陡地站了起來，高聲叫道：「我不是兇手，我沒有殺過人！」

殷嘉麗反問道：「你沒有殺過人？」爲了自衛，我當然對付過不少兇徒。可是殷嘉麗所說的那兩個人之死，可以說和我一點關係也沒有，我只不過剛好湊巧在發生事變的現場附近而已！

殷嘉麗所說的「我們的一個工作人員」，當然就是攀在陳教授住宅外跌倒地上死去的那第一個死者了，如今，我至少又多明白了一些事，那便是爲甚麼那一個人一死，傑克中校便會趕到現場的原因。

原來那個人是國際特務集團中的人，所以傑克中校才會趕來的。但那個人夤夜攀牆，目的何在呢？若說他們志在得到陳教授研究工作的情報，那麼又何必多此一舉呢？雙重身份的殷嘉麗，另一個身份，正是陳天遠教授的助手，她可以得到一切，知道一切，陳天遠教授的研究工作，在殷嘉麗面前，可以說毫無秘密可言！

我平心靜氣的說道：「小姐，你所說的那兩個人，他們的死，可以說和我一點關係也沒有，我聽你說不是你們的敵人，我很高興，當然我也絕不會是你們的朋友，骯髒的特務工作，與我無緣。」

殷嘉麗雙眉微蹙，道：「那麼，你到這裏來，又是爲了甚麼？」

我苦笑了一下道：「世界上以爲是我殺了那兩個人的，不止你一個，還有傑克中校——」

殷嘉麗笑道：「我們已經知道你和警方秘密工作組的糾纏了，我們十分佩服你的擺脫傑克中校時所用的方法。」

我望著殷嘉麗，心中在想：如果她是一個老練的秘密工作者，那麼她是不應該說這句話的，因爲她這樣一說，便表示警方秘密工作組之中，已經被他們的人所滲透了。他們的人，一定曾目擊我逃走，要不然，她又何從知道這件事的真相？

當然也有可能殷嘉麗是故意如此說，來表示他們組織之龐大和力量的非凡的。

我苦笑了一下，道：「我沒有辦法不走，我必須找到兇手，來洗脫我自己的罪名，我所希望的也就只是這一點而已。」

殷嘉麗道：「你找兇手找到這裏來，那可算是大錯而特錯了。」

我點了點頭，道：「的確我是摸錯門路了，如果我一早知那第一個死者是你們這裏的工作人員的話，我是絕不會到這裏來的了，而殷小姐，你的雙重身份，也和我絕沒有關係。」

殷嘉麗斜睨著我，道：「你的意思是，你能夠代我保守秘密麼？」

我聳了聳肩，道：「當然，你以爲我是長舌婦？」

殷嘉麗微笑著，我揣摩不透她的心中，在想些甚麼，我試探著道：「我既然摸錯了門路，那麼我可以退回去，再從頭來過麼？」

殷嘉麗仍是微笑著不出聲。我「噢」地一聲，道：「當然，那捲錄音帶，在我的信箱之中，我保證會原物歸還給你的。」殷嘉麗慢慢地站了起來，她的動作，堪稱優美之極。

她在厚厚的地毯上，無聲地踱著步，過了兩分鐘，才道：「本來，我們的任務已經完滿地完成了，我們早已得到了所要得的一切，可是我們派出去搗亂陳教授實驗室，將陳教授研究工作的洩露，裝成是受到外來的暴力的盜劫的人卻被殺了！」

我又中斷道：「我已經說過，這個人被人刺死，和我無關。」

殷嘉麗目光炯炯地望著我，道：「你怎麼知道這個人是被刺死的？」

我又好氣又好笑，道：「你未曾看到過死者？」

殷嘉麗針鋒相對地道：「你以爲我們應該去集體認屍，再爲他舉行盛大的殯葬麼？」

我道：「好，那麼我可以告訴你，因爲我是第一個見到了那個死者的人——」

殷嘉麗的語鋒越來越銳利，她突然插口道：「你當然是第一個見到死者的人。」

她仍以爲兇手是我！

我不想再說下去，大聲道：「一句話：我能不能離開這裏？」

殷嘉麗向門口走去，道：「也是一句話：不能！」

我陡地一聳身子，一個箭步，向殷嘉麗直撲了過去，殷嘉麗像是早已料到我會有此一著一樣，就在我向前撲出之際，她陡地連跨了兩步，已到了門旁。

我一到了她的身前，一伸手，便抓住了她的肩頭，可是她的身子突然向下一沉，我那一抓，竟然滑脫了手，未將她抓住。

我陡地一呆，殷嘉麗已倏地轉過身來道：「衛斯理，你只會和女孩子打架麼？」

我尷尬地住手，可是我卻不服氣，道：「你不讓我離開這裏，我自然要向你動手！」

殷嘉麗笑了起來，道：「那你可以向他們動手！」她向門外拍了拍。由於我仍在房間裏面，所以看不到門外的情形。

她向門外一指，我才向前跨出了一步，只見門外是一條走廊，一端是迴旋樓梯，通向樓下，一邊則是彫花金漆欄杆，十分考究。

而在房間的兩旁，共站著四個人。

那四個人，都穿著黑色的西裝，神情呆滯，冷冷地望著我。

那四個人的手中，各握著一種十分奇怪的東西，看來像是手槍，但是卻是圓球形的。

我不明白那究竟是甚麼，但是我卻可以肯定那是殺人的利器。在特務世界中，殺人利器的花樣越來越多了，若是羅列起來，定然比世界上所有香煙的牌子更多。就在我自己的身邊，便也有著取自阿星手上的一件殺人利器在。殷嘉麗以這四個人來恐嚇我，當然是有恃無恐的了。

然而在這時，我卻產生了一個主意。

我向欄杆下望了望，豪華的大廳之中，這時並沒有人在。

而穿過欄杆，向下躍去，不是很高，跌不傷我的，而且在欄杆下，還恰好有一張巨型的沙發，我可以落在沙發上，滾落地下，從大門口衝出去，我估計只消五秒的時間便夠了。

當我心中在想看這些的時候，我的目光只不過向欄杆略飄一飄而已。

我裝著對那四個漢子手中的東西十分有興趣，道：「他們手中所握的這個是甚麼東西？」

殷嘉麗笑道：「不值一提，這是放射超小型子彈的手槍，它所發射的子彈，只不過如同米粒大小，但是速度是普通槍彈的七倍，所以可以擊中任何在迅速移動中的目標。每一柄槍中，儲有子彈一千發，每一粒子彈中，皆經過氰化鉀的處理，氰化鉀和血液相遇，你知道會有甚麼結果的了？」

我不禁倒抽了一口冷氣，心中暗自慶欣，我還好問上一問。要不然，我向下躍去，可能身子還在半空中，便已經中毒而死了。

我又向那四個大漢望了一眼，殷嘉麗也向他們指了指，道：「這四個人的本領很平常，可稱不堪一擊，但是他們的射擊技術，卻還可以過得去。」她揚了揚手，講了一句日本話，那是在北海道以北的日本語，「蝦夷」人的土語。我聽得出它約莫的意思，殷嘉麗是在命令他們發射，他們四人，一起揚起手中的槍來。

四枝槍口先是對準著我，然後才慢慢地移了開去，再然後，槍聲響了。

所謂「槍聲」實在並不是真正的槍聲，只不過是子彈射在牆上的「拍拍」聲而已，在牆上，出現了四個由小孔組成的圓圈。

每一個圓圈，大約是三吋直徑，如果你用一個圓規，在牆上去畫圓圈，那所畫出來的，至多不過如此了！

同時，我還聞到了一股杏仁的味道。那正是氰化鉀的氣味。

由此可知，殷嘉麗並沒有說謊，至於她說那四個人的射擊技術「可以說過得去」，那自然是故意這樣說的，因爲這四個人的射擊技術，堪稱第一流的射擊專家，我自己是絕比不上他們的。

我向那牆上的四個由小型子彈射出的圓圈看了半晌，才道：「看來，我暫時只好退回房間中去了。」

殷嘉麗道：「是的，我希望你不要埋怨空氣不好。」我知道她的意思，那一定是指我一退入房中，門又會被鎖上，而窗上的銅片又會落下而言的。

我的心中又爲之一動，我退進了房中，殷嘉麗代我關上了門，窗上的銅版，便迅速地下降，可是我早已知道了這一點，所以一退進房中，便拿起了一隻厚玻璃煙灰盅，趕到了窗前。

當然，由於銅板下降極快，我是沒有法子穿窗而出的了。

但是，我卻還來得及將那隻煙灰盅迅速地放在窗櫺上，銅板碰到了煙灰盅，便不再落下來，未能將整扇窗子一齊遮住。

煙灰盅不是很高，銅板未能遮沒的窗之空隙，也不過十公分左右。

我雙手伸進這空隙，想將銅版抬了起來。可是我用盡了力道，銅板絲毫不動。看來，要將銅板推開，是沒有希望的了。

那麼，我這一個行動，豈不是毫無意義麼？

我心頭不禁十分懊喪，來回走了好幾步，又低下身來，湊在那道縫中向外看去，我的手是可以從這道縫中伸出去的，但是只伸出一隻手去，又有甚麼用呢？

我向外看了一看，只見那個胖子從屋中走了出來，穿過花園，到了車房中，駕車而出。在那胖子離去之後，又有幾個人離去，全是些看來如同普通商人的人。但那些人既然會在這裏出入，一定不是善類了。

我心中十分煩悶，因爲這樣可以說是我首次被陷在一個特務總部之中，特務是最難對付、最沒有人性的一種人，他們將會怎樣對付我呢？

我想了片刻，頹然在沙發上坐了下來，一連兩天，我幾乎沒有好好地休息過，這時命運既存未知之中，我索性趁機假寐起來。

我是被開門聲驚醒的。當我睜開眼來時，「拍」地一聲，室內的電燈恰好被打開，原來天已黑了。走進室內，點著了燈的，不是別人，正是殷嘉麗，只見她面上，帶著十分疑惑的神色。

她向那被我用煙灰盅擱住了的窗口看了一眼，聳了聳肩，道：「可惜煙灰盅太小了一些！」

我懶得去理她，雙眼似開非開，似閉非閉，看來似乎仍然在瞌睡之中，但實際上我的神智卻是再清醒也沒有了。我正在思索用甚麼方法對付她。

而在這時，我又發現，一個女人，如果生得美麗動人的話，那是十分佔便宜的，否則，照我如今的處境，我早已動用那毒蛇針了，但就是因爲殷嘉麗的嬌艷，使得我遲遲不忍下手。

殷嘉麗在我的對面，坐了下來，道：「傑克中校為了追捕你，幾乎發瘋了！」

我懶洋洋地道：「是麼？」

殷嘉麗繼續道：「但是如今我卻已相信了你的話，殺人兇手並不是你。」

我心中冷笑一下，心想她不知又在玩甚麼花樣了。我道：「是麼？是甚麼改變了你的看法了呢？」

殷嘉麗道：「在陳教授住宅中留守的四個便衣人員，一齊被人殺死了，兩個死在花園中，兩個死在花園的大門外草叢內。」

我陡地一震，殷嘉麗續道：「那兩個死在花園中的便衣探員，傷口是在背部。死在門外的兩個，一個傷在胸前，另一個卻傷得不可思議——」

我也不禁為這一連串難以想像的兇案所驚駭，忙道：「如何不可思議？」

殷嘉麗道：「誰都知道，人的頭蓋骨是最硬的，刀能夠刺進去麼？」

我沉聲討論著這個令人毛髮悚然的問題，道：「如果用刀劈的話，鋒利的刀——如東洋刀，就可以將人的頭骨劈碎的。」

殷嘉麗道：「不是劈，是刺，那人的頭骨上被刺出了一個狹長的孔，腦漿流出，死了！」

我感到了一陣寒意，道：「那就只好問你們了，你們是世界上使用殺人工具最專門的人，應該知道他是死於甚麼武器之下的。」

作。」

殷嘉麗道：「我自然不知道，但是傑克中校卻認爲那四個便衣探員之死，也是你的傑

我幾乎想要直跳起來，破口大罵，但是轉念一想，傑克中校根本不在這裏，我罵也沒有甚麼用處的。我只得苦笑了一下，道：「那我更是比漆還黑的黑人了！」

殷嘉麗道：「不錯，如果我們放你離開，不到五分鐘，你便會落入傑克中校的手中！」

我抬起頭來，直視著殷嘉麗，挑戰似地道：「我卻願意試試。」

殷嘉麗笑了一笑，道：「衛先生，爲你自己打算，你要找出兇手，是不是？」

我忙道：「當然是，你想我會願意蒙著嫌疑，東逃西竄麼？」

殷嘉麗道：「不是蒙著嫌疑，而是證據確鑿，因爲警方若是起訴的話，我們將會提供一連串的證人，來證明你是兇手！」

我不禁駭然道：「你這樣做，是爲了甚麼？」

殷嘉麗道：「你別怕，目前我們還不準備這樣做，我這樣警告你，是爲了要使你知道，你非找到真正的兇手不可！」

我立時恍然，道：「我明白，你們也想知道誰是兇手，所以藉助於我，將我逼到非找到兇手不可的處境中，來爲你們效力！」

殷嘉麗道：「衛先生，你當真是一個聰明人，但是你卻不只是爲我們效力，也爲你自己著

想。」

我靠在沙發上，將殷嘉麗的話想了一想，覺得她所說的，也不是沒有道理，如今我的處境，如此尷尬，不找出那瘋狂殺人的兇手來，我是絕對難以洗刷自己身上的嫌疑的。

我冷笑了一聲，道：「那麼，你們是想和我合作行動，是不是？」

殷嘉麗搖頭，道：「你錯了，我們不和你合作，我們所能給你的幫助，只是以最新的化裝術，把你化裝成另一個人，使你能避開傑克中校的追捕，而在你追查兇手期間，我們不是敵人，你明白了麼？」

殷嘉麗的每一句，都有十分深的含意，她說「我們不是敵人」，而不說「我們是朋友」，那無疑是說，在追查兇手的事情告一段落之後，她仍然不會輕易放過我的。

這也好，我倒喜歡這種「勿謂言之不預」的作風，那總比甜言蜜語，卻在背後戮上你一刀要好得多了！

我點頭道：「我明白了，但是既然尋找到兇手是兩利的事情，你們供給我多一些情報，似乎也屬必要，你同意我的意見不？」

殷嘉麗道：「好的，我們所需要的，是陳教授的一切研究資料，我們已經得到了。」

殷嘉麗道：「爲了掩護我的身份，我們派出一個工作人員，去破壞陳教授的實驗室，裝著研究資料的洩漏，是由於外來的力量，和我無關，可是那個人卻被殺了，這證明除了我們之外，另外有人對陳教授的研究工作，感到興趣。」

我點了點頭，表示同意。

殷嘉麗道：「我們起先以爲對頭是你，如今我們想知對頭是誰，和他們已知道了些甚麼？」

我問道：「那麼，陳教授所研究的——我那天在顯微鏡中所看到的，突竟是甚麼呢？」

殷嘉麗道：「你在顯微鏡中所看到的，是在實驗室中研培養出來的別的星球上的生物，這種微生物，它們會分裂自己，吞噬自己，強壯自己，這種生活方式，是地球上任何生物所沒有的。地球上的低等動物，在沒有食物的時候，會將自身的器官吞噬，例如渦蟲，但它們在那樣做的時候，只是勉強維持生命，而不是生命的進展！」

我覺得這才是殷嘉麗的本來面目：一位美麗、年輕而有學問的教育工作者，而不是一個卑鄙、兇殘、毫無人性的特務。

所以我特別欣賞如今的殷嘉麗，我並不打斷她的話頭，任由她說下去。

她繼續道：「這是一項重大的發現，證明在特殊的情形下，生命可以發生。再加上那個星球上的一切資料，全是寶貴已極的太空情報，更證明太空中，生命的發展是多姿多采，遠超乎人類的想像力之外的！」

殷嘉麗面色微紅，顯得她十分興奮。

我嘆了一口氣，道：「殷小姐，如果你堅持研究，那你將成爲世界知名的學者，你爲甚麼要幹這種無恥的勾當？」

殷嘉麗的面色一沉，冷冷地道：「陳教授也在我們的軟禁之中，你可以不必爲他的下落操心，你只管專心於你自己的事情好了，你跟我來，我們的化裝師，會替你改變容貌的。」

我問道：「你們的化裝師的技術高明麼？」

殷嘉麗瞪了我一眼，道：「他可以使你的妻子都認不出你來。」

我踏前一步，道：「小生尚未娶妻。」

殷嘉麗道：「不久的將來，你就可以和鶯鶯小姐見面了。」

我不再說甚麼，跟著她出了房間，那四個人仍然在，亦步亦趨地跟在我的後面。

由於這四個人的監視，我不敢有任何的行動。

不一會，我們便置身在另一間房間之中，一個白髮蒼蒼的老者已然在了，我一見了這個老者，便頓時呆了一呆，那老者見了我，也是一呆。

但是我們兩人的一呆，都只不過是極短的時間，只怕精明如殷嘉麗也未曾發覺。那老者我是認識的，我不但認識他，而且還曾救過他全家的性命，那是很久以前的事情了，從那次之後，我便沒有再見過他，但是這次在這樣的情形下見面，卻也毫無疑問地可以認出對方來。

這個白髮蒼蒼，貌不驚人的老者，如果我稱他爲世界上最偉大的化裝家，那我是絕對沒有一點誇大的意思在內的，他的確是最偉大的化裝家。

他曾經將一個花甲的老翁，化爲翩翩少年，也曾將如花少女，化成駝背婆婆，化裝技術之妙，可以說已到了出神入化的地步。

他是如何會在這裏的，我弄不明白，我想他多半是臨時受僱，不知道僱主是甚麼人的。

我在他的身邊坐了下來，殷嘉麗退了出去，那四個黑衣人還在，就站在我的身後。

他一聲不響地工作著，在我的面上，塗著化裝用的油彩，他一面工作，一面不斷用眼色向我問話，我拿起了一支油彩，在手心慢慢地寫道：「我是被迫的，你有甚麼辦法令我脫身？」

他點了點頭，在我的面上指了一指。

我明白他的意思是說，他用他的化裝技術，可以使我脫身。但是我卻不明白他將使用甚麼方法。

我任由他工作著，足足過了大半小時，他的工作才算完成，我向鏡子中一看，幾乎連我自己，也忍不住地笑了起來。

在鏡中出現的，是一個禿頭、疏眉、面目可笑之極的中年人，衛斯理不知道哪裏去了。

當他退開一步之後，殷嘉麗也走了進來。

直到此時爲止，我仍不明白他用甚麼方法，可以使我擺脫殷嘉麗他們的追蹤監視。

他一面洗手，一面喃喃地道：「這種油彩是水洗不脫的，一定要用特殊配方的液體，才能洗得脫。」他自言自語了兩遍。

我知道他的話似乎是在講給我聽的。

那麼，他的話又是甚麼意思呢？他像是在強調他化裝的持久性，但是我面部的化裝越是耐久，就越是難以擺脫殷嘉麗他們特務組織的監視，他又怎算得是在幫我的忙呢？

唯一的可能，是他在講反話，他在提醒我用水去洗面上的油彩。

可是面上的油彩洗去了之後，我便露出了本來面目，不但殷嘉麗他們，可以監視我，我連想避開傑克中校手下密探的耳目，都在所不能了。

我心中百思不得其解，想要以眼色向他再作詢問，但是我已經沒有這個機會了。因爲那四個人已經逼著我，向外走去。

殷嘉麗就在我的身邊，道：「你面部的化裝，在如今這樣的氣溫之下，可以維持十五天到二十天，不論你用甚麼東西洗刷，都是沒用的，希望你能在十五天中，有所收穫。」

我仍然在沉思著化裝師喃喃自語的那兩句話，我可以肯定他是在說反話，他是在指示我用水去洗臉上的化裝，但是我卻難以相信自己的推斷。

我並沒有回答殷嘉麗的話，她也不再說甚麼，我們一齊到了車房之中，殷嘉麗道：「讓我駕車送你離去，你喜歡在哪裏下車？」

我摸了摸身上，錢已不多，心中不禁十分躊躇，殷嘉麗一笑，已經遞過了一隻信封來，道：「你在這十五天內的費用，我們可以負擔。」

我立即回答她，道：「我只是爲了洗脫自己的罪名而努力，並不是替你們工作，你不要想用錢來收買我。」

殷嘉麗聳了聳肩，收回了信封，駕車向前而去。我來的時候是躲在行李箱中來的，並不知道這幢花園洋房位於何處。

這時，殷嘉麗在送我離去的時候，並沒有要我蒙上眼睛，車子在路上馳了不多久，我已經認出那是著名的高尚住宅區，我有一個很要好的朋友，就是住在這一個區域中的。我想去找他，但是我想到，我一切來往的朋友，這時可能都在傑克中校手下的監視之中。

而且我如今的模樣，即使是我最好的朋友，要他相信我就是衛斯理，只怕也不是容易的事情。

所以我放棄了主意，任由殷嘉麗驅車進市區，當車子經過了一家第二流酒店之後，我才叫停車。

殷嘉麗十分合作，她立刻停了車，道：「就在這裏下車麼？」

我點了點頭，道：「是的，很多謝你。」

殷嘉麗替我打開了車門，我跨下了車子，殷嘉麗向我揮了揮手，疾馳而去。我四面一看，不像是有人在跟蹤著我，而殷嘉麗的車子，也早已疾馳而去了，難道他們竟肯放棄對我的跟蹤麼？

我想了一會，想不出道理來，我到了那家酒店中，要了一間套房，我身邊的錢，夠我預付五天房租，我指定要二樓的房間，因爲住在二樓，在必要時由窗口爬出房間，可以方便得多，就算由窗口跳下去，也不至於跌傷的。

我到了房間中，躺在床上，閉目靜思。

我的腦中混亂得可以，好一會，我才漸漸地定下神來，我覺得我第一要務，便是回到兇案的現場去，因爲神秘兇案，既然頻頻在陳天遠教授的住宅內外發生，可知這個兇手對陳教授的住宅，有一種特殊的感覺，所以才將之選擇爲他行兇的地點。

我要怎樣才能接近行兇的現場呢？我最好是冒充那個闊佬朋友的遠親，去看守他那幢別墅的。

在那幢別墅的附近，雖然兇案頻頻，但是仍是沒有人有權力封鎖私人的物業，不給人去居住的。這的確是一個好辦法，而且我根本不必和那個闊佬朋友商量。

因爲他在將別墅借給我的時候，早已將所有的鑰匙一齊交給了我，而其中主要的幾根鑰匙，仍在我的身上。

憑著我臉上的化裝，我可以瞞過任何探員，堂而皇之地進入那所別墅去居住！

可是，我經過化裝後的容貌，殷嘉麗他們是知道的，我有甚麼法子連他們也瞞過呢！

因為我知道，我尋找兇手的事情，只要一有了眉目，那麼，這個特務機構將會毫不留情地取我的性命，最難防的便是暗槍。

我對於這個特務機構的人，只知道這一個白種人胖子，一個殷嘉麗，而他們組織之中的每一個人，卻都可以認得出我來。

我跳起床來，團團亂轉，最後，我決定冒險去洗臉上的油彩！如果那個化裝師喃喃自語所說的是反話，那麼我面上的化裝油彩，是應該可以洗得脫的，洗脫之後的後果，我也不去想它了，因為如今的化裝，對我來說並沒有甚麼多大的好處，我就像是那個特務機構的靶子一樣。

我進了洗手間，在臉盆中放了水，先以雙手在臉上濕了濕，就在濕手碰到臉上的時候，那便覺得油彩化了開來，糊住了我的眼睛，而雙手之上，也已經全是油彩了。

那化裝師果然在說反話，面上的油彩，是一洗便脫的，我洗了三分鐘，已將面上的油彩洗乾淨了，我苦笑了一下，心想那化裝師總算是幫了我一個忙，我在洗脫了他對我的化裝之後，自己可以再重新化裝過。

我抹乾了臉，抬起頭來。

我的視線恰好對著洗臉盆的鏡子，我向鏡子中看了一眼，我呆住了。

我洗脫了油彩之後，鏡子中出現的，並不是我自己，絕不是。那是一個扁鼻、高顴、狹眼、濃眉的中年人，樣子十分陰森，屬於面目可憎這一類。

我將臉向鏡子湊近，想在這張屬於我的臉上，找出我自己的痕跡來，但是我卻做不到，我像是被「陸判官」換了一個頭一樣。

這時，我恍然大悟了！

那化裝師的確幫了我大忙，他先用要特殊配方的溶液才能洗脫的化裝品，將我化裝成一個面目陰森，不惹人好感的人，然後，再用普通的油彩，將我再化裝成爲一個可笑的中年人。

他化了兩重手續，使我在一洗脫了面上的那一層化裝品之後，立即成了另一個人！

我暗暗佩服那化裝師手段之佳妙，我如今可輕而易舉地既瞞過傑克中校，又瞞過殷嘉麗了。而我選擇的二樓房間，這時也對我大有用處，我推開了洗手間的窗子，沿著水管向下落去。

不消一分鐘，我已腳踏實地，由廚房穿過了一條走廊，到了酒店的正門，我看到有兩個人無所事事地站著，他們多半是奉特務機構之命來跟蹤我的，但如今我在他們面前走過，他們卻連看都不向我看上一眼，他們所要跟蹤的，是一個化裝成面目可笑的中年人衛斯理，他們做夢也想不到我會變得如此之快！

我出了酒店，步行了兩條街，便召了一輛街車，直向那富翁的別墅駛去。

在車子將到那別墅之際，我已看到了許多便衣探員，可知傑克中校爲了找我的下落，當真是出動了他屬下的全部力量。

當我所乘的車，在那別墅門口停下來時，我覺得四面八方都有銳利的目光向我射來。我的心中也不免有些緊張，如果我萬一給他們認了出來呢？

我慢吞吞地付著車錢，在車子的倒後鏡中，我又看到了我自己，我不禁放下了心來：既然連我自己都認不出自己來，旁人怎可能認出我呢？

車子離去之後，我到了大鐵門前，取出鑰匙來，我的鑰匙還未曾伸進鎖孔中，便有兩個彪形大漢，一左一右，在我的身邊站定。

我早已料到會有這樣情形出現的，我立即現出驚駭無比的神情，高聲叫道：「打劫啊，救命啊！」

由於化裝師在我的口內，塞上了軟膠，使我的嘴變闊的原故，所以我的聲音也變了，變得十分可笑。那兩個便衣探員顯然料不到我會有此一「叫」，他們連忙向後退去。

我仍然在大叫，道：「打劫啊！打劫啊！」

有幾個人向我奔了過來，喝道：「你叫甚麼？你是甚麼人？」

我退著，返到了鐵門口，道：「你……你們是甚麼人？」那兩個大漢取出了證件，在我面前揚了一揚，道：「我們是警方人員。」

我吁了一口氣，裝出莫名其妙的神情，向那幢別墅指了一指，悄聲道：「怎麼？我的老表出甚麼事情了？可是大小老婆打架？」

那四個便衣探員瞪大了眼睛，道：「甚麼老表，是甚麼人？」

我說出那個富翁朋友的名字，道：「我是他的表弟，是看房子的，前幾天，有一個姓衛的人借住，他如今走了沒有？」

我一提到「姓衛的人」，那幾個人的神情，立時緊張了起來，道：「他在哪裏，那個姓衛的人在甚麼地方？」

我翻了翻眼睛，「咦」地一聲，道：「他不住在這裏了麼？糟糕，他趁我不在的時候離開，多半是偷了別墅中值錢的東西，我在老表面前，怎麼交代，慘了，慘了！」我一面說一面團團亂轉。

我的「做功」一定很好，那幾個人全給我瞞了過去，不耐煩地走了開去。只有一個人在我的肩頭上拍了拍，道：「老友，你要小心些，這裏最近，死了好幾個人，下一個可能輪到你。」

我笑道：「別說笑了，我會怕麼？」

那人還想說甚麼。但是另一個人，卻將他拖了開去。我心中暗暗好笑，打開門，走了進去。我絕不登樓，只是在樓下居住的房間中休息了一回，等到天色黑了的時候，我才掩到了屋外，向陳天遠住宅處看去。

只見陳天遠教授的宅中人影來往，顯然傑克中校已將這裏當作了他臨時工作的總部。

我看了一回，看不出甚麼名堂來，心想那兇手可能早已遠走高飛了，而我卻還在守株待兔。但是除了在這裏細心地等待觀察之外，還有甚麼法子呢？

我知道這幢別墅，一定也在嚴密的監視之列，天色雖黑，紅外線視察器卻可以使在黑暗中活動的人，無所遁形，我的行動仍不得不小心些。

第四部：吞噬——長大

我在牆邊站了沒有多久，便從後門走出去，裝著去傾倒垃圾。又有一個便衣探員向我走來，道：「喂，天黑了，你要命，就不要亂走。」

我瞪著大眼，問道：「究竟是甚麼事？」

那便衣探員冷冷地道：「別多問。」

我只得又退了回去。

這一晚上，我幾乎沒有睡，用盡了種種辦法，想得到一點甚麼線索，可是卻一無所得。到了天明時分，我才倒頭大睡，那一覺，睡到了下午時分，我才醒來，我到了花園中，假裝在忙碌著，卻不斷地留意著外面所發生的一切。

可是看來，一切和昨天，似乎沒有甚麼不同，我心中暗暗焦急，手推著刈草機，在草地上亂闖，甚至撞倒了一叢玫瑰花。

我連忙俯身下去，想將那叢玫瑰花扶直，也就在這時，我在那叢玫瑰花中，發現了一件十分奇怪，我從來也未曾見過的東西。

那是一大團物事，我無以名之，它似紙非紙，似塑料又非塑料。

從背面來看，它粗糙之極，但是看正面，它卻依著整齊的六角形排列，約有十來個六角形的洞，每一個可以放下四個拳頭。

乍一看，這倒像是一個未完成的蜂巢。

那實在像是蜂巢，不但形狀像，質地也像，科學家將蜜蜂稱爲最早的造紙者，那是因爲蜂巢的構成成分和人類所造的紙類很類似的緣故。

而我看到的那東西，究竟是甚麼質地，我說不上來，看來似紙非紙，十足似蜂巢。

儘管我發現的東西，看來除了像蜂巢之外，不會是別的物事，但是我仍然將這東西是蜂巢的念頭，撇了開去。

因爲世界上，除非有大得和鴿子一樣的蜜蜂，要不然，是絕不會有那麼大的蜂巢的。世上當然沒有和鴿子一樣大的蜜蜂，所以那東西儘管它和蜂巢相似，也絕不會是蜂巢的。

我望著那團東西好久，又將之取了起來，翻來覆去地察看了好一會，在得出了結論之後，我便將之順手地拋了開去。

那東西被我拋出，掛在灌木叢之上，我正待轉過身去，忽然在一瞥之間，我看到有一種金黃色的液汁，自那東西之中，流了出來。

我陡地呆了一呆，湊近身子去看。

我一湊近身子去，還未能肯定那金黃色的濃稠的液汁究竟是甚麼東西間，我已聞到了一股濃冽的蜜香。

我又看到，那東西的幾個六角形格子，其中有一格，木來是封住的，但是當我將那東西順手抛出的時候，那東西落在灌木叢上，一根尖銳的樹枝，刺穿了封口，那種濃稠金黃色的液汁，就是從那一格六角形的格子中流出的。

這時候，我真正地呆住了。

我一定是呆立了許久許久，因爲當我定過神之際，那種金黃色的液汁，已流到了地上，而且在那種液汁之旁，已經圍滿了螞蟻。

我不必伸手去沾一些來嘗，便可以肯定那種液汁是蜂蜜！

將蜜藏在蜂房中，並分泌出蠟質的封口將之封住，這正是蜜蜂的習慣。

如此說來，那東西不折不扣，是一隻蜂巢——一隻大如鴿子般的蜜蜂所做的蜂巢了。

這實是令人難以相信的事情，一定是甚麼人在和我開玩笑，造了這樣的一隻蜂巢，又在其中的一格中，注滿了蜂蜜，並將之封起，使我發現它之後，來傷傷腦筋，以爲發現了甚麼怪事。

對，這是最可能的事，如今的贗品，其亂真的程度，是可以使人吃驚的。喜歡研究室內裝飾的人都知道有一種人造的羊皮毯，不但毛色似真，背面也成淩亂碎塊縫起來的形狀，而且，湊近鼻端去聞聞，也可以聞到一股羊羶味！

那麼，要造一隻大型的假蜂巢，自然也不是一件甚麼難事了。

我一想及此，便覺得心安理得，轉過身去。

然而，我才一轉身，便不禁自己問自己：是誰呢？是誰知道我會在這裏，而和我開這樣的一個玩笑呢？

是殷嘉麗麼？不可能，因爲我面部化裝的變易，她對我的跟蹤，已經失敗，她不知道我在這裏。是傑克中校？這傢伙是絕不會有這份幽默感的。

那麼究竟是甚麼人呢？如果我想不出甚麼人在開我玩笑的話，那麼，連「有人開我玩笑」這一點，也是不能成立的。

我覺得腦中亂得可以，我回到了屋子中，在床上躺了下來，我在離開殷嘉麗的時候，心中充滿了信心，以爲在十五天中，一定可以查出真兇來的。

可是如今看來，事情並不是那麼簡單了。我一籌莫展，連怎樣開始去進行，也還沒有頭緒！

我一面想著，一面竭力想將大蜂巢撇開一邊，可是實際上，我卻是不斷地在想那隻古怪的大蜂巢，那使我本已混亂的思緒更亂。我在床上躺了半小時左右，又一躍而起。

我剛躍起來，便聽到有門鈴聲，我走到花園中，便看到站在鐵門外的是傑克中校和他的隨員。我到了門口，竭力裝出疑惑的神情來，用彆腳英語道：「先生，你們找甚麼人，我是信佛教的。」

我故意將傑克中校他們當作是傳教士，可是傑克中校卻鐵綳著臉，一點笑容也不露出來。

在傑克中校的身後，一名大漢斥道：「我們是警方的，你快開門。」

我又假裝吃了一驚，急急忙忙地將鐵門打了開來。

我相信，即使傑克中校原來對我有懷疑的話，在經過了我這樣做作之後，他對我的疑心，也會消失了的。

我將門打開之後，五六個人一湧而入，傑克中校卻就在我的身邊，向我上下打量著。

我的心中，也不免十分吃驚，因爲我的面容，雖然改變得連我自己也認不出來了，但是我的眼神，卻沒有甚麼改變。

如果傑克中校較機靈的話，他可以用各種方法來試我，我可能露出破綻來的。

傑克中校望了我好一會，招手叫來了一名大漢，由他授意，向我問一連串問題，我一口咬定我是那大富翁的遠親，是來看屋子的。

傑克中校聽了我的回答，似乎表示滿意，他轉過了身子去。

我的心中，實在十分耽心，因爲我是一點證件也提不出來的，只要他向我索閱證件，我就一定會露出馬腳來了。

但幸而傑克沒有向我要甚麼證件來查看，他在問了一連串的問題之後，便轉身而去，而我也不由自主地鬆了一口氣。

就在我鬆這口氣之際，我看到傑克的身形，陡地一凝，雖然我只看到他的背部，但是只要看他背部的情形，我便知道事情要糟了，我鬆了這口氣，使得傑克中校又對我起了疑心，果然，傑克轉過了身來，雙眼緊盯著我，忽然道：「衛斯理，你好！」

我陡地吃了一驚，想不到他竟然開門見山，便會這樣說法，但是我立即鎮定了下來。因為我可以肯定，傑克只不過是在試我。如果他已確信我是衛斯理，他一定立即下令，要他的部下圍住我，而不會這樣喝問了。

我將眼睛盡可能睜得大，望著傑克，道：「甚麼？我……我不知道。」傑克向前跨出了一步，一手搭在我的肩上，我向他笑著，他卻雙目炯炯地望著我。

我真怕他看穿了我面上的化裝！

他望了我足有一分鐘，突然又伸手，向我的面上，摸了上來！

我的心中，不禁暗叫了一聲僥倖，因為我有幾張尼龍纖維織成的面罩，戴在面上，那是可以使得人的容貌完全改變的。

但如果我是戴著這種面罩的話，我這時一定要露出破綻來了。傑克在我的臉面上抓了一下之後，搭在我肩頭上的手，也鬆了開來。

我不敢再鬆氣，仍然以十分奇怪的神色望著傑克。傑克身後的那個大漢道：「我們要搜查房子，你將鑰匙交出來。」我忙道：「所有的房間都沒有鎖，你們可以進入每一個房間去搜查。」

傑克中校這時，已經向外走了開去，我心中暗暗放下心來。只見傑克走上了石階，忽然他又停了下來，舉起他自己的手來看看。

從他舉手的姿勢來看，我遠遠地望去，知道他是在察看自己的指甲。

我心中旋地一凜，想起了剛才，傑克在我面上的一抓，那一抓，可能有一些化裝油彩，留在他的指甲之上，而他現在已經發現了！

我站著不動。

傑克約莫僵立了半分鐘，陡地轉過身，向我望來。

不必他開口，從他面上的神情，我已經知道事情對我大爲不利了。

我絕不再去冒險尋求僥倖，我不等他開口，身子便開始迅速地向後退去。

當我返到了圍牆邊的時候，傑克發出了一聲呼叫，而我已轉過身，雙足用力一蹬，身子躍高了三四呎，攀住了圍牆的牆頭。

傑克分明已急得來不及下令了，我聽得他又發出了一聲怪叫，在他的第二下怪叫聲中，我翻出了牆頭。我才翻出牆頭，子彈聲便呼嘯而至。在牆外還有三四名警員，一齊向我迎了上來。

而在陳天遠的住宅四周圍，有著數十個密探，這時也正向我望來，要開始行動了。

在圍牆之內，傑克已在大聲發令，我被包圍了！

我的唯一出路，就是將迎面而來的三個警員擊倒，搶進傑克的車子中逃走。

我向前直撲，最前面的一個警員，被我撞得向外直跌了出去，他的身子又撞到了另一個警員。

但另十個警員，卻已經拔出了槍來。同時，在圍牆的牆頭之上，也有人在大聲喝道：「不要動！」

我身子倒地，向前滾出，子彈在我身邊開花，我知道我如今還想逃，是十分不明智的事情，我是應該束手就擒的。

我束手就擒之後，當然性命有危險，但是卻不一定要死，在公正的審判中，我可以自辯，但在這樣的情形下逃亡，那卻是太危險了。

只不過在那樣的情形下，我已根本沒有能力想及這些事了，我心中所想到的，只有一點，那便是：衝到傑克的車子旁邊去！

我向前滾著、跳著，終於滾到了車子底下，我迅速地鑽過了車底，到了車子的另一邊。

這時，至少有二十個人，向車子奔了過來。

我拉開了車門，身子伏下，用手按下了油門，車子像是瘋牛一樣地向前衝了出去，槍彈迎面飛來，將車窗玻璃全部擊碎，但因爲我是伏著的，所以我並沒有受傷。

接著，車輪也洩氣了，車子猛烈地顛簸了起來，我已經沒有法子控制車子了，車子向旁滾去，公路的一旁是山谷，車子已滾下了山谷，我因爲進車的時候，根本沒有時間關上車門，所以車門還是開著的。

當車子向山谷下滾去的時候，其中一扇車門，首先落了下來。緊接著，濃煙冒起，我雙手抱著頭，從車門中穿了出來，人和車子，一齊向下滾去。我抓住了一叢灌木，車子則一直滾下去，起火成了一個大火團，一再滾到了谷底，才停住了繼續燃燒。我聽得上面，人聲喧嘩，知道追趕我的人，也已趕到了。

我抓住了那叢灌木，身子向旁移動著，不一會便到了一塊大岩石之旁。那塊大石可以將我的身子擋住，使得在上面的人看不到我，我在岩石下勉強坐了下來，便聽得上面有人叫道：「車子掉下去了，正在燃燒！」有的則道：「衛斯理已經燒死了！」

我心中暗暗苦笑，心想作僞無論作得如何精巧，總是沒有用的，我的化裝已經算得是精巧了，還是給傑克中校覺察了。如今，他們索性以爲我被燒死了，那倒還好得多，至少他們不會再盯住我，而我的行事也可以方便得多了。可是，正當我在這樣想的時候，上面忽然又傳來了傑克的一聲怒喝。只聽得在喝問道：「你們在這裏做甚麼？還不下去？」有人道：「車子毀了，衛斯理已燒死了！」

傑克怒斥道：「胡說，衛斯理會燒死在車中？你親眼看到的？就算你親眼看到了他的死屍，也要提防他突然又活了轉來，快下去追！」

我聽傑克的話，心中不禁十分快慰。

傑克雖然剛愎自用，但是對他的對手，卻還估計得十分清楚，他知道我不是那麼容易對付的人！

我又聽到有人自上面下來的聲音，我心知躲在大石之下，也不是辦法，四面察看了一下，只見在身左有一道大裂縫，如果能將身子藏在這裂縫中，而又以野草遮掩的話，那是絕妙的藏身去處。

我擠著身子，進了那裂縫中，又撥了幾棵野草，放在面前。

這個廢谷，只怕從來也未曾有那麼多人到過，我估計，在我面前經過的人，至少也有五十人之多，但是卻沒有一個人發現我。

我一直躲在那裂縫中，不能不說是一件辛苦之極的事情，但爲了避免被捕，我只好一直躲著，直到過了六個來小時，搜索的人，才算不見了。

可是我知道一定還有人留守著，看來我是不到天黑，不能另動腦筋的了。

但這時，既然沒有人在我的身前轉來轉去，我至少可以挪動一下身子，和自在一些地呼吸了。我轉動著身子，又向裏面縮了縮。

我立即發現，那裂縫的裏面，遠比外面來得寬敞，我身子一直向內閃縮去，不一會，便已經可以坐了起來，從那裂縫中射進來的光線，十分黑暗，我向裏面看去，更是黑沉沉一片，甚麼也看不到。

可是在感覺上而言，我卻可以感得到，越是向裏面去，便越是空廣，裏面竟是一個大山洞。

我心中不禁十分訝異，心想我倒頗有些像武俠小說中的主角了！躲開了敵人的追蹤，來到了一個山洞中，發現了武功秘笈。或是遇到了隱居的高人，從此技震天下。不知道這山洞之中，是不是有著這樣的事！

我正在自嘲地想著，忽然聽得在山洞裏面，傳來了一種「嗡嗡嗡」的聲音。那種「嗡嗡」聲才一傳入我的耳中，我不禁吃了一驚，因為我剛才只不過是胡思亂想，我是絕未料到山洞之中真會有聲音傳出來的。

但是，我卻立即暗自好笑，因為那種聲音，絕不是甚麼怪物所發出來的，只要略為用心聽一下，便可以聽出那只不過是蜜蜂所發出來的聲音而已。

可能在山洞之中，有著一窩蜜蜂，那就會有這種聲音發出來了。

我轉開了鞋後跟，在裏面取出了一隻小電筒來。小電筒發出來的光芒雖然不強烈，但是在黑暗的山洞中，卻也可以起照明的作用了。

我向前照了照，彎著身子又走出了幾步，人已可以直了起來，那山洞的確是越向前去，越是廣闊，我走出了十來碼，那「嗡嗡」聲越來越響。

我不由自主地站定了身子，因爲若是引得一群黃蜂向我襲來，那我就走投無路了。

我熄了小電筒，倚壁而立，那種聲音似乎越來越響，令我產生了一種心神不安的感覺，我忍不住又用電筒循聲照去，突然之間，我呆住了。我不但呆著不動，而且，還有毛髮直豎之感！

我實是難以相信我所看到的竟是真的現象！

我看到了七八隻蜜蜂，正在互相吞噬著。蜜蜂而會互相吞噬，那已是令人難以相信的事情了，而令我毛髮直豎的，則是這些蜜蜂身子的巨大！

那七八隻蜜蜂，每一隻足有兩個拳頭大小，黃黑相間的花紋，金茸茸的硬毛，閃著光而又一動不動的雙眼，粗壯的腳以及利刃也似的刺，這一切，本來全是蜜蜂所有的東西，但如今在這樣大的蜜蜂身上看來，卻使這些蜜蜂，成了史前怪物！

我向後退了兩步，我的視線始終未曾離開那七八隻糾纏成一團的蜜蜂。

而當我退後了兩步之後，蜜蜂的數字，已顯著地減少了，本來有七八隻的，如今只有三四隻了。其餘三四隻，當然是已在剛才那極短的時間之中，被牠的同類吞下肚子去了。

而且，我也覺察到，那殘餘的三四隻蜜蜂，身子已比我才看到牠時，大了一倍。

吞噬——長大！我看到了這樣的情形之後，心中陡地想起，像是在甚麼地方，也看到過這樣的情形。但這時我的心中，十分慌亂，竟想不起是在甚麼地方看到過這樣的怪現象來的了。

就在我發呆間，蜜蜂的數字又減少了，只剩下了兩隻，而這兩隻也在發出驚人的「嗡嗡」聲，翻撲著，咬噬著，其中的一隻，迅速地佔了上風，將另一隻狼吞虎嚥地吞了下去。

只剩下一隻蜜蜂了！

那隻蜜蜂停在石上，足使任何人看到了牠，爲之毛髮直豎！

他有三十公分長，大小恰如鴿子，眼睛閃耀著充滿了妖氣的綠光，翅上則閃著水晶似的光芒，牠尾部的尖刺，更是如同一柄尖刀一樣。

我連忙握住了我圍在腰際的那條鞭子，我知道，這隻如此怪異的蜜蜂，是必然會向我展開攻擊的，我必須自衛，要不然，我就——

我想到了這裏，心中陡地一亮，事情就是那麼奇怪，你可能對某一些事，充滿了疑惑，在黑暗中摸索著，好久好久，一點頭緒也沒有，但突然之間，卻心中一亮，甚麼都明白了。

我如今的情形，就是那樣，我在黑暗中摸索了許久，茫無頭緒，一無所得，甚至對整件事情，一點概念也沒有，但突然之間，我捕捉到了一切！

那是當我想到，我如果不力謀自衛，那隻如此巨大的蜜蜂，必然會向我進攻，將我刺死之際所想起來的。

我想起了那個離奇死亡的人，我看到過其中兩人在臨死之前，面上所顯露出來的那種恐怖的神情。我相信我如今的表情，一定不會比他們遜色。

我想到了那個傷口，那幾乎和魔鬼一樣逸去的兇手，以及我所抓到在手中的那兩根硬而閃耀著金色的短毛。

這一切聯起來，再加上眼前這隻大得如此恐怖的蜜蜂，便使我甚麼都明白了：行兇的並不是人，而是這幾乎沒有可能，然而又活生生地停在我面前的大蜜蜂——我不能肯定已經殺了六個人之多的兇手，是不是就是這一隻大蜜蜂，但是事情是由於這種大蜜蜂而生的，那卻是可以肯定之事了。

我握著那條可以用來從容對付十二條大漢的鞭子，心中十分緊張，我實是難以想像，何以會出現那樣大的蜜蜂的道理。

那隻大蜜蜂停著不動，那一對像是由無數反光鏡組成，看來像是甚麼精密的光學儀器的複眼，一動也不動地望著我。

我明知在我面前的只不過是一隻蜜蜂，雖然牠大得如此可怖，但也只不過是一隻蜜蜂。然而，我心中有如同對著一隻妖精一樣的感覺。

牠並沒有向我攻擊，我也難以從牠的眼睛之中，知道牠是不是會向我攻擊，我只是面對著牠，我已經感到受不住了！

我覺得我只有兩條路可走，一是撒腿便跑，二是我先去攻擊牠，我實是沒有辦法和牠那充滿了妖氣的雙眼再對視下去了。

我選擇了後者，我踏前了一步，手中的鞭子，蕩起了「刷」地一聲，向前直揮了過去。我這裏鞭子才揮動，那隻蜜蜂，便「嗡」地響起了一聲，飛了起來，牠才一飛起，便向我直撲了過來。

我一矮身，向前竄出了幾步，一高一低，和那隻蜜蜂錯了開去，我連忙再反手發鞭時，只聽得「嗡嗡」的聲音，不斷遠去，那隻蜜蜂，已飛出山洞去了。

我呆呆地站著，直到那嗡嗡聲完全聽不見了，我才將鞭子圍在腰間，也慢慢地向山洞外走去。

我在向外走去的時候，心中十分緊張。因爲那山洞越是到外面越是窄。而那隻蜜蜂可能並不是一直飛出了山洞去。如果我與他「窄路相逢」的話，我是一點躲避的機會也沒有的。

我小心翼翼地向外爬著，終於我又看到了陽光，那正是我置身的石縫。

我的身子伏著，暫時不向外去，因爲我需要靜靜地想上一想。

如今，事情幾乎已完全弄明白了，兇手並不是人，更不是我。我應該將這一切，向傑克中校去說明白，那麼從此我就可以沒有事了。

但是我不能不想到：固執的傑克，他會相信我所講的話麼？

一隻和鴿子一樣大的蜜蜂，有著尖刀也似的尾刺，這聽來是荒誕不經到極點的事情，像傑克這種人，是絕對不會相信這種事的。

這時，我心中不禁後悔起來，後悔我剛才何以如此震驚，竟由得那隻大蜜蜂飛走，如果我將之打死的話，那麼傑克一看到這隻大蜜蜂，他便定然可以明白一切的真相了。

我想了片刻，決定不論傑克信與不信，我都要將我所看到的一切和他講出。

我挪動著身子，出了石縫，攀上了那塊大石。我才一站在大石上，便聽得「砰砰」兩下槍聲，傳了過來，同時聽得有人叫道：「快舉起手來！」我這時絕無意反抗，因之立即高舉雙手。

我同時抬頭看去，發覺至少有五六枝長程瞄準的來福槍對準著我。

我大叫道：「我要見傑克中校！」

上面又有叱喝聲傳了下來，道：「保持你現在的姿勢，不要亂動，直到有人到你的面前。」

我的心中，不禁十分氣惱，我是自願走出來的，這些警員將我當作是被他們逼出來的麼？但是我想了一想，還是大聲道：「好，你們快下來！」

我看到有四五個人，正在迅速地攀援而下，仍有七八枝長程瞄準的來福槍對著我。我之所以低聲下氣，那是因爲我知道，在事情未曾弄清楚之前，我在這些警方人員的心目中，仍是一個危險之極的瘋狂殺人兇手。

如果我不服從他們的命令的話，他們會無情地向我射擊的，而在我已經弄明白了一切事情之後，再死在他們的槍下，那未免太冤枉了。

所以我才忍住氣，高舉著雙手，直等那四五個人，來到了我的面前，其中的一個，取出了手銬來，向我晃了一晃，我沉聲道：「誰要是想替我加上手銬，我便不合作。」那人呆了一呆，不知該怎樣才好。另一個看來官階較高的人一揚手，道：「不必加手銬了，衛先生是硬漢子，他既然自願投案了，還會逃走麼？」我不和他多分辯，因爲我急於見傑克中校，不想耽擱時間。

在那四五個人的包圍之中，我們向上攀去，我們剛上了公路，一輛摩托車便風馳電掣而至。車子還未曾停定，傑克中校便從車上，跳了下來！他像是旋風一樣地捲到了我的面前，狠狠地瞪著我，大聲道：「衛斯理，不論你的化裝如何精巧，你總是逃不出我們的手掌！」

我淡然一笑，心平氣和地道：「中校，你的部下未曾向你報告我是如何出現的麼？」

傑克中校的面色，陡地變得難看之極，他厲聲道：「這次你再也逃不走了。」

我一攤手，道：「我根本不用逃，我是清白無辜的，而且我已發現了真正的兇手，你願意聽我詳細地說一說麼？」

傑克鐵一般的眼珠，凝視了我許久，才道：「好，我給你十分鐘的時間。」

我便開始敘述，我從那天晚上被慘叫聲驚醒，發現死人，又曾反手抓住一條「手臂」，沾到了幾根金黃色的硬毛說起，直說到剛才在山洞中的所見。

最後，我下了結論，道：「連續殺死了六個人的兇手，正是那種大蜜蜂，這種大蜜蜂可能不止一隻，他們本來是普通的蜜蜂，但不知受了甚麼刺激，竟能在吞噬同類之後，如此迅速地增加著體積，這種大蜜蜂應是多數不止一隻，那正是對本市百萬居民的大威脅，你該採取行動了！」

我想，傑克中校一定會在中途打斷我的話頭的。

但出乎我的意料之外，他竟然並不，他只是寒著臉，聽我講完，這才道：「衛斯理，太可惜了。」

我一怔，道：「可惜甚麼？」

傑克道：「可惜你煞費心機編出來的話，我不相信。你怎麼可以以爲我會相信這樣荒謬的話？」

我大聲道：「傑克，這一切全是事實，你若是不信，那就誤了大事了。」

傑克冷冷地道：「好了，陳教授在甚麼地方，你們的組織派給你的，還有甚麼任務，你得準備回答許多問題，但不是現在，你跟我回去。」

我的身子猛地一聳，準備衝向前去，將傑克中校的身子抓住。

但是傑克在被我押作了一次人質之後，顯然已經變得乖覺了。我的身子一動，他便向後退了開去，而且緊接著，我的背後便響起了「卡」地一聲響，我立即站住，道：「好，傑克，我跟你走，但你如果不相信我的話，必然會使更多的人喪命，到時，你該爲這些人的死而內疚了！」

傑克並不理我，只是一揚手，道：「上車！」

我被押著上了車，囚車仍然是上次我掀起坐墊出花樣的那一輛汽車，但這次我決定不出任何花樣。因爲我知道，這種大蜜蜂，既然已殺了六個人，當然還會殺第七個人、第八個人。等到再有人被殺時，就算傑克中校仍然不信我的話，我也可以淸白了。

車子向前飛馳，直到抵達傑克主持的秘密工作組總部，我又看到了那個上校，他的態度和傑克恰恰是相反，傑克是鐵青著臉，他卻滿臉笑容。

他一見到我，便過來和我握手，並且拍著我的肩頭，道：「幸會！幸會！我們又見面了，我相信這一次，你一定會和我們好好地談一談了吧。」

我冷冷地瞪了傑克一眼，道：「不錯，我是願意和你們好好地談一談的，只是可惜，我已對傑克中校講了一切，他卻不相信。」

傑克中校怒吼道：「他全然是在放屁——」

可是，他的話未曾說完，那位上校一揚手，已經止住了他的發言，對我道：「他不信麼？

你可以再對我說一遍，看我是不是能夠相信。請到我的私人辦公室來，這邊走，請！」

上校的態度，客氣得過了分。老實說，我也絕不喜歡他的這種態度。

因為他是一個秘密工作者，來自情報本部的高級人員。而他對我如此客氣，那說明在他的心目中，我是一個重要人物，但實際上，我卻不是，我只是一個平民，還可以稱得上十分奉公守法！

上校讓我先行，他跟在我的後面，傑克中校踏前兩步，道：「上校，他是一個非常危險的人物，而且他的神經，似乎十分不正常，他曾經向我講述了一個荒誕之極的故事。」

上校道：「不要緊，我已研究過他的資料，他是我的好朋友納爾遜的好友，我相信我們可以談得來，他也不會危害我，我也可以有法子自衛的！」

上校的話，十分夠技巧，他一方面表示我不會對他動手的，一方面又表示，我即使向他動手，他也絕不忌憚我，我聽到了納爾遜的名字，心中又不禁一陣難過。納爾遜是國際警方的高級人員，他的死因，可以說我是這世上唯一知道的人了！

我嘆了一口氣，轉過頭來，道：「上校，你提起了納爾遜先生，這使我放心得多了，你若是納爾遜先生的好友，那你當然是一個明白是非的人了。」

上校滿面堆笑，道：「衛先生，你過獎了。」

我們兩個人，進了那幢洋房二樓的一間房間中，那間房間佈置得十分舒適而不規律，像是一幅散的作家的書房，也正因爲如此，所以了使人感到舒適。

我和上校一起坐了下來，上校替我倒了一杯酒，又給了我一枝雪茄，我把自己埋在一隻又大又軟的沙發中，道：「好，我該將已對傑克中校說過的話，再對你說上一遍了。」

上校搖頭道：「那不必了，我們可以放錄音帶來大家聽一遍，你也可以聽聽，可有甚麼漏去的地方。」

他一面說，一面在他的書桌上取起了一盤小型的錄音帶來，放進了一隻龐大的錄音機中，我和傑克的聲音，立即清晰地傳了出來。

那是我在公路上和傑克的全部對話，我不知道錄音是由甚麼人用甚麼方法進行的，但是錄音的效果，卻非常之好，字字清晰。

我看到上校用心地聽著，他的臉上，始終帶著笑容，也看不出他的心中，究竟在想些甚麼，也不知道他對我的話反應如何。

等到全部錄音放畢，他才欠了欠身子，道：「衛先生，你覺得還有甚麼要補充的麼？」

我搖了搖頭道：「沒有，如果有的話，那只是一句：『我所說的全部是實話。』」

上校笑著道：「衛先生，你覺得這些事，實在太難令人相信了麼？」我大聲道：「是的，這些事難以令人相信，但是這是實話。」

上校不再和我多辯，笑著道：「G先生還好麼？我已好久未曾聽到他的信息了，想不到他這次又會到遠東來活動的。」

我呆了一呆，反問道：「G先生？」

上校「哈哈」笑著，站起身來，道：「我們不必捉迷藏了，衛先生，你是G到遠東來之後的第一號助手，我們已經確知了！」

我不禁啼笑皆非，道：「上校，要就是我發神經病了，要就是你們的情報工作出了甚麼毛病，我不認識甚麼E先生，G先生，更不會是甚麼人的第一號助手，你完全錯了！」

我將最後的一句話，說得斬釘截鐵，十分堅決！

可是我在講完了這幾句話之後，我卻感到了一陣悲哀，因爲我看出上校對我的話，根本不信。他笑著，站起身來，在那具錄音機上，按了一按，走了過來，在我的肩頭上拍了一下，道：「G是我們敵對陣營的健將，我們對他一直不敢輕視，所以，由你口中得到關於他的一切，對我們來說，便是十分重要的事了，你可明白這一點麼？」

我大聲叫道：「你──」

上校一擺手，道：「你不必高聲叫，你只消輕輕說就行了，我離開一小時，你只管說，錄音機會將你所說的每一個字記下來的。」

我苦笑了一下，道：「上校，我爲你可惜。」

上校向我作了一個同樣的苦笑，道：「我也可惜，本來我們可以成爲好朋友的，但是鬥爭是如此之無情，真的太可惜了！」

他講完之後，便走了出去，將房門輕輕地掩上。

我仍然坐在沙發上，我絕不試圖逃走。我只是希望自己留在這裏，等再有兇殺發生，不管他們是不是相信有這樣的大蜜蜂，他們總可以知道，殺人的絕不是我，我一口乾掉杯中的酒，又自己去倒了一杯。我心中啼笑皆非，這裏的兩個主管，一個認定我是兇手，另一個卻認定我是甚麼G先生的手下，那當真是可笑到極點的事！

我將那大半瓶「不知年」的陳白蘭地喝光，倒在沙發上，沉沉地睡了過去。不知過了多久，我被一種強烈的光線的刺激，而醒了過來。

當我睜開眼來的時候，我甚麼都看不見，只是被照射著我的強光，引起一陣昏眩。

我搖了搖頭，依稀看到強光之後，有幾個人影，但是我卻辨認不出他們是甚麼人來。我重又閉上了眼睛，喝道：「拿開強光燈！」

我聽到的回答，是傑克的聲，他尖聲音道：「又有人被殺了。」

我陡地精神一振，欠了欠身。

第五部：海王星生長方式的大蜜蜂

我大聲道：「我對於有人被殺，絕不覺得高興，但是這證明了我的清白，你們還拘留著我作甚麼？」

傑克冷笑道：「你的清白？哼哼，這是你們組織故意如此做的，如果我們因此便會將你當作清白的人，那你也未免將我們估計得太低了！」

我聽了傑克的話，不禁呆了。

同此，我不由自主地想起殷嘉麗來。殷嘉麗的頭腦，顯然遠在這個中校，和那個上校之上！因為殷嘉麗在將我拘留期間而外面又發生了兇案，她便立即想到我是無辜的了。而傑克中校卻以為那是我的「組織」所「玩弄的花樣」！老天，他實在是精明過份了！他實在是太聰明了。我一時之間，不知該說些甚麼才好。

傑克中校狠狠地望著我，道：「衛斯理，你再頑抗下去，是沒有意思的事情了。」

我嘆了一口氣，道：「傑克，你別將事情弄得太複雜，你向簡單一些的地方去想好不好？你何不相信我的話，派人去找那種大蜜蜂？」

我不說這句話還好，我一說了這句話，傑克中校突然咆哮了起來。

他「砰」地一聲，重重地在桌上擊了一拳，令得桌上的玻璃杯，一齊「乒乒乓乓」地跳起舞來，他的樣子，像是恨不得咬上我幾口，他大聲叫道：「我已經夠蠢了，我真的會聽了你的話之後，相信了有這種可能——」

我說道：「這本來就是實話！」

他的手掌「呼」地揮了過來，但是卻被我一側身，避了開去，他要另一隻手扶住桌子，才能站穩身形，由此可知他剛才向我擊出的那一掌，力道是何等之大。

他站穩了身子，才繼續咆哮，道：「我竟派出了人去尋找那蜜蜂，我何以竟會蠢到這種地步，哈哈，我竟會相信你的話！」

原來傑克中校已經派人去找過了。

他狠狠地瞪著我，道：「由於我派出去的人分散在荒野間的緣故，給你們的組織造成了便利，兩個人被殺，兩個！」

他緊緊地握著拳頭，又「砰」地一聲，擊在桌子上。我心中一動，忙道：「那兩個人的死狀，可是和以前幾個一樣麼？」

傑克厲聲道：「你希望他們怎樣？希望他們被炸藥炸成塵煙麼？」

我搖了搖手，力圖使他鎮定下來。

我道：「傑克，事情不是很明顯了麼？這正證明我的話是對的。有這種大蜜蜂存在，你派出去尋找大蜜蜂，而又死去的部下，一旦發現了那種大蜜蜂，因而死在蜂刺之下的。」

傑克怪聲叫道：「他們是擕有武器的。」

我忙道：「我敢打賭，他們一定連碰都未曾碰他們的武器，他們並不是沒有時間，而是他們在見到了那種大蜜蜂後，太驚駭了，驚駭得他們只能呆呆地站著，聽候大蜜蜂的攻擊！」

傑克不再出聲，只是望著我。

我又道：「你想想，你的部下絕不是飯桶，何以他們遇到了敵手，竟連反抗都不反抗？唯一的解釋是，他們的敵手，是他們前所未見，是超乎他們知識、想像能力範疇之外的怪物！」

傑克似乎有一些心動了，他冷冷地道：「或者是遠距離武器呢？」

我反問道：「甚麼遠距離的武器，能夠這樣厲害呢？能夠在行兇之後，絲毫不露痕跡呢？」

傑克中校道：「一種直線進行的光束，可以直達月球，譬如說利用這種光束所製成的武器，那豈不是可以在遠處殺人？」

我道：「我知道你指的是雷射光束，不錯，利用這種光束原理製成的武器，當然是厲害之極，但是，你若是已掌握了這種武器，你肯用來殺死幾個對方的便衣探員麼？」

傑克不再出聲，顯然他已無話可說了。但是他卻又不同意我的話，那是他還不相信我所說的關於大蜜蜂的事。

我們僵持了幾分鐘，傑克突然一個轉身，大踏步地向外走了出去。

我叫道：「中校，我可是已經自由了？」

可是他的回答，只是「砰」地一聲，重重地將門關上而已。

我連忙趕到門旁，一旋門鈕，門竟應手而開，我心中大喜，可是開門處，那個胖胖的上校，卻已經站在我的面前了。他的面上，破例地沒有了笑容。

他一見到了我，便連連道：「你使我們爲難了，你使我們爲難了！」

我攤了攤雙手，道：「笑話，你們無緣無故地將我拘了來，說我是甚麼組織的特工人員，你們這是在自尋煩惱，干我甚麼事？」

上校連連搓手，道：「我們將你的口供，報告了情報本部，情報本部說我們所拘留的人，一定是一個瘋子。」我忙道：「好啊，那麼請你將我放走。」

上校的答覆，十分爽氣，他立即點頭，道：「可以，但是我們的醫生，要替你進行全身檢查，看看你是不是一個正常的人。」

我問道：「在接受一次檢查之後，我就可以恢復自由了麼？」

上校點頭道：「不錯，不論檢查的結果如何，你都可以立即成爲自由的人了。」

我心中不禁暗自狐疑，上校的話，大有自相矛盾之處，他先說醫生要檢查我是不是瘋子，又說在檢查之後，不論結果如何，我都可以恢復自由。由此可知，他們早已知道我不是個瘋子，檢查是另有目的的。

我正在想，一個醫生模樣的中年人，已經走了進來，在他的身後，還跟著兩個彪形大漢。那兩個大漢直到我的面前，將我按在沙發上。我怒道：「這算甚麼？」

上校一揚手，他手中已握了一柄連發手槍，道：「先要替你進行麻醉，這是爲了避免你的反抗。」

我身子猛地一旋，雙足一蹬，按住了我身上的兩個大漢，怪叫一聲，被我蹬了出去，我身子站直，已經向上校撲去。

可是我只撲出了一步，上校則兀立不動。他兀立不動的姿勢，使我以爲他真的要放槍，我也不禁停了一停，也就在那一剎間，我突然聽得背後，響起了「撲」地一聲響，我立時轉過身來，可是已經遲了。

我的腰際一麻，我低頭看去，只見有一枝針，已經插進了我的腰際，那枝針，連著一根管子，管子的一端，連在一柄和槍差不多的東西上，而那柄特殊的槍，則還抓住在那醫生的手上。

我身子一側，想要大聲喝罵，然而就在那幾秒鐘之間，我的舌根已經麻木不靈，我已講不出話來了。

緊接著，我眼前所有的東西，都像是在亂飛亂舞一樣，站在我面前的人，則由一個變成兩個，由兩個變成四個，四個變成八個，終於變成一片模糊，甚麼也看不見爲止。那時候，我唯一的知覺，便是我的身子在向下倒去，撞在地上。

接著，我便甚麼也不知道了。

在昏迷之中發生了一些甚麼事，我是直到事情整個了結之後才知道的，當時我一無所知。而在我漸漸又有了知覺之際，我只覺得出奇地口渴。我大叫了一聲，居然有聲音發了出來，我叫道：「水！」

立時有一個人扶起了我，將一杯清涼的液體，送到了我的唇邊，我大口大口地將之吞了下去，一面吞，一面睜開眼來。

我看到扶著我的，正是那位胖上校。

我推開了杯子「哼」地一聲，道：「你們究竟在弄些甚麼把戲？」

上校笑道：「你昏迷了三小時，對你的全身檢查，已經完畢了。」

我翻身而起，道：「那麼，我是瘋子麼？」

上校滑頭滑腦的道：「在如今這樣的世界上，有多少人能不是瘋子呢？」

我又問道：「如今我自由了麼？」

上校在我的肩頭上拍了拍，道：「朋友，你比我自由得多了，請離開這裏吧！」

我實在猜不透他們究竟在鬧些什麼玄虛。我直覺地感到，他們對我的疑慮絕未消滅，而他們對我所講的話，也可以說絕不相信。

那麼爲甚麼他們將我放走了呢？

他們是想跟蹤我，看我是不是跟那個甚麼G先生接頭麼？大概就是這樣的意思了。

我站了起來，還有些頭重腳輕之感，到了門前，上校代我開門，道：「可要我們送你一程？」我搖了搖頭，道：「不必了。」

我向外直走了出去，所有的人都只是冷冷地望著我，直到我出了那幢花園洋房的大門口，我才算鬆了一口氣。我走出了一百多碼，在一個公共汽車站前停了下來，心中迅速地盤算著。

傑克中校既然肯放我出來，不管他們的用意何在，在短期內總不會再來找我麻煩的了，而殷嘉麗方面，由於雙重化裝的關係，他們早已失去了我的蹤跡。我可以說是一個自由人了。

我可以到任何地方去，做任何事情。但是我問自己：我應該作甚麼呢？

當我想到這裏的時候，車子來了，我上了車子，心想爲了使警方徹底相信我的無辜，我當然要設法去捉一隻大蜜蜂來。

我已經見過一次這樣的大蜜蜂，當然還可以見第二次的，我要去準備一些工具。

車子駛到了市區，我揀離我家最近的一個站停了下來。下車之後，我四面看了一看，似乎絕沒有人在跟蹤我。傑克中校竟也放棄了對我的跟蹤，這的確是出乎我意料之外的事情。

當我用鑰匙開了門走進去的時候，老蔡恰好從廚房出來，他以十分詫異的眼光望著我，我道：「唉，老蔡，你連我也不認識了麼？」

老蔡大叫了起來，道：「唉，你出了甚麼事？這幾天，屋子附近全是人，直到今天早上，才一個也不見了。」

我知道老蔡口中的「人」，是指傑克中校派出監視我的人而言的。

我心中又不禁想：傑克中校爲甚麼不再對我進行監視了呢？

我笑了笑，道：「老蔡，你跟我上來，我要你去買一些東西，再去請一位朋友來和我晤面，我沒有事的，你放心好了。」

老蔡口中還在咕咕噥噥，對我表示不滿，他是我們家的老傭人，當然是爲了我好，不想我涉險。我雖然喜歡冒險，可是這次的事情，卻是突如其來，我想推也推不掉的！

我和老蔡一齊進了書房，我開了一張單子，那是要買的東西，其中包括劍擊時用的銅絲面罩，採捕標本的大網等等。同時，我寫了一封信，給我一位生物學家的朋友，邀他前來。

我不和那位朋友通電話，而派老蔡送信去，那是表示事情十分嚴重之故。

做完了一切，我企圖洗去臉上的化裝，但是洗來洗去，卻無法達到目的。我索性不再理會，倒頭睡覺。這幾天來，我實是疲倦得運氣都喘不過來，但是神經又極其緊張，所以上床之後，好久還未曾睡著，而正當矇矓睡去，依稀之間，像是有無數巨型的蜜蜂在向我攻擊之際，我卻被人推醒了。

我睜開眼來一看，符強生——他就是我那個學生物的朋友——已經站在床前。他「哈哈」

笑著，道：「我是踰牆而入的，你睡得那麼熟，只怕整間屋子給人偷了去，也未必知道！」

我揉了揉眼睛，轉過身來。當我轉過身，面向著他的時候，他臉上的笑容，就像是突然見到了一具僵屍一樣，愉快的笑容，如同石刻似的在他的面上僵結，他的手指著我，一句話也講不出來。

在一剎那間，我也幾乎難以明白，何以他會如此之恐怖，我叫道：「強生，你來了，來得正好。」

符強生後退了一步，手指仍指在我的面上，道：「老天，你究竟在弄些甚麼花樣？你……可是衛斯理？我沒有走錯地方？」

他一面說，一面搖頭四顧。我恍然大悟，在自己的臉上摸了摸，道：「強生，你怎麼啦，這只不過是極其精巧的化裝而已。」

符強生臉上驚愕的神情，這才漸漸褪去。他交疊著雙手，道：「你特地派人送信要我來，難道就是想用你的驚奇的化裝，來嚇我一跳麼？」

我連忙道：「當然不，你得聽我講一連串的事。在我未講之前，我必須先聲明，以我們兩人的友誼作保證，我所講的全是真話，如果有一句是假的，那便是孫子王八蛋！龜兒子兔崽子。」

我和強生是從小的朋友，兩人之間，打過架，吵過嘴，自然也開過許多不大不小的玩笑。

我即將向他說出的事情，他只怕是難以接受的，所以我便如同小時候說真話而他不信之際一樣，罰誓在先。

符強生舉起右手，道：「好，我一定相信你。」

我站了起來，來回走了幾步，道：「事情是從我住到了陳天遠教授的住宅之後而起的。」

我才講了一句，符強生便「啊」地一聲，叫了起來，道：「陳教授，他是我最崇拜的人之一，他東來之後，我曾和他聯絡過許多次，最近因爲他實驗工作太忙，所以我才不去打擾他，而只和他的助手聯絡。」

我點了點頭，道：「一位美麗動人的小姐。」

符強生忽然紅了臉，端了端眼鏡，望了我半晌，道：「你這話是甚麼意思？」

我心中暗暗奇怪，符強生是一個書獃子，我們兩人都已到了應該成家的年齡了，我因爲浪跡江湖而未成家，他卻沉緬書本而誤了佳期，難道他對於雙重身份的殷嘉麗竟大有意思麼？

如果是這樣的話，那麼他在知道了殷嘉麗的另一重身份之後，一定要傷心欲絕的了。

本來，我之請他來，只不過是向他請教，在生物學而言，是不是真的可能有這樣的大蜜蜂，我還準備和他一起去捉那巨型的蜜蜂。我並沒有想到他和殷嘉麗也是相識的，而且看情形，他對殷嘉麗的感情，還十分之不尋常。

我也望了他半晌，才緩緩地道：「我的意思是說，陳教授的女助手殷嘉麗，是一位十分美麗的小姐，正像一朵玫瑰，美麗而多刺。」

在如今這樣的情形下，我自然只好這樣隱約地提醒他，好使他知道殷嘉麗絕不是甚麼善男信女。

可是符強生聽了之後，卻是大皺眉頭。

符強生道：「衛斯理，聽說你近年來不斷地在寫小說，但是我發現你連形容一位可愛的女子的能力都沒有，你的小說一定是無法卒讀的了，是不是？」

常言說得好：文章是自己的好。他說我的小說不堪卒讀，我心中也不禁生氣，道：「不錯，我是形容得不恰當。她不是玫瑰，而是罌粟，比玫瑰更美麗，但卻是有毒的。」

符強生的面色變得十分難看，好一會才恢復了常態，我聽得他喃喃地自言自語，道：「這也好，他總不會和我爭奪了。」

我走過去，在他的肩頭上拍了兩下，道：「讓我們言歸正傳吧。首先，你可相信世界上有一種蜜蜂，牠的身子和鴿子一樣大？」

符強生搖了搖頭，道：「這是沒有可能的事，已經發現的各種『激素』使生物的個體反常地生長，但是卻不能使蜜蜂大到那樣。」

我揮了揮手，道：「可是，我看見過這樣巨型的蜜蜂，而且，這樣巨型的蜜蜂，已經殺死了六個人，牠們可能繼續肆虐，他們的尾刺，比牛肉刀更鋒銳，更堅硬，可以直刺進人的頭骨。」

我唯恐符強生斥我荒謬、無稽，所以我一口氣不斷地講著，不讓他有插口的機會，而且越講越是加重語氣，務必令到他相信爲止。

符強生聽了我的話之後，他的反應，令我十分驚訝。

只見他坐著，面色在突然之間，變得十分蒼白，而且雙目之中，射出了近乎夢幻也似的神采來，雙手緊緊地握著拳，直到指節發白。

他像是想講話，可是口唇哆嗦著，卻又無法講得出話來。照他的這種情形看來，他像是興奮到了極點，以致神經緊張到這種地步。

我連聲問他道：「喂，你做甚麼？你可是在嚇人麼？」

符強生像是根本未曾聽到我的話，他陡地站了起來，向前走了兩步，雙拳重重地擊在牆壁上，嚷道：「他成功了，他真的成功了！」

我滿腹疑雲，道：「誰成功了，成功了甚麼？」

符強生轉過身來道：「傻瓜，你還看不出來麼？」

我心中大是沒好氣，道：「你才是傻瓜，我能從你發羊癲瘋似的動作中，看出些甚麼來？」

符強生緊握著拳頭，衝到我的面前，他向我揚著拳頭，當然他不是想打我，只不過是想加重他所說的話的力量而已。

他大聲道：「陳天遠教授成功了，他竟在實驗室中培養出了別的天體的生物，這種充滿了新的激素，和地球上生物的發展、生長方式完全不同的新生物，將影響整個地球上的一切生物，使地球上的傳統生長方式毀滅，這將會要改變整個地球，人類的歷史，從此改觀了。」

我望著他，一言不發，他的話，轉來像是夢囈一樣，使我無從置喙。

他四面望著，雙目之中那種近乎夢幻的色彩更加嚴重。

符強生一面仍不斷地道：「或者可以創造一切，使人類的發展跨入新的一步，或者毀滅一切，使人類從此在地球上消滅，而人類在地球上經營數萬年，所留下來的一切，將化爲塵煙，哈哈，衛斯理，你可想得到，你這幢美麗舒適的房子，在不久的將來，可能因爲兩隻貓在附近打架，而變成一堆廢墟麼？」

我冷冷地道：「你這是甚麼意思？」

符強生道：「蜜蜂的原來大小是多少？你說你見到和鴿子一樣大的大蜜蜂，牠的體積增長了多少倍？同樣的增長，若是發生在貓的身上，一頭普通的貓，會比恐龍還大，你的房子，被他們的尾巴一掃，便完全不存在了！」

我皺著雙眉，道：「我仍不明白——」

我的話還未曾講完，符強生竟已不再理我，一個轉身，向外走去，我連忙跳了過去，一把將他拉住，道：「你上哪裏去？」

符強生道：「我去看陳教授，他可能已創造了一個新的世界，但可能也毀滅了一切，無論如何，這總是值得祝賀的事情。」

我搖了搖頭，道：「遲了，陳教授失蹤了。」

符強生一呆，道：「胡說，幾天前的一個夜晚，他還打電話給我，說他成功了，他所培養的東西出現了，那是一種以奇異的、地球人所難以想像的一種方式成長的生物，來自別的天體，我在聽了他敘述的那種生長方式之後，根本不相信他的話。」

我的心中陡地一亮！

那天晚上，我在陳教授實驗室中顯微鏡下看到的情形，又在我腦中重現：一個看來像是單細胞生物似的東西，在分裂著、吞噬著，體積迅速地增大著。

而在我腦中重現的，不止是這一個現象，還有我在那山洞之中所看到的蜜蜂互相吞噬，迅速長大的情景。

我在山洞之中的時候，便覺得那種情景似曾相識，直到此時，我才想了起來，那是曾在陳天遠教授的實驗室中看到過的！

我已經隱隱地覺得整個事情，現出了一絲光明，使我不至於完全在黑暗之中摸索了。

我的心中也起了一種十分奇異的感覺，因為我開始覺得，符強生剛才的一番話，絕不是夢囈，而是真的事實了！我竭力使我的聲音鎮定，接著符強生的話道：「當然，那種自身分裂，又再吞噬的循環生長方式，實在是使人難以想像的。」

我的話才一出口，符強生猛地一怔，道：「你……你怎麼知道這種生長方式的？」

我的回答十分簡單，道：「我見過。」

符強生的呼吸急促，道：「你見過，你見過甚麼？」

我道：「第一次，我是在顯微鏡下見到的，那就是陳教授和你通電話的那晚……」

我將那晚所見，和在山洞中的所見，一起向符強生簡單地講了一遍。

符強生呆了半晌，才道：「陳教授呢，你說他失蹤了，他到哪裏去了？」

我沒有把殷嘉麗所屬的特務機構將他軟禁一事說出來，只是道：「他被一個特務機構軟禁了，我不明白為甚麼特務機構要看中他，他的發現，有甚麼價值？」

符強生又呆了半晌，像是為這個消息所震驚。接著，他便嘆了一口氣，道：「首先，你得明白他在研究甚麼。本來他是準備邀請我做他的助手的，但是我拒絕了他。」

我並不打斷符強生的話，讓他說下去。符強生續道：「他得到了一份海王星表面的詳細資料，經過研究分析，海王星表面的氣壓、空氣、溫度、岩石的成分等等，都可以在地球上照樣的佈置出來，所以他便研究海王星生物發生之可能……」

符強生告訴我關於陳天遠教授的一切，就是我在篇首所寫的，此處不再重贅了。

而符強生在介紹完了陳天遠研究的性質之後，又不由自主地長嘆了一聲。

我忍不住問道：「強生，這應該是一件十分有意思的工作，你爲甚麼拒絕參加呢？」

符強生又嘆了一口氣道：「陳教授以接近生命的蛋白質置於實驗室中，想創造地球上從未曾出現過，別的天體上的生命，你知道，我是一個缺乏想像力的人，這種事在我來說，是難以想像的……唉！卻想不到他竟然真的成功了！」

我不去打斷他的話頭，聽他繼續講下去。

符張生歇了片刻，才又道：「那天晚上，他告訴我他成功了，並且說在顯微鏡下，那種原始的生命，是以一種奇異的分裂——吞噬——分裂的循環，來使身體龐大的，我如同聽到了一個人的夢囈一樣，不能相信，但如今看來，他的話是真的了。」

我忙著說：「當然是真的，我曾親眼見過——可是你仍未回答我的問題，那種大蜜蜂是怎樣來的？」

符強生搓著手，站了起來，心情激動，道：「我還不能十分肯定，但是陳教授去用以培養新生命的蛋白質，在他的實驗室那種海王星的環境之中，一定產生了一種新的『黴』，那嚴格來說，還並不是一個生命，但卻是改變了生命，影響生命的一種『激素』，促進生命，我猜想可能是他不小心，使這種激素在無意中進入了蜜蜂的身體之內，所以才使蜜蜂反常地生長——或者說，是按照海王星上生物生長的方式，正常地生長，使它變得如此巨大！」

我霍地跳了起來，我以為符強生的解釋，已經十分接近事實了！

我忙道：「張生，我已經準備了一切工具，我知道這種大蜜蜂出沒的地點，我們一起去捉這樣的大蜜蜂，你可和我一起去。」

符強生像是未曾聽到我的說話一樣，他只是呆呆地站著，好一會才道：「衛斯理，你想想，幸而這種『黴』進入了蜜蜂的身中，如果是進入了一隻貓的身中，那麼一隻貓，身子突然長大了一千倍以上，那……還成為甚麼世界？人類還有機會統治地球麼？」

符強生的話，使我也不禁打了一個冷顫。

我這時已確實知道為甚麼國際特務機構對於陳天遠教授的研究如此矚目了。當然是由於他們也知道了這種新的發現，本來是屬於另一天體的激素和這種激素所造成的生活方式，是比任何武器更厲害的東西。

試想想，如果一個國家境內，本來是弱小的生物，譬如說老鼠，忽然之間，每一隻老鼠變得比牛遠大，那麼這個國家還能不滅亡麼？

當然是，若任由這種新的「激素」所造成的分裂——吞噬生活方式蔓延下去，地球上文明人的生存機會，是微乎其微的，結果是全人類的覆亡。

照理來說，熱衷於取得這種新激素的特務組織的所在國家應該看到這一點的，但如今世界上踞於高位的人，形同盲目的實在太多了。核武器發展的結果是毀滅全人類，但是各國卻在競造核武器，更有以之爲榮者，這就是一個例證。

殷嘉麗所屬的特務組織，那個由情報本部來的上校，以及甚麼G先生，只怕全是爲著那在試管底上，肉眼所看不到的新激素而在鬥爭著的。

我呆看著符強生，道：「強生，這種激素是不是能使每種地球上的生物都改變生活方式，而迅速地長大呢？」

符強生搖了搖頭，道：「我還不知道，我也無法知道，除非有這樣的激素供我研究。」

我又提出了我的計劃，道：「我們去捕捉那樣的大蜜蜂，捉到了之後，你就可以用來研究了。」

符強生面色蒼白，點頭道：「好，能捉得到麼？」

我道：「我想可以的，因爲這樣巨型的大蜜蜂不止一隻，他們已經殺害了六個人之多，我們是應該可以捉得到的。」

我拉著符強生下樓，老蔡已將我要他去買的東西，都買回來了。

我們剛準備出發，忽然有人按門鈴，老蔡打開門，站在門口的兩個人，一個是傑克中校，另一個是上校，兩人的面上神情，都十分嚴肅。

他們也不等我的邀請，便向前筆也似直地走了過來，直到我的面前。

那上校先向我伸出手來。我對於他們兩人的來臨，可以說絕不表歡迎，但是上校既然伸出了手，我也就只能和他勉強握手。

上校握住了我的手不放，道：「衛先生，看來我們逼得要相信你的話了。」

上校的態度十分誠懇，但是我對他的敵意，卻仍然未曾消除。

我冷冷地道：「信不信由你，我絕對無強迫你們相信的權利。」

上校點點頭道：「不錯，你的話本來是太荒誕不經，極難使人相信的，但是你和符博士的對話，卻使我們相信了你的話。」

我呆了一呆，怒道：「原來你們竟卑劣到伏在屋外用偷聽器偷聽？」

上校拍了拍我的肩頭，道：「年輕人，不要出言傷人。當你們講話的時候，我在離你家很遠處，但是當然我們仍可以聽到你的講話的，你摸摸你的喉間，看可有什麼異樣？」

我陡地一呆，伸手向喉間摸去，卻摸不出什麼來。只覺得像是生了兩個大暗瘡，有兩粒米樣的突出物，上校踏前一步，取出一隻十分精巧的鉗子，道：「你昂起頭來，待我將這東西取下來。」

我心中充滿了疑惑，昂起了頭，上校來到了我的身前，我只看到符強生驚訝得睜大了眼睛，而頸際則有一種被人撕脫了一塊皮也似的感覺，卻又並不怎麼疼痛。

等我低下頭來時，我已看到在上校手中的那隻鉗子中，鉗著一塊和我的皮膚顏色完全一樣的一塊皮膚，約有大指甲大小。

上校將那片皮膚翻了轉來，我看到了許多比頭髮更細的白金絲，和幾片薄膜，以及兩粒不會比米粒更大的東西，那分明是一具超小型的儀器。

不問可知，那當然是在我昏迷被「檢查全身」時裝在我身上的東西了，而我竟全然不覺。

上校有些得意，因爲他們總算也佔了一次上風——我未曾發覺他們在我身上所做的手腳。

上校揚了揚那片皮膚，道：「這是我們科學家的傑作，有這東西在你的喉上，我們可以在兩公里之內，收聽到你所發音波的震蕩，音波經過處理之後，我們可以清晰地聽到你講的話。」

我耐著性子聽上校講完，心想這倒也好，這一來，他們已確實相信我是完全無辜的了。但是，我卻有點看不慣那胖子上校這種得意非凡的樣子，冷冷地道：「這和伏在門外偷聽實在沒有甚麼不同。並不見得高尚了些。」

胖上校「嘿嘿」地乾笑著，道：「衛先生，我們來，不單是爲了取回這東西，和宣佈你完全的無辜，而且還有所圖。」

我攤開了雙手，道：「上校先生，你能在一個清白的平民手中，得到甚麼？」

上校的回答，十足是外交官的口吻，他道：「我能得到正義的幫助。」

我聳了聳肩，上校已續道：「衛先生，我們已知道，能爲你作化裝的只有一個人，而這個人，則是早已受僱於一個特務組織，受到我們注意跟蹤的了，今天，我們逮捕了那個人。」

我忙道：「上校，我相信他是無辜的。」

上校道：「不錯，他可算是無辜的，他雖然得到巨大的報酬，但每一次都是在暴力的脅迫之下完成他的工作，但是他卻說出了一件事實，那便是他替你進行化裝的時候，你是在那個特務組織的一個據點之中！」

我不得不佩服上校的情報工作做得好，我點頭道：「是，我是前去探查兇手，而被他們捉住的。」

上校問道：「你以爲他們肯放過你麼？」

上校這一問，更是問得技巧之極，因爲上校分明是要我幫助他們，但是卻又不直接說出來，而要逼我自己講出來。我也反問道：「你的意思怎樣呢？」

上校的回答更妙了，他不說要我一起去對付那個特務組織，卻道：「我的意思是，你應該和我們一齊，參加援救陳天遠教授的工作，因爲陳教授正被他們軟禁著，可能有生命危險！」

這是何等冠冕堂皇的理由啊！從特務集團的手中去救一個科學家，這種要求，我難道能夠拒絕麼？我還未曾出聲，符強生已大聲道：「衛斯理，你還在考慮些甚麼，快答應啊！」

我笑了一笑，道：「我是在考慮，應不應該走進一個圈套之中！」

我在講這話的時候，直視著上校。

上校不好意思地等著，傑克中校在這時候，面目嚴肅地向我走來，突然立正，向我行了一個軍禮，道：「衛斯理，我向你正式道歉。」

我呆了一呆，已明白了他的意思，只得嘆了一口氣，道：「好，我只好鑽進你們的圈套之中了。」

上校在我的肩頭之上大拍，道：「我們的計劃是，你再度進入那已被我們派人秘密監視的據點去，探查陳教授的下落，務必將他救出，這東西——」

他揚了揚手中的那片「皮膚」，續道：「仍然貼在你的喉間，使你可以和我們保持聯絡。」

我搖頭拒絕，道：「不行，如果有這玩意兒，我就拒絕參加。而且我的計劃和你有所不同，我準備先去捉一隻巨型的蜜蜂。」

上校道：「我相信你不會成功，你看這個——」

他自袋中取出了一卷軟片來，那是飛機自動攝影機中的軟片，他將之交了給我，我向光亮之處一照，只見一連串的照片之中，全是蜜蜂，一共有四隻，在蜜蜂之旁，則有一架噴射式戰鬥機。

從飛機和蜜蜂的比例來看，這種蜜蜂，正是我要去捉捕的大蜜蜂！

上校解釋道：「噴射戰鬥機第七中隊，今天在例行的飛行中，到達一萬四千呎高空的時候，發現了這四隻大蜜蜂，他們以爲是空中的幻象，但是自動攝影機卻清晰地拍下了他們。」

我將軟片遞給了符強生，上校又道：「當時，那四隻蜜蜂繼續向上飛著，他們曾升高三十呎去追蹤，但因爲飛機演習條例，他們不可能追到更高的高空去查看究竟，你準備去捕捉他們，只怕沒有可能了。」

第六部：人間最醜惡的一幕

符強生這時，也放下了軟片，他喃喃地道：「陳教授，只有他才能解釋一切。」

我轉身向上校，道：「上校，你一定也知道陳教授的發現是如何地非凡，但是卻也是一種可怕之極的發現。你得向我保證，這種新激素如果還有殘剩，你們得到了之後，要將之毀滅，而不能保存！」

上校的面色十分嚴肅，道：「關於這一點，你大可不必耽心，我們情報本部已經向幾位著名的生物學家請教過，事情絕不是如你想像地有著一試管那樣多的激素。」

上校又道：「事實上，陳教授所培養出來的，只不過是一個或兩個而已，我想這其中，已不存在甚麼『殘剩』的問題了。」

我來回踱了幾步，覺得上校的話，是可以被相信的。我吸了一口氣，道：「好，我將盡我的能力去搭救陳教授，你們同時也要設法，不讓這種巨型的蜜蜂，再去作殺人的兇手了。」

上校又伸手和我作緊緊的一握，道：「你真的不要我們作任何協助麼？」

我十分肯定地道：「是。」

上校現出十分擔心的神色來，道：「據我們所知，在軟禁陳教授的特務機構中負責的，是一個代號叫作『G』的人，這人是十分神通廣大的人物，而且，他們還有四個神槍手！」

上校提到的那四個神槍手，我是已經見過的，一想起這四個人來，我心中就不禁感到了一股寒意。但是我仍然堅持道：「我一個人去行事好了，別忘記，我絕不是與你們合作，只不過是爲了援救一個陷在國際特務鬥爭中的無辜科學家而已。」

上校望了我片刻，道：「那麼你將如何進行，可以講給我們聽麼？」

我搖了搖頭，道：「不能，你們大可以再將我麻醉，再在我身上，裝上超小型的傳音器和示蹤儀器的。」

我的話大概講得十分憤然，上校的臉色，紅了起來，轉身走了出去。符強生一等上校他們出去，便立即轉過身來，道：「衛斯理，你不能一個人去，我和你一起去救陳天遠教授。」

我望著符強生，向他溫和地笑了笑，道：「你能夠作甚麼呢？博士。」

符強生睜大著眼睛，難以回答。

當然，符強生是一個十分有學問的人。也因爲他是一個十分有學問的人，所以，在和特務集團作鬥爭中，他一點用處也沒有了。

我看到他面上的那種難過的神色，心中不禁十分不忍，因爲我出言太重，可能傷了他的自尊心，我應該給他一點事情做做的。

當我一想到這一點的時候，我的心中，陡地一亮，我忙問道：「你和殷嘉麗的關係怎麼樣？」

符強生突然變得十分忸怩，道：「也沒有怎樣，不過常常見面而已。」
我忙道：「若是你去約她出來，她肯應約麼？」
符強生道：「噢，那已不止一次了。」
我一手按在他的肩上，道：「好，那麼，你就去設法約她在郊外相見，時間是明天上午，你做得到麼？」
符強生以十分懷疑的眼光看著我，我道：「你放心，我是絕不會和你爭奪佳人的，你約到了殷嘉麗之後，我再和你詳細說，你要注意的是絕不能說你認識我並見過我，知道了麼？」
符強生搖頭道：「我拒絕，你這樣故作神秘，究竟是爲了甚麼？」
我只回答了一句：「爲了救陳教授。」
我講了一句話之後，便將符強生推出了門外，到了門口，我才鬆手，道：「你和殷嘉麗約好了地方之後，再通知我好了。」
符強生在門口望著我，但我已「砰」地一聲將門關上了。我相信他不是傻子，他一定多少會想到其中的一些原因，從而照著我的話去做的。
果然，四十分鐘之後，符強生的電話來了。
符強生在電話中說，他已約了殷嘉麗，明天早上十時，在離市區不遠的一個著名海灘上相會。我便作了一些佈置。我的佈置主要是弄了一艘遊艇，就在那個海灘附近停泊著。而我則在那艘遊艇上，過了十分安靜的一夜。由於事情已經漸漸有些眉目了，我所要做的事，已經只是去對付敵人，而不是要去解謎，所以我這一晚睡得很好。

早上，我醒過來之後，精力充沛，我划著一隻小橡皮艇，來到了沙灘邊上，才緩步向沙灘上走去，我散步到九點五十五分左右，已看到符強生在東張西望地走了過來。

我悄悄地跟在他的身後，他一無所覺，一直到了一叢小竹前面，那裏有一張長凳，他才坐了下來。看來這裏是他們兩人時常晤面的地方。

我在竹子後面躲著，過了十分鐘，殷嘉麗也來了。

她步伐輕盈，充滿了朝氣，一直來到符強生的身邊坐了下來，掠了掠頭髮，道：「好天氣，強生，你怎麼肯走出實驗室，一早到這裏來了？」

符強生的面色十分沉重，道：「陳教授失蹤了，是不是？」

殷嘉麗一怔，道：「是的，警方叫我保守秘密，所以我不曾告訴任何人，你是怎麼知道的？」

符強生一開口便提到了陳天遠，我心中便暗叫糟糕，這傢伙，誰叫他說這些的，他大可談些風花雪月，或者談他的本行：細胞分裂，生命發生，那麼我便可以照預定的計劃行事了。

如今，他一上來便提到了陳天遠，那必然引起殷嘉麗的疑心。

殷嘉麗一有了警惕，我要行事便難得多了，因爲殷嘉麗本來就是一個十分機靈的人，再加上警惕，她便可能先行對付符強生了。

我正在急速地轉著念頭，心想用甚麼方法可以提醒符強生，令得他轉開話題去，卻不料符強生這大混蛋，竟越說越不像話了。

他大聲道：「是衛斯理告訴我的——」

我看到殷嘉麗猛地一震，而符強生還在道：「衛斯理叫我約你在這裏相見，倒像是陳教授的失蹤，是和你有何關係一樣——」

符強生才講到這裏，殷嘉麗已霍地站了起來。

我本來的計劃，已經被符強生的話完全打亂，我也不得不採取行動了。我的手本來就是握著一株竹子的，這時，我用力向下一壓，那株竹子被我一壓之力，向後疾打了下去，正打在符強生的頭上。

那突如其來的一擊，令得符強生的身子向下一倒，倒在地上。

我相信那一擊已足令他昏過去了。而這正好作為他自作聰明胡言亂語的教訓。我立即疾躍而出，殷嘉麗這時，正打開一本厚厚的洋裝書——書當中是空心的，當中有一柄手槍。

然而我卻不給她有機會取出這柄手槍來，我在飛躍而出之際，早已有了打算。我的手在長椅的椅背上用力一按，右腳已飛了起來，「拍」地一聲，正好踢在她手中的那本書上。

她手向上一揚，書本未曾脫手，但是書中的那柄小手槍卻已跌到了地上。我身子一滾，已將那柄手槍抓在手中。

我一抓到了那柄手槍，便向她揚了一揚，道：「小姐，久違了！」

殷嘉麗呆呆地站著，望了我片刻，才勉強一笑，道：「我們上了那化裝師的當了。」

我聳了聳肩，道：「殷小姐，如果你不反對的話，我希望你到此不遠的一艘遊艇上去講幾句話。」

殷嘉麗的面色，已經完全恢復了鎮定，道：「我有反對的餘地麼？強生呢？你準備怎樣處置他？」我道：「就讓他躺在沙上好了，他不久就會醒來的，我們走吧。」殷嘉麗倒十分爽氣，當然她是想伺機反抗的，但在目前還沒有可能的情形下，她絕不拖延時間，轉身便走，我們兩人很快便到了小艇上。

到了小艇上之後，她坐在艇首，我命令她划著槳，向那艘遊艇划去。

也直到此際，我才看到了我手中的那柄槍。那可以說是一種藝術品，有鑲著象牙的柄，上面有著極其精緻的雕刻花紋。

我一看到了這柄手槍，便不禁陡地一呆，失聲問道：「這柄槍，你是哪裏得來的？」

殷嘉麗背對著我，道：「有必要回答麼？」

我忙道：「自然，在如今這樣的情形下，你最聰明的做法，便是我問甚麼，你回答甚麼。」

殷嘉麗道：「好，這是因爲我工作的出色，我的上級給我的一種特殊的嘉獎。」

我又連忙道：「你的上級——G。」

殷嘉麗戲劇化地叫著，道：「噢，原來你已經知道那麼多了。」

我看看如今放在我手中的這柄槍，心中不禁十分感慨，我之所以一見到這柄槍，便立即詢問殷嘉麗這柄槍的來由，那是大有原因的，因爲同樣的槍，我也有一柄，那柄槍，是一個人給我的紀念品，因爲我幫了他一個大忙，那個人也叫G。

那人當時是亞洲某一國家駐意大利的大使，而我則因爲隆美爾的寶藏一事，正在意大利和黑手黨作著殊死爭鬥。由於隆美爾的寶藏之中，有著大量鈾的原故，G大使也參加了這場爭奪，還曾將我囚禁在大使館中，後來他因羞愧而要自殺，是我阻止了他，他便贈了這樣的一柄手槍給我。

關於這件事的經過，已記述在題爲「鑽石花」這個故事之中。

如今，殷嘉麗所屬的特務集團首腦也叫G，而這個G也有著這樣的一柄手槍，贈給了殷嘉麗，如果說他們不是一個人的話，那實是令人難以相信的。

我對這位G先生的爲人，相當佩服，所以這時，知道了原來G也是個特工人員，不免大是感慨。

但是同時，我卻也輕鬆了不少，因爲若果兩個G是同一個人的話，那麼我這件任務，是幾乎已經完成的了。因爲G對我也十分有好感，有好幾次，我要到外地去，倉卒之間，都是找他國家的外交機構爲我辦手續的。

他既然曾經常予我幫助，我要他放出陳教授，他會不答應麼？

我慢慢地道：「非但我知道不少，而且你們的領導人，這位G先生，我是認識他的，我們有著十分深厚的私誼，我想我們之間的糾紛可以告一段落了。」

殷嘉麗並不轉過身來，她只是以冷冰的聲音回答我，道：「你錯了，衛先生，在我們的工作中，只有公事，而沒有私誼的。」

殷嘉麗講得如此冷酷，我不禁打了一個寒戰。

我立即道：「我要見他，你帶我去。」

殷嘉麗道：「不能，我帶你去見他，我便違反了工作規定了。」

我道：「他不會處罰你的，因爲我是他的好友，我們曾有過一段極不平凡的交誼。」

殷嘉麗又冷冷地道：「如果他不處罰我的話，那麼他便違反了工作的規定了。」

我呆了半晌，實是無話可說了。我再也想不到殷嘉麗竟是如此冷酷無情的一個人。我將手中的槍拋了起來，又迅速地接在手中，道：「殷小姐，如果你不答允帶我去見他的話，我就不客氣了，而且，我相信即使沒有你，我也一樣見到他的。」

殷嘉麗並不出聲，只是沉默地划著船，過了兩分鐘之久，她才道：「好，我帶你去見他。

我還需要划船麼？」這時，我準備的遊艇已然在望了。

本來，我的計劃是，當殷嘉麗和符強生見面分手之後，我再在暗中跟蹤殷嘉麗，出其不意地將她制住，囚禁在遊艇之中，我再單身匹馬地前往那特務組織的據點，以殷嘉麗和他們交換陳教授的。

我相信殷嘉麗是這個特務組織中的要員，那特務組織是會考慮我的這個要求的。

但如今，我所預料的一切都未曾發生，我所意料不到的事情，卻接踵而至。

不過到目前爲止，一切意料不到的事情，對我還是十分之有利的，殷嘉麗的上司既然是我的相識，那麼要搭救陳天遠教授，更不是難事了。

我想了一想，道：「你划向前面的遊艇，我們用遊艇到市區去，然後你再帶我去見G先生。」

殷嘉麗冷冷地道：「好，一切都照你的計劃行事好了。」

我監視著她上了遊艇，又監視著她駛著遊艇，她操縱著一切，都熟練異常，這表示她是一個久經訓練的幹練特工人員。

當遊艇在海中飛快地前進之際，我望著她窈窕的背影，不禁嘆了一口氣，道：「我不明白，爲甚麼像你那樣聰明能幹的人，竟會做這種事情。」

殷嘉麗冷然道：「我做了甚麼不名譽的事情了麼？」

我苦笑了一下，道：「小姐，你所做的一切，全是抹殺人性，醜惡之極的事！」殷嘉麗的聲音之中，更是毫無感情，道：「這才真正是偉大的事業，國家需要這種工作，這種工作便得有人去幹。唯有最肯犧牲自己性命、名譽的人，才會做我們這樣的工作。佛說，我不入地獄誰入地獄，你怎膽敢對我們的工作有一分輕視之意？」

我聽了殷嘉麗的話之後，不禁呆住了出聲不得。我最輕視特務，以爲他們是滅絕人性的，只是工具，而不是人。但是在聽了殷嘉麗的話之後，我要反省一下我的觀點了，不錯，他們是滅絕人性的，但正如殷嘉麗所說：國家需要這種工作。

國家爲甚麼需要這種無人性的工作，國家與國家之間爲甚麼不能和平相處，而要勾心鬥角，你不容我，我不容你地排擠？

我無法回答這一連串問題，或許世界上沒有人能夠回答，連制定戰爭計劃、侵略政策的人，只怕也不明白他爲甚麼要那樣做。我呆了好一會，才道：「噢，殷小姐，原來你並不是中國人。」

殷嘉麗道：「不是，我從小在中國長大，十分喜愛中國，我和你所認識的G先生是同國人，我們的國家是一個小國家，在大國的眼中，我們微不足道，正因爲如此，才更需要我這樣的人來冒死替國家工作，還得忍受你這種人的輕視。」

我給殷嘉麗講得無話可說，只好不作一詞，遊艇漸漸接近鄰近市區的一個碼頭，我才問道：「在你們原來的計劃而言，準備將陳教授如何處置？」

殷嘉麗道：「那是秘密，你就算將我殺了，我也不會說出來的。」

我再不出聲，我們上了岸，召了一輛街車，由殷嘉麗說出了一個地址，那是一個高尚住宅區，經過二十分鐘，車子到了一幢花園洋房的面前停了下來，殷嘉麗按鈴之後，一個穿著白色衣服的傭人走到鐵門之前。

殷嘉麗冷冷地道：「我是N十七，在特殊情形之下，要見G，請他決定是否接見我。」

那白衣人向我望了幾眼，我一看便知道他的傭人身份是偽裝的。

他在望我的時候，我揚了揚手槍，道：「她是被逼的，但是G卻是我的好友，你和他說衛斯理來見他，那就已經夠了。」

那白衣人轉過身，向內走去。不一會，鐵門便自動地打了開來，那顯然是電控的，我和殷嘉麗一齊走了進去，我們才一步上石階，走進客廳，我便聽到了G的宏亮的笑聲，他從一張皮沙發上站了起來，道：「原來是自己人，誤會，真是一場誤會！」

G向我走了過來，我們緊緊地握著手。

可是殷嘉麗卻冷冷發問，道：「G，他是我們的自己人？」

G呆了一呆，道：「我當然不是這個意思，我是說，他是我的朋友，來來，衛斯理，請到樓上我私人的辦公室來坐。」

我跟著他上了樓梯，進入了一間十分舒適的房間，在躺椅上躺了下來。

我覺得一切都已將近結束了，所以我舒服地伸了伸懶腰，道：「G，想不到你現在主持一個特務集團，我有一點非份的要求，你可能答應麼？」

G呵呵地笑著，道：「在你而言，沒有甚麼要求是非份的，你只管說好了。」

我伸直了身子，道：「請你們釋放被你們軟禁的陳天遠教授。」

我的話才講出，G便呆了一呆，道：「這個……我們不十分方便。」

我不禁失望，道：「你說的不便是甚麼意思？」

G摸著下頦，道：「據我們所知，注意陳教授的，並不止我們一方面，如果我們放了他，他一樣會落人別人手中的。」

我笑了笑，略帶諷刺地道：「關於這一點，閣下大可放心，我相信和這裏有關的保安機構，一定會送他回美國去的，陳教授回到了美國，那就安全得多了。」

剛才G所說的話，顯然全是推搪之詞，這時給我一語道破，他只有不好意思地笑了笑，道：「那麼，我看來只好答應了。」

我知道他既然已經講出這樣的話來，那等於是已經應允釋放陳天遠教授，我的目的也已達到了。我站了起來，道：「我在甚麼地方可以見到陳教授，並且和他一齊離開你們的掌握呢？」

G望了我片刻，嘆了一口氣，道：「好，我叫人來帶你去見陳教授！」他按下了通話機的鈕掣，道：「N十七，進來接受命令。」

果然，不到一分鐘，殷嘉麗已推門走了進來。G沉聲道：「你帶這位先生去見陳教授，然後讓他們一齊離開。」

殷嘉麗美麗的臉龐上，帶著一種十分陰沉的神色。這使她看來更美麗——一種近乎恐怖的美麗。

她冷冷地道：「可是，總部已有命令，將陳教授秘密地送回國內……」

G皺了皺眉頭，道：「我命令你這樣做，一切後果由我負責。」

殷嘉麗一聲不出，轉身走向門口。

G像是已發覺出了氣氛不妙，大聲道：「N十七，你要違抗命令麼？」

G的話剛一說完，殷嘉麗已經十分迅速地拉開了門，門外四個人，一齊走了進來，這四個人手中都握著槍，正是我曾經見過的那四個神槍手。

而殷嘉麗也在這時轉過了身來，她的手中也多了一柄手槍，槍口直對著G，她以一種十分堅定的聲音道：「G，當你違反總部的命令，答應他放走陳天遠的時候，我超越了你而向總部請示，總部的命令是：這裏的一切工作，由我接管，而你，則被逮捕了。」

G的面色蒼白，他後退了一步，反手扶住了一張桌子，才不至於跌倒。

我絕想不到在剎那之間，事情竟會有這樣一百八十度的大轉變！

我想有所動作，可是那四個神槍手一進屋子，早已分四面站開，四柄手槍對準了我，我是領教過他們出神入化的槍法的，如果說他們可以射中在飛行的蒼蠅，我也不會不信的。

在那樣的情形下，我實是沒有法子動彈的，我只是大聲道：「殷嘉麗，你怎可以如此？你不是人麼？你怎可以如此？」

殷嘉麗冷冷地望了我一眼，道：「住口！」

G的面色越來越蒼白，他接住桌子的手，在簌簌地抖著，一句話也說不出來。殷嘉麗突然一伸手，抛出一小包東西來。

那包東西，「拍」地一聲，跌在桌子上，在G的身邊。而殷嘉麗則以嚴酷得使我難以相信的聲音道：「G，你曾爲國家做了許多事，你在國民之中，極有名譽，但是你被捕回國之後，便將受到嚴厲的審判，你的名譽，將要掃地！」

殷嘉麗的話，一定如同利箭一樣地直射G的心臟，G喘息著，顫抖的手，向桌上的那一小包東西指了一指，道：「這是總部的意思，還是你的意思？」

殷嘉麗冷冷地道：「爲了不使你名譽破產，這是我的提議，總部已經批准了。」

G舉起手來，指著殷嘉麗，道：「你……你……你是……」他顯然覺得再說下去，也絕沒有甚麼作用的，所以只講了兩個字，便停住了口，不再向下說去，伸手取過了那小紙包。

我猛地一怔，喝道：「G，你想作甚麼？」

G轉過頭來，向我作了一個我所見到過的最無可奈何的苦笑，道：「永別了，朋友。」

我大喝一聲，道：「不可！」

我向前跨出了一步，可是也就在我跨出一步之際，只覺得「拍拍拍拍」四下響，像是有四個人接連著拍下四下手掌一樣。

但事實上當然不是有人在拍手，那是那四個神槍手開槍的聲音，由於槍上配有滅音器，所以槍聲不會比拍手聲更大些。

我不由自主地站住，只覺得我兩邊耳朵，都傳來了熱辣的疼痛。

我連忙伸手向上摸去，我摸到了血，但是我的耳朵還在，沒有被擊飛。

殷嘉麗轉過頭來，道：「這只是警告，子彈在你耳邊掠過，將你擦傷。衛斯理，若是你再妄動的話，那麼你將死在這裏。——」

我大聲道：「你怎可以逼一個老人自殺，你大可以任他去接受審判，你怎可逼他自殺？」

G也轉過頭來，道：「朋友，我……後悔了，我並不是後悔我答應你釋放陳天遠，而是後悔……唉……」他講到這裏，便停了下來，那顯然是他的心中十分迷惘，連他自己也不知道究竟後悔甚麼的緣故。

我在這樣的情勢下，若是妄動，那當然只是自取滅亡，但是我卻又絕不能眼看G在殷嘉麗的威逼之下自盡。我忙道：「你不必說了，你絕不能聽從她的話而自盡，你必須活著，面對現實。」

G喃喃地道：「可是……我怎能接受審判……我在國人的心目中……一直是一個英雄人物……」

我又大聲道：「如果你過去是一個英雄人物的話，你如今仍是一個英雄人物，你做錯了甚麼事？你只不過放棄了一件擄人綁票的惡劣勾當，這使你更成爲英雄！」

在我的大聲勸說下，G傴僂的身子，已漸漸地挺直了起來。可是殷嘉麗的一句話，卻又使得他和剛才一樣，痛苦地彎下了腰去。

殷嘉麗冷冷地道：「可是，他卻背叛了祖國。」

我大聲道：「所謂祖國，只不過是個虛有的名詞，你們是一個自由人，怎麼可以被這樣的一個名詞而滅絕了人性？」

殷嘉麗又冷冷地道：「衛斯理，你犯了一個根本的錯誤，我們不是自由人，我們是情報工作人員。我們隸屬於我們國家的情報本部，我們的行動全要受總部的指揮。一旦違背了指揮，便是背叛，就要受到嚴厲的審判，他能受得了這個審判麼？」

G的手簌簌地抖著，向殷嘉麗抛出來的那小紙包伸去，我大喝一聲，伸手扯下了我西裝袖口上的一粒鈕扣，向前疾彈了出去。

這位鈕扣，彈在G的手背之上，G的手背立時腫起了一塊，他的手也忙縮了回來。

但是，也就在此際，我只覺得身後響起了「呼」地一股勁風，我急忙轉過身來，一個神槍手已經衝到了我的面前，舉起槍柄，向我敲了下來。

那神槍手用槍柄對付我，而並不是用槍口對付我，我便絕不會怕他，我身子一矮，右膝抬起，他是身子傾倒著向我撲來的，所以我的右膝一抬了起來，便恰好撞在他的小腹之上。

他一聲怪叫，身子向後仰了下去，我一伸手，已將他手中的槍搶了過來，一個轉身，將那人的手扭到了背後，連退了五步，直到我的背靠住了牆。

這時候，情形已對我大是有利了。我已造成了如此的一個局面：我手中有槍，我背靠著牆，我面前抓著一個人作爲掩護。

這一切，都是在極短時間之內所發生的，而當我和那人糾鬥的時候，雖然是神槍手，也是不敢隨便放槍的，而等到我們兩人停止動作的時候，對我有利的局面已經形成了。

那三個神槍手面上仍是一點表情也沒有，他們手中的槍，也仍然對準著我。

當我剛一靠牆站定的時候，我只當我既已抓到了他們四人中的一個作爲掩護，那是一定可以令得他們投鼠忌器，不敢亂來的了。

但這時，我一看到其餘三人那種冷冰冰的撲克面孔，我便知道自己的估計錯了！這三個人爲了殺害我，是絕不會顧及他們同伴的性命的。他們的子彈，會毫不猶豫地穿過他們同伴的身子，再射入我的身內。

我的所謂「有利局面」，在這些沒有人性的人面前，是不值得一哂的！殷嘉麗顯然也看出了我心思的變化，她向我冷冷地一笑，發著簡單的命令，道：「放開我們的人，抛去手槍，你是沒有逃走的機會的。」

我仍然不肯放開那人，我將我的槍放成一個巧妙的角度，使殷嘉麗看不到，但是我如果放槍的話，我就一定可以射中她的。

那時，我的心中在迅速地轉著念：是不是應該射死殷嘉麗！如果射死殷嘉麗的話，局面必然混亂，我有八成會在混亂之中，被亂槍射成蜂巢，但是卻也有兩成希望，可以逃生。

我這時之所以不放槍，絕不是為了死與生的比數懸殊之故，我曾不止一次地在九死一生的機會下，毅然求生。要知道當你沒有行動，只是分析的時候，你覺得生存的機會微乎其微，但當你開始掙扎、開始鬥爭、開始行動的時候，你生存的機會就會增加了。

我之所以猶豫不決，是因為直到這時為止，我仍然不信殷嘉麗真的是像她所表現的那樣絕滅人性，我不信她真的是這樣的一個人。我相信這只不過是她所受的教育、所處的環境所造成的，她應該是一個人，有心有靈的一個人！

這便是我遲遲不開槍的原因。

而就在此際，G已經伸手取到了那包小紙包，我叫道：「G，你別做弱者！」G苦笑了一下，道：「我已經是弱者了！」他話一說完，便將那小紙包抛入了他的口中。那小紙包中的一定是劇毒的氰化物，所以才一抛入口中，他的身子便猛地一震。

緊接著，他的面色已變了，變成那樣可怖的青紫色，我知道他可能已經死了，但是他的身子，卻仍然按著桌子，並不倒下去。接下來的時間，大約只有半分鐘，可是卻像是一世紀那樣久，G的身子才向前一側，並沒有發出多大的聲響，就倒斃在地毯上了。

我一聲怪叫，我不明白我爲甚麼要叫，只知道我非叫不可，不叫的話，我快脹裂了。

我目睹了人間最醜惡的一幕，從G臨死之前面上那種複雜的神情看來，殷嘉麗可能是他一力培養出來的人，但是結果，他卻在她的威逼下自盡了。

我叫了一聲又一聲，像是瘋子一樣，然後我撲到了G的身旁，G早已死了，我撲到了他的身邊之後，也無能爲力了，G的眼睛還開著，像是在臨死之前，還想看清楚這個世界。他已經是六十歲左右的人了，但是他死得如此不值，死得這樣莫名其妙，我嘆了一口氣，將他的眼皮合上，抬起頭來，望著殷嘉麗，厲聲問道：「你得到了甚麼？你有甚麼收穫？你有了甚麼滿足？」

殷嘉麗冷冷地道：「起來，咱們不是在演文明戲，我懲罰了一個叛徒，有甚麼不對？感到內疚慚愧的應該是你，因爲是你用私交來引誘他，使他走上了死路的，你還有甚麼資格來責問我？」

我呆呆地蹲著，好一會才站了起來，拋下了手槍，我變成極度的垂頭喪氣，殷嘉麗所說的話當然是強詞奪理，但如果我不出現呢？如果我不要他釋放陳教授呢？這一切可怕的事當然不會發生了。

在殷嘉麗的責斥和那四個神槍手的押解之下，我走出了G的辦公室。在走廊中走了幾步，我便被推進了一間暗室之中。

當時，我的腦中亂到了極點，大部份是因爲G的慘死所引起的，小部份是我想到殷嘉麗這個人，何以這樣沒有人性，我也想到了符強生，在符強生的心目中，殷嘉麗是一個天使，在我的認識中，殷嘉麗是一個魔鬼，然則她究竟是天使還是魔鬼呢？

由於我的腦中亂得可以，所以我根本未曾想到逃走這一個問題。我只是想靜一靜，讓我混亂的思潮，得到一個整理的機會。

所以，我一進了那間暗室，摸索著向前走出了幾步，便在地上坐了下來。

我剛一坐下，室內突然大放光明，在強光的照射下，我的第一個動作，便是本能地揚起手來，遮住眼睛，也就在那一瞬間，我看到在我的面前，站著三四個人。

我只來得及看清我面前有人，至於他們是何等樣人，我卻沒有機會看得清楚了。

因爲就在此時，我聽得「嗤嗤」之聲大作，一陣陣水霧，向我照頭照臉噴了過來，而那一陣陣水霧之中，充滿了強烈麻醉藥的味道，我只覺得天旋地轉，眼前的強光像是在不斷地爆裂，變得更強、更強，終於，倏然又變成了一片漆黑，而我也在這時昏迷過去了。

我不知昏迷了多少時候，用來麻醉我的麻醉劑一定是十分強烈的，我昏迷的時候發生了一些甚麼事，我絕對無法知道。

我只知道，我漸漸感到了口渴。我像是在沙漠中一步又一步地捱著，看到了一個又一個的水源，但是卻全是海市蜃樓。

度過了那一段半昏迷的時間之後，我漸漸地清醒了，但是我仍然感到口渴，我的耳際多了一種「轟轟」的聲音，我只覺得身子似乎有著輕微的搖晃。

我陡地睜開眼來，在第一眼，我還不能肯定我是在潛艇還是在飛機的艙中，但是我立即看到了小窗外的天空。

天空是深藍色的，像一塊碩大無朋的藍凍石，而星星恰如凍石中的花紋。我知道自己是在一架飛機之上。我試著轉動身子，飛機上不止我一個人，在我的面前，也有一個人坐著。

那人的頭平垂，顯然還在昏迷狀態之中，我一眼便認出他是陳天遠教授！

我連忙俯身過去，抓住了陳教授的肩頭。

但是也就在此際，在我的身後，卻響起了一個冷冷的聲音，道：「不要亂動！」

那聲音硬梆梆地，聽了令人極之不舒服，我直了直身子，那聲音又道：「也別轉過身來。」我只得坐在位子上。我的身子雖然不動，但是我的腦中，卻在迅速地思索著。陳教授還昏迷不醒，但是我卻已經醒過來了，這說明了甚麼呢？

這說明了我的醒轉，在使我昏迷的人來說，乃是一個極大的意外。

我之能夠在飛機未曾到達目的地之前醒來，那是我平時受嚴格中國武術鍛鍊的結果。嚴格的中國武術訓練，使人有忍受外來壓迫的力量，這種力量，有時是近乎神奇的，這便是所謂「內功」。

由於我是具有這種力量的人，所以麻醉藥在我身上所起的作用，便要減弱，而我的昏迷時間，也因之縮短。我可以肯定，劫運我們的人，本來一定算準我們是到了目地的之後才能醒轉來的，但是我卻在半途中醒了！

這是一個意外！

我將怎樣利用這一個意外呢？

我略略地轉過頭，又向窗外看去，窗外白雲飄飄，飛機正在高空之中。我從機翼上，辨認出這種飛機是美國製造的軍用機。這種飛機在美國人來說，已經覺得十分陳舊了，因此便用來作爲援外，受惠的大多數是一些小國家，毫無疑問，這一定是殷嘉麗的國家所派出來了。

我一面想，一面講話。

我也同樣以冷冰冰的聲音道：「朋友，你在命令我不要動，你當然是有武器在威脅我的了。」

那聲音道：「你說對了。」

我得意地笑了起來，道：「在飛機上，你是不能開槍的，這幾乎是連小孩子都知道的事情了。」

那人冷笑了幾聲，道：「你可以轉過頭來看一看。」

那人就算不說，我也準備轉過頭去了。我回頭看去，只見在我的身後，偏右方向，有兩個人坐看，這兩個人全是那四個神槍手中的人，由於其中一個始終未曾出過聲，所以我一直以為身後只有一個人。

我一看到有兩個人，便自怔了一怔。接著，我便看到了他們手中的武器。

第七部：六個怪物的產生

那絕不是我剛才所說的「手槍」，而是一種硬木製成的小弩。在小弩的凹槽上，扣著一枚小箭，箭頭漆黑而生光，一望便知道上面塗了十分毒的毒藥。弩的弦被拉得十分緊，那是極具彈力的生牛筋，而扣住弩弦的，只不過是一個小木塞，只消手指一撥，木塞跌落，弩弦便彈直，小箭也會向前射去。

而從這兩個人所坐的角度來看，小節如果射出，將毫無疑問地刺入我的體內！而那兩隻小木塞，只不過是塞在一個十分淺的凹槽中的，木塞因為弩弦的緊扣而歪斜，大有可能，因極輕微的震盪而脫落，甚至可能無緣無故，忽然脫落，而我也就糟糕了。

我立即轉過身去，只覺得頭皮發麻，毛髮直豎！

在我的身後，傳來了那兩個人的怪笑聲，我一聲也不敢出，只是心中保佑著，那兩人不要一面笑，一面身子發震而將弩弦的木塞震鬆！

那兩人足足笑了有兩分鐘之久，才停了下來。在我的身後，傳來了開門的聲音。接著，我又聽到另外一個人的聲音。

那人所說的是十分純正的英語，道：「衛先生，你那麼早就醒了，非常出乎我們的意料之外。」

我並不出聲，心想那人說「那麼早」，可知我上了飛機還沒有多久。

那人又道：「我們請你到我們的國家去，並沒有惡意，請你不要太緊張。」

我心中大怒，但是卻又沒有法子發作，因此反倒笑了起來，道：「沒有惡意，難道有善意麼？」

從身後那人的聲音聽來，他似乎略感抱歉，只聽得他道：「我們沒有別的法子，我們的上級希望見一見你，請恕我們無能，只能用這個法子請你去了。」

我冷笑道：「現在還沒有到，你別說得太肯定了，可能你用這個法子，仍然請不到我！」

我身後的那人好久不出聲，才道：「衛先生，我認為如果你要反對我們邀請的話，在飛機上莽動，似乎並不是最好的選擇。」

那人的說話，十分有理，使我禁不住回過頭去，看一看他是甚麼樣人。

那是一個四十上下的中年人，看他的樣子，十足是一個殷實的商人，我只向他望了一眼，便立即又轉過頭來，道：「在根本無可選擇的情形之下，我還說得上甚麼好的選擇和壞的選擇麼？」

那人道：「衛先生，我以我個人的一切向你保證，你如果到了我們的國家之中，那是絕對不會受到甚麼傷害的。」

我毫不客氣地反問道：「我的自由呢？」

那人尷尬地笑了起來，難以回答。也就在這時，只聽得「砰」地一聲響，從機艙通向駕駛室的門，被打了開來，只聽得兩個人的驚呼聲，他們叫的是：「天啊，這是甚麼？」

隨著駕駛室的門被打開，一個人已經面青唇白地衝了出來，看那人的樣子，像是駕駛員，但是駕駛位上還有一個人坐著，那麼衝出來的那個，大約是副駕駛員了。

那駕駛員幾乎站不穩，扶住了椅子在發抖。

我身後那人厲聲問道：「甚麼事？」

那人指著窗外，道：「看！看！」

這時候，飛機也開始搖擺起來，在駕駛飛機的那人發出了一陣近乎尖叫的聲音。

而我則聽到了在飛機的馬達聲之外，還有另外一種十分奇特的聲音傳到了耳中，霎時之間，我以為是飛機的機件發生故障了！

在我身後的那人又厲聲問道：「甚麼事？你將要受到嚴厲的處分，你——」

他這一句話未曾講完，便再也講不下去了。

而這時，我也看到了。

我看到了一大群蜜蜂，大約有千餘隻之多，突然自一團白雲之中冒了出來。

乘坐飛機而看到有飛禽從白雲中冒出來，那已經可以算是奇蹟了，而如今，我們看到的，從白雲中冒出來的，竟是蜜蜂！

而且，那還不是普通的蜜蜂，而是每一隻都極大的巨蜂。

這一大群巨型蜜蜂，擠著、推著、振動著牠們的雙翅，發出了蓋過飛機馬達聲的喧鬧聲，牠們的複眼閃耀著充滿了妖氣的光芒，他們黃黑相間的身子，金光閃閃的硬毛，形成了如此可怖的形象，使得人不寒而慄，也令得人呆若木雞。

我並不是第一次看到那種變態的巨型蜂，但上一次我所看到的只是一隻，而不是像如今這樣的大群。

如今，這一大群巨型蜂迅即穿出了雲層──牠們本身也形成了一大團雲：一大團金色、黃色、黑色、以及莫名其妙的，難以形容的色彩所組成的妖雲。

他們離我們的飛機極近，而飛機的馬達聲似乎震怒了牠們。

那時，我唯一的感覺便是，飛機開始搖擺和向下落去，當然那是駕駛員被眼前的現象嚇呆了，再也顧不得去駕駛飛機的緣故。

而那時，當然也是我對付敵人的最佳時機，我敢斷言，我就算轉過身去打那兩個人的耳光，他們也會因爲驚呆過度而不覺得的，當然他們更不會向我放射他們手中的毒弩了。

但是，不幸的卻是，我在這時，也呆住了！

蜂群本來是一直向上飛去的，但這時候，卻有一小部份離開了蜂群，轉向我們的飛機飛來。巨大的蜂身，撞在機身上、機艙上和機翼上，所發出的聲音，震撼著我們每一個人的神經。

向飛機撞來的蜂群越來越多，死在飛機的螺旋槳下的巨蜂，更是不計其數，很快地，我們根本無法看到外面的一切了，在機窗之外，全是一對一對，妖形怪狀的大複眼。

這些複眼，像是有著一種穿過玻璃、吞噬我們靈魂的力量，令得我們不覺得飛機正在迅速地向下掉去。

我是唯一未發出可怕的呻吟聲和最早恢復鎮定的一個人，我鎮定過來之後，第一件事便是向駕駛室望去。

我看到駕駛員的雙手仍然握著駕駛桿，但是他整個面部的肌膚，卻在簌簌地抖動。

從飛機天旋地轉的那種情形來看，我已知道所餘的機會無多了，我連忙向前衝去，僥倖的是我衝向駕駛室的那幾步中，雖然我的頭撞到了硬物幾次，但是，卻未曾昏了過去。

如果我竟昏了過去的話，我一定和這批人同歸於盡了。我衝進了駕駛室，將駕駛員一把拉起，他發出了一下呻吟聲，便倒地不起。

我奪過了操縱桿，先設法使飛機上升，然後，我關了油門，任由飛機滑翔。

飛機的馬達聲停止了之後，包圍在飛機附近，攻擊著飛機的蜂群，又「嗡嗡」地離了開去。牠們幾乎筆直地向上飛去的。一大團黃金色的雲在向上升去，轉眼之間，便沒入更高的雲層之中不見了。

而這時候，飛機是在海面上，離海面極近，我想要挽救都來不及了，我所做到的，只是竭力使機身保持平衡，使飛機滑向水面，而不是機頭撞向海水之中，我做到了這一點。

當機身和海水相觸，發出巨大的聲響，而機翼立即如同刀切一般地斷了下來之後，我衝到了機艙中，抱定了仍然昏迷不醒的陳天遠教授，叫道：「快逃！逃命！」

那個看來像是中年商人的人，是繼我之後第二個恢復神智的人，他拋給了我一隻沙發墊，自己也抓了一個，打開了艙門。

機艙門一開，大量的海水，便湧了進來。

那人顯然和我一樣，極富於應付各種反常局面的經驗，我們都緊握住近門的事物，不使自己被湧進機艙來的海水衝進機艙去。

如果我們被海水衝進機艙，那我們再爬出來的機會，幾乎等於零了。

當機艙中充滿了海水，開始下沉之際，我們一齊冒出了海水，我看到那人一拉沙發墊上的一個掣，「拍」地一聲響，沙發墊爆了開來，成爲一隻充氣的橡皮艇，艇上還有一塑膠袋物事，看來像是食物。

我也連忙如法炮製，那沙發墊是特製的逃生工具。

我先將陳天遠教授放上了橡皮艇，我和那人，不約而同地將兩隻橡皮艇推到一齊，栓了起來，我們才上了橡皮艇。

那時候，飛機的一半，已經浸入了水中了。

飛機完全沉沒時所捲起的漩渦，幾乎將橡皮艇掀翻。那兩個神槍手和正副機師，都隨著飛機，沉屍海底了。

海水迅速地恢復了平靜，我和那中年人，都一聲不出地望著剛才吞噬了一隻飛機的海面，我相信我和對方的腦中，都同樣地混亂。

好一會，我們才一起抬起頭來，望了對方一眼。

那中年人首先向我伸出手來，道：「錫格林。」

那當然是他的名字，我望著他，並不伸出我的手來。他尷尬地笑了一笑，道：「當然，我站在你的位置，我也不願意伸出手來的，因爲你仍是我的俘虜，而我只不過感謝你救了我而已。但是，我認爲在如今這樣的情形下，我們還是非握手不可的。」

他所說的「非握手不可」的原因，當然是因爲我們還要在海上度過一段飄流的時間，如果相互敵視，是十分不利的。

我仍然望著他，過了半分鐘之久，我心中終於同意了他的話，和他握了握手。

我心中對那傢伙不禁十分佩服。

我不但佩服錫格林本人，而且佩服錫格林所屬的那個國家。這個國家在國際紛爭中絕不出風頭，有許多人，甚至是政治家都不去注意亞洲的這一個小國，但這個小國卻在力圖自強。這個國家，擁有像錫格林、G、殷嘉麗這樣的人，是不愁不強的。

我並不是說G、殷嘉麗、錫格林這幾個人的爲人可取。G的愛惜名譽，殷嘉麗的冷酷無情，錫格林到如今這樣的情形之下，仍然堅持我是他的俘虜的倔強，這都是不足爲訓的，但是這些人，卻都是一個不擇手段要強大國家所亟需的！

我和錫格林握了手後，道：「誰是誰的俘虜，這個問題不是一個人的片面之見所能決定的，我認爲你絕難和我作對的，錫格林先生！」

錫格林堅決地搖了搖頭，道：「不，你是我的俘虜，我已經向我們的國家發出求救信號了，我們的飛機不久就將發現我們，你如今和我作對，是十分徒然的。」

我沉聲道：「你不必虛言恫嚇我！」

錫格林冷然道：「一點也不，你看這個！」

他拋了一隻罐頭給我，那看來像一罐餅乾，但當我打開盒蓋之後，我便知道錫格林的話不錯了，那是一具無線電發報機。

我聳了聳肩，道：「你的動作倒十分快。」

錫格林道：「這具信號機只能作緊急求救之用，我打開這個掣，總部便收到了信號，無線電操縱的雷達，便可以側出我所在的位置，而來找我們了。」

我冷冷地道：「他們一定會來救你的麼？」

我這樣問，是想探知錫格林的地位是不是很高。錫格林笑了起來，並沒有回答我。

他雖然未曾出聲，但是我也得到了回答。他失聲笑了出來，那證明在他心中，覺得我的問題問得十分之幼稚，那當然說，總部在接到了他的求救信號之後，一定會來救他。他對自己的地位有信心，他是個十分有地位的要人！

他在笑了一下之後，面色又莊肅起來，問道：「衛先生，我們看到的……是幻影麼？」

我知道他是指那大群巨型的蜜蜂而言的。我苦笑了一下，道：「幻影會攻擊飛機，會發出如此可怕的聲音來麼？」

錫格林默然半晌，道：「這實在太令人難以相信了，怎麼會有這種事情的？」

我冷笑一聲，道：「你別假惺惺了，你們擄劫陳教授的目的是甚麼？」這時，陳天遠教授像是已開始恢復知覺了。他的眼皮在不斷地跳動著，顯然是竭力想睜開眼來，但是神智卻還未曾十分清醒。

錫格林搖了搖頭，道：「我們不是擄劫，陳教授到了我們的國家中，一定會比任何人更受尊敬，我們會尊他若神，因為他能賜給我們強大。」

我嘆了一口氣，道：「對了，他能夠賜給你們的國家以剛才攻擊飛機那樣的蜜蜂，試問，你們國家的人，是以蜜蜂為食的麼？」

錫格林轉過臉去，並不出聲，我不去睬他，我看到陳天遠的呼吸十分急促，我幫助他作人工呼吸，不到三分鐘，陳天遠教授睜開了眼來。

他看了看我，又看了看錫格林，再望了望橡皮艇和茫茫的大海，忽然笑了一下，又閉上了眼睛。

任何人在昏迷之後醒來，發現自己竟置身於如今這樣的環境中時，那是一定會以爲自己身在夢境之中的，陳天遠之所以會笑一笑，當然是他心中以爲這樣的夢境是十分可笑的原故。

我吸了一口氣，低聲道：「陳教授，你醒來了？你不是在做夢，你的確是在海洋中飄流，但是你必須鎮定，因爲我們就快遇救了。」

陳教授陡地坐了起來，橡皮艇又側了一側，他的臉上在刹那之間，便充滿了驚駭無比的神色，四面看看，急急地問：「你是誰？他是誰？我爲甚麼會在海上，你們在搞甚麼鬼？」

我盡量以簡單的言詞將我和他的處境，向他說明。陳天遠教授恢復了鎮定，鄙夷地望了錫格林一眼，道：「我的助手呢？你們將她怎麼樣了？」

陳天遠所說的「助手」，當然是殷嘉麗了。他以爲自己被人軟禁、劫掠，殷嘉麗的命運，自然也大是不妙了，只怕他做夢也想不到，這一切事情的主謀，便是殷嘉麗！

錫格林不出聲，我則苦笑道：「陳教授，關於殷嘉麗，故事可太長了。」

陳天遠瞪著眼，我又道：「首先，她不是中國人，你知道麼？」

陳天遠叫道：「不是中國人，這太可笑了。」

我繼續道：「她隸屬於她自己國家的特務機構，她獲悉你研究工作的一切，當你的研究工作有了成就之後，她就開始行動——包括軟禁你，以及將你劫擄到她的國家中去！」

陳天遠的面色甚怒，看來他要狠狠地叱責我了。但是錫格林卻沉聲道：「衛先生說得不錯，N十七——殷嘉麗是我們國家最好的情報人員之一。」

陳天遠的怒容漸漸褪去，過了好半晌，他才喃喃地道：「天下竟然有這樣的奇事，天下竟然會有這樣的事情！」

我拍了拍他的手臂，道：「陳教授，人心難料，這本來不算甚麼奇事，你在地球上所創造的一切，才算是奇事哩！」

陳天遠顯然還不知道他自己創出了甚麼奇蹟來，他反問道：「那創造了甚麼？」

我道：「你將海王星上生物的生活方式，帶到地球上來了，你可知道麼？」

陳天遠的神情，興奮之極，道：「你說甚麼，我成功了麼？我成功了麼？那窩蜜蜂怎麼樣了？」

「那窩蜜蜂？」這一次輪到我來訝異了：「你怎麼知道事情和蜜蜂有關？」

「我當然知道，我最後的一項實驗，是將我在實驗室中培養出來的，地球上所沒有的——你知道，是一種激素，是生命的源泉——注射進一窩蜜蜂之中，我的紀錄是注射了一千零八十七隻，包括蜂后在內，告訴我，牠們怎麼樣了？」

我望著陳天遠，半晌說不出話來。

原來，那群蜜蜂變得如此巨型，殺人、搗亂、攻擊飛機、在雲層中穿進穿出，這一切，絕不是偶然形成的，而是陳天遠他在實驗室中培養出來的新激素，射進了蜜蜂體內的結果！

我先不將那群蜜蜂怎樣了的情形說出來，反問道：「在你的想像之中，會怎樣呢？」

陳天遠的神色十分興奮，他不像是在海面之上，坐在橡皮艇上，而像是在一個十分莊嚴的科學會議之上，發表演說。

他大聲道：「有兩種可能，一種可能是地球上的生物根本受不了這種激素之侵入體內，那群蜜蜂早已全數死亡了。」

我再問道：「第二個可能呢？」

陳天遠道：「第二個可能是，這種新的激素進入了蜜蜂的體內，便改變了蜜蜂的生活方式，使蜜蜂變成完全另一種生物。」

我仍然問道：「你以爲這群蜜蜂會採取怎樣的生活方式呢？」

陳天遠道：「對你來說，這可能是難以想像的，牠可能分裂、吞噬，一個蜜蜂會像一個細胞一樣分裂爲二，這你難以想像吧？當然，分裂爲二之後，形狀可能大不相同了，變成了地球上從來也未曾見過的生物，但卻仍是組織健全的生物！」

我再追問道：「他們分裂吞噬之後的結果又怎麼樣呢？」

陳天遠搓著手，道：「如果我的推斷不錯，他們將迅速地長大。」

我再也忍不住了，我大聲地叫道：「你明知有這樣的結果，你還從事這樣的實驗？」

陳天遠被我憤怒的態度弄得莫名其妙，道：「年輕人，你發甚麼脾氣，我那群蜜蜂，究竟怎麼樣了？」

我道：「好，我來告訴你，你那群蜜蜂在經過分裂之後，樣子並沒有變，牠們仍是蜜蜂。」

陳天遠發出了一聲歡嘯，道：「好啊，太好了，真的太好了。」

我道：「好的事情還在後面哩，他們變成了長達一英呎以上！」

我看看陳天遠的反應，只見他張大了口，合不攏來，也不知道他是興奮，還是驚愕。我續道：「他們之中，有的成了兇手，將他們的尾刺，當作牛肉刀一樣地刺進了人的身中。」

陳天遠的面色開始蒼白。

我又道：「幸而成爲兇手的不多，但是已夠了。尙餘的在天空中自由飛翔，剛才便曾攻擊我們的飛機，如果我們全葬身海底的話，那更加是『太好了』。如今的問題便是，你如何收拾這群『太好了』的蜜蜂！」

陳天遠教授一聲不出，他的身子在微微地發抖著，半晌，他才講了一句話。

你猜他講了甚麼話？他是在後悔麼？完全不！他以朗誦的聲調道：「啊，生命的確太奇妙了。」

我還未及講話，陳天遠便又抓住了我的手，道：「你可知道，自此以後，地球上整個生活程序，已經存在著幾百萬年的一切，全都要打破了麼？」

我不能不感到駕愕，道：「陳教授，你難道希望這種情形出現麼？」

陳天遠道：「我不能不指出，不是我希望，而是這種情形，已經發生了！」

我道：「幸而只發生在蜜蜂身上。」

陳天遠教授望著我，半晌不出聲，我從他的神情上，從他眼中的那種神采上，發現事情絕不像我所想像的那樣簡單。

我立即下意識地感到，還有一些事，那些事一定是極其可怕、極其駭人的，陳教授正藏在心中，而未曾向我講出來。

一個在事業上有了極度的成就，而這種成就足以影響成千萬人生活的人，不論他所從事的事業是政治還是科學，這人多少都帶有幾分反常的瘋狂性的，這種瘋狂性所表現的最明顯的一點，便是受影響的千千萬萬人引以爲苦的事，在那個人而言，他卻引以爲樂，因爲這是他的成功，他一個人能使千千萬萬人改變了過去的一切！

如今，我也在陳天遠教授的眼光中發現了這種近乎瘋狂的神采。

我立即道：「你對我的話有甚麼意見？爲甚麼你只是望著我？」

陳教授的神情，像是在聽了一個非笑不可的笑話之後，在竭力地忍著笑。

他道：「你剛才說，這種情形，幸而只是發生在蜜蜂的身上？」

我點了點頭，道：「是的，如果是一隻貓，牠的身體大了這麼多倍，那就不堪設想了。」用貓來做比喻，這是符強生說的。

陳教授一聽，突然「轟」地笑了起來，他笑得那麼大聲，以致才笑了幾下，便劇烈地咳了起來。他怪聲叫道：「一隻貓，哈哈，一隻貓……」他不斷地重複著「一隻貓」這三個字，我實在忍不住，陡地撥起了一掬海水，淋在他的頭上。

陳天遠的笑聲止住，但是卻仍然用那種奇異的眼光望著我，我大聲喝問道：「你笑甚麼？」

陳天遠道：「一隻貓，你說是一隻貓，我是說六個怪物。」陳天遠的話，令我莫名其妙，「六個怪物」，這是甚麼意思？

我望了望錫格林，錫格林雖然一直不出聲，但是我們的話，他卻一直在用心聽著的。

這時，我向他望去，他立即搖了搖頭，顯然他也不知陳天遠這樣說法是甚麼意思。

我立即反問道：「甚麼叫六個怪物？」

陳教授又笑了起來，道：「你問我笑甚麼，我就是笑，在地球上已多了六個怪物，那堪稱真正的怪物，他們的形狀，牠們的形狀——」我截斷了他的話頭，道：「你究竟在說甚麼？」

陳天遠仍是講的那幾句話，他道：「我是說地球上到如今爲止，至少多了六個怪物，而這六個怪物的形狀，是任何地球人所難以想像的，連我在內，也不知他們的形狀，牠們或者是球形、有著幾千隻眼睛，或者全身只是一隻眼睛，或者是一根金光閃閃的硬毛，但是碩大無朋，或者是一團稀漿，蠕蠕而動……」

我高叫道：「好了，好了，就算有那樣的怪物，牠們從何而來？」

陳天遠的回答，十分簡單，道：「人變的。」他頓了一頓，又補充道：「死人變的。」

剛才陳天遠的話，也不免令我毛骨悚然，但是我這時，聽得他說怪物是「死人變的」，我心中不禁咀咒了一聲，道：「閉上你的鳥嘴！」

陳教授像是受了冤枉也似地大叫起來，道：「真的是死人變的，那六個死人，就是你剛才說，死在巨蜂刺下的六個人，剛才是你說的，你忘記了麼？」

我怔了一怔，道：「是我說的，怎麼樣，那六個人怎麼樣了？」

陳天遠道：「他們死了，當然被埋葬了，是不是？可是實際上，他們卻沒有死，就在他們舊的生命結束之際，他們新的生命開始了。」

我雙手按在陳天遠的肩上，將他的身子猛烈地搖撼著，叫道：「你說，你將事情的經過爽爽快快地說出來，你快些說！」

陳天遠像是做了一件成功的惡作劇一樣，又笑了起來，道：「當他們六個人，被巨蜂刺中之後，他們立即死了，是不是？但與此同時，從蜂刺而分泌的一些蜜蜂體液進入了那被刺人的體內——」

我才聽到這裏，便不由自主打了一個寒噤。

陳天遠續道：「在進入被刺人的血液中，必然有著那種第一次在地球上出現的新蛋白質、新激素，只消一個單細胞就夠了，那個單細胞先會凶狠地吞噬人體內的細胞，長大，長大……」

這時候，我覺得毛髮直豎。

陳天遠的聲音也變得尖銳，道：「等到人體的細胞已給它吞噬完，那時，人不見了，而這個新細胞，當然也長大了，它是甚麼形狀，你能夠想像麼？」

我覺出橡皮艇在震動，當然我不必諱言，我的身子在劇烈地發抖，但如果只是我一個人在發抖，艇是不會震動的，看來錫格林也和我一樣。

我們兩人都不說話，這個細胞——照陳教授的說法——所形成的怪物，究竟是甚麼樣子，我和錫格林兩人，當然無法想像。

陳天遠繼續道：「當然，這六個怪物如今可能還不為人所知。因為屍體是被埋在地下，這一切變化，也全是在地下進行的。但是可以肯定地說，他們一定會破土而出，他們在破土而出之後，仍然會進行分裂——吞噬的生長循環，他們不需要外來的食物，本身便能夠迅速地長大，他們可以大到甚麼程度為止，那是絕沒有人可以知道的，如果他們的形狀竟是流漿也似的東西，那麼他們總有一天會覆蓋地球的表面，他們——」

我實在沒有法子再繼續聽下去了，我大聲喝道：「住口！」我竟用力地在陳天遠教授的臉上摑了一掌，以制止他那種狂性的論測。

陳天遠立時停了下來，他只是冷冷地望著我，好半晌，才道：「抱歉得很，這一切，將全是事實，而不是我的幻想。」

我想不出甚麼話來回答陳天遠才好。而就在這時，我們聽到了軋軋的飛機聲，一架水上飛機飛過來。錫格林用他還在顫抖著的手，取起了一柄信號槍，向天放了一槍。

一溜紅燄冒向天空，那架水上飛機在空中盤旋了一轉，開始降落，我和錫格林兩人，向停住了的水上飛機揮著手，表示歡迎。

我明知這架水上飛機是來自錫格林的國家的，也就是說我如果上了這架飛機，我的身份仍然是「被請」的「客人」，但是我還是對這架飛機表示了歡迎，因為看到了這架飛機，使我感到我還在人間，而在聽了陳天遠的話後，我幾乎有些疑心自己是置身鬼域了！

從水上飛機上有人下來，駕著快艇，將我們三人，一齊載回機艙。

陳天遠教授自從講了那句「我抱歉，這全是事實」之後，便一言不發，看他的神情，像是正在做夢一樣。我到了機上，便道：「錫格林先生，請你快和殷嘉麗——N十七聯絡。」

錫格林望了望我，道：「我們總部從來不和她發生直接的聯繫，你有甚麼事？」

我道：「那麼，請讓我使用無線電通話設備，我要和傑克中校通話。」

錫格林在上了飛機之後，已經恢復了鎮定，他冷冷地說：「不能，在這件事情上，傑克是我們的敵人，兩方人想將一切新的事物據爲己有，但是這次，他們卻非失敗不可了。」

我幾乎是在大聲咆哮，道：「不是甚麼新的事物，而是，是……六個怪物。」

錫格林問我：「你相信陳教授的話麼？」

我立即反問道：「在陳教授講的時候，你有絲毫不信的表示麼？」

錫格林不再出聲，我又道：「我要和傑克通電話，不是爲了別的，只是爲了要證實陳教授的話是不是真的，如果真有那種怪物的話，那麼我們便可以趁它們未大到足以毀滅地球之前，將之消滅。」

我道：「這不是東方人、西方人的問題，難道這怪物會只毀滅西方人，而留下東方人做他們的展覽品麼？」

錫格林的面色蒼白，道：「你……說得太過分了。」

我大聲道：「一點也不，現在你可准許我使用無線電通話麼？」

錫格林考慮了一會，道：「等到了我們的總部之後，我可以答應你和傑克通話。」他轉過身去，面對陳天遠，道：「教授先生，我們的國家是一個小國家，但是卻希望得到你的智慧，正由於我們是小國家，因此我們只好用這種辦法請你來，但我們一定盡我們的可能，對你尊敬，我相信你一定會諒解我們那種小國家急於求成的心情的。」

陳天遠呆呆地望著錫格林，對錫格林的話，完全不置可否。

錫格林顯然有些尷尬，他又道：「我們會盡一切力量給你工作環境的方便，我們想要你培養出來的那種新生命。」

陳天遠突然笑了出來，道：「那你們何必這樣子做？我想，不到三個月，世界上大概已充滿了這種新生命了，牠將比水、比空氣更普通，而且取之不盡，用之不竭，還何必要我。」

錫格林大聲道：「教授先生，你是在說笑。」

陳天遠的回答仍然很簡單：「不幸得很，這將是事實。」

錫格林不再說甚麼，陳天遠只是望著窗外，我則心急地站起又坐下，只盼飛機快生著陸，我便可以和傑克中校通話了。

飛機終於在一個規模相當大，但一看便可以看得出管理得十分完善的機場上著落，在機場上，已排列著兩排武裝士兵，我們三人下了機，武裝士兵的指揮官立即高聲喝令，向錫格林致敬。

錫格林請我們兩人，登上了一輛十分華貴的汽車，在幽靜而整潔的街道上馳著，到了一幢大建築物之前，我和陳天遠便分了手。

陳天遠被兩人彬彬有禮地招呼著，到甚麼地方去，我也不知道，我則由錫格林帶著，來到了通訊室中，不到三分鐘，我已和傑克在通話了。

傑克的聲音，聽來十分清晰，他顯然不知道我的處境，問道：「你的工作進行得怎麼樣了？可曾見到了陳教授？」

我急不及待地問道：「傑克，那六個死人怎麼樣了？」

我沒頭沒腦的一問，一定令得傑克呆了，因爲他過了片刻，才道：「該死，甚麼六個死人？」

我道：「就是死在巨蜂蜂刺之下的六個死人。」

傑克大聲道：「當然埋葬了！」

傑克顯然不知這問題的嚴重，所以他還以爲我問得無聊。本來，我是應該先將陳天遠的話，向他轉述一番的，可是這時候，我因爲驚駭的關係，已經失去了有條理的思考能力了。

我只是追問道：「他們被埋葬在甚麼地方？」

傑克道：「怎麼哩，你可是喝醉酒了，還是你剛受了甚麼刺激？」

我不理會傑克的諷刺，仍堅持著道：「他們被埋葬在甚麼地方，你快說，快說。」

傑克的聲音顯得十分無可奈何，道：「五個警方人員，葬在穴墓中。那個身份不明的人，則已經被火化了。」我聽得其中一個人已被火化，那麼那種新的激素，當然也不再存在了。可是還有五個，那五個可能已變成了亙古未有的怪物。

我忙又道：「傑克，快去看看他們，去看他們。」

傑克的聲音，表示他的忍耐力已到了最大的限度了，他大聲地叫道：「去看甚麼人？衛斯理，你要我去看甚麼人？」

我道：「當然是那五個死人。」

傑克咆哮道：「好了，夠了，願你在地獄中與他們相見。」「拍」地一聲，傑克竟然收了線。

我的額上，不禁沁出汗來，我轉過頭來向錫格林道：「傑克不相信。我必須趕回去，趕回去看那五個死人是不是真的起了變化。」

錫格林沉思了一會，搖了搖頭，道：「陳教授的話未必可靠，你既然來到了我們的國度——」

我不等他講完，便高聲叫道：「你必須讓我回去，即使陳教授所料斷的不是事實，你也得讓我去看一看。你要知道，這種怪物如果不及時消滅的話，地球上將沒有人類可以生存，國家不分大小，也都完結了。」

我已經講得十分用勁了，可是錫格林卻還是頑固地搖了搖頭。

我是深信陳天遠教授的話的，因為我見過的怪事多，再怪誕不經的事，事實上也是有可能發生的。因爲我們之所謂「怪誕不經」，是以人類現有的知識水準來衡量的，在人類現有知識範圍內的事情，便被認爲合情合理，超乎人類現有知識範圍之上的，便被認爲「怪誕不經」，但是人類現在的知識，是何等的貧乏！

六百年前，地球是圓的學說，被認爲是怪誕不經的，而你如果向一百年之前的人提及電視這樣的東西，你當然會被當作神經病，這便是人類知識貧乏，但卻要將自己不知的東西，目爲「荒誕不經」的好例子。

我相信陳天遠的料斷，因之我也深信這世上，正有五個不可知的怪物在成長中，如果不將他們及早消滅，那將替全人類帶來巨大的災禍！

第八部：裝死求天葬

我的心目中自然十分焦急，因爲這是刻不容緩的事情，但是錫格林都還不相信，卻還要將我留在這裏，這不禁使我勃然大怒。

我一聲吼叫，陡地踏前了一步，揮拳擊向錫格林的下頷，錫格林絕料不到我竟然會有這樣的舉動，他一側頭間，我的一拳正擊在他的面上。

錫格林仰天跌倒，我跨過了他的身子，奪門而逃。

可是這裏乃是一國的情報本部，如果我能夠衝出去的話，那倒是天下奇聞了。我才到了門口，迎面一排武裝人員便攔住了我的去路。

我還想孤注一擲時，錫格林在我背後大聲叫道：「荒唐，衛斯理，這太荒唐了，這絕不是你這樣的聰明人應該做的事情。」

我也明知再鬧下去，對我是絕對不利的，我轉過身來，道：「好，那你至少再讓我和傑克中校通一次話，我要使他相信這一切。」

錫格林撫著右頰，道：「好的，你可以再和傑克通一次話。」接線生又忙著呼叫著各地的電話局，十分鐘後，電話又接通了。

我一把搶過了電話，道：「傑克，你聽著。」

傑克嘆了一口氣，道：「衛斯理，你甚麼時候才肯停止這種無聊的遊戲？」

我忍不住罵了一句極其難聽的粗話，道：「你聽著，我現在離你幾千里，是在一個國家的情報本部之中和你通無線電話，我絕不是和你開玩笑，我曾經見過陳教授，他告訴我，那五個死人，可能變成危害全人類的怪物。」

傑克遲疑了一陣，道：「可是他們已經死了。」

我道：「不管他們是不是死了，你去看他們，開掘他們的葬地，將他們火焚，不要留下一些殘骸。」

傑克無可奈何地道：「好，他們會變成甚麼？是吸血僵屍麼？開掘墓地的人，要不要懸上十字架？」

我大聲道：「你祈求上帝，當你掘出死人的時候，他們還未曾變成怪物，你就可以保全性命了。」

傑克停了片刻，道：「你如今有自由麼？」

我正想回答他，可是錫格林已自我的手中，將電話搶了過來放下了。

我毫不在意地聳了聳肩，傑克問我是不是自由，我沒有回答，便突然截線，傑克雖然固執，卻還不是白痴，他自然可以知道我的處境如何的。

我剛才雖然沒有說出我是在哪一個國家的情報總部之中，但是我相信傑克一定知道事情和

G有關，當然他也可以知道我是在甚麼地方。

然而這又有甚麼用呢?為了我，總不至於動用國家的武力吧，看來我要求自由，還得靠自己。

我正在呆想著，錫格林已帶我出去，到了一間十分華麗的套房之中，當晚，這個國家身材矮小、精神奕奕的總理親自接見我。

這個總理對我的一切知道得十分詳細，有些連我自己都已忘記了的事，他卻反而提醒我。他和我一直談到了天明，雖然我連連打呵欠，示意我要休息，他也不加理會。

這位總理雖然沒有明說，但是我卻聽出他的意思，只想我作為傭傭兵團性質，出我高酬，為他們國家的情報總部服務。

這簡直是痴人說夢，所以我聽到後來，只是一言不發，自顧自地側著頭打瞌睡，他是甚麼時候走的，我也不知道了。

接下來的幾天中，我見到了不少要人，他們都由錫格林陪同前來。而在這幾天中，我也想盡方法要逃走，卻都沒有結果。

我居住的地方，從表面上看來，華貴得如同王子的寢宮一樣，但實際上卻是一所最完美的監獄，到處是隱藏著的電視攝像管——它們的紅外線設備，使我的行動，不分日夜，都受著嚴密的監視。

除此之外，還有傳音器、光電控制的開關——只消我走到門前或者窗前，一遮住了光源，便會有銅板自動落下來，將去路擋住。

一連四天，我被囚禁在這所華麗的監獄中，享受著最好的待遇。

第五天早上，錫格林破例地一個人前來見我。

我一見了他，便立即閉上了眼睛，道：「今天你帶來的是甚麼人？是司令還是部長。」

錫格林道：「今天我沒有帶人來，我帶來的是一個好消息和壞消息。」

我冷冷地望了他一眼，錫格林繼續道：「這幾天來，我們連續不斷地收到了傑克中校的廣播，他是利用業餘無線電愛好者的通用波段向你說話的。」

我連忙欠身，坐了起來，道：「你爲甚麼不早告訴我，傑克說些甚麼？」

錫格林道：「我怕你知道了之後會失望，雖然這是一個好消息，但是卻沒有刺激。傑克的廣播詞說：衛斯理好友，我們的五個朋友都正常，你的猜疑證明你是一個狂想家。」

我呆了半晌，道：「你有沒有向陳天遠教授提及過這一點？」

錫格林點了點頭，道：「提及過。」

我忙又道：「他怎麼說？」

錫格林道：「他只是高叫道：不可能，這是不可能的事！」我皺著眉，道：「也就是說，陳教授是認爲這五個被蜜蜂刺死的人，是必然會成爲怪物的？」

錫格林點頭道：「是，但是這次，他的理論顯然破產了。」

我又發起呆來，以陳天遠這樣有資格的生物學家，他親手培養成功了地球上從來也未曾出現過的一種生命方式，他的推論會錯麼？

但是傑克卻又說那五個死人並無變化，這可是甚麼緣故呢？我沒有機會和陳天遠多作詳談，因之我也不知道那種「怪物」究竟是甚麼樣的東西。陳教授說過，怪物可能是任何形狀，那麼當然可以完全像死者本人。問題就在於，他們能思想麼？是有看高度思維能力的動物麼？他們會不會「裝死」來騙過傑克呢？

我的腦中，亂成了一片，只聽得錫格林道：「接下來的，是一個壞消息了。」

我並不去理會他，只是繼續思索著。

錫格林站了起來，來回踱了幾步，道：「這幾天來，你晤見了我們國家的軍政要人，我們國家的一切，你知道得大多了，而且你顯然也知道，我們在要求你作些甚麼，可是你卻一無表示。」

我冷冷地道：「你們要求我作甚麼？」

錫格林雙手撐在沙發的背上，俯身道：「要你代替G的位置。」

我冷笑了一聲，道：「別做夢了。」

錫格林又道：「每年的經常報酬是二百萬鎊，活動費和特殊任務的報酬另計。這大概是世上報酬最高的工作了。」我聳聳肩，道：「如果我能夠有生命用那些錢，那才是的。」

錫格林道：「你的回答是：是？」

我大聲道：「不，你錯了，我的回答是不，你完全找錯人了，你要知道，我是一個中國人，我也唸過幾年中國的書，中國人有中國人做人的信條，幾乎所有中國人全是一樣的，只是極少數例外，中國人敦厚、忠實，視欺詐爲最大的罪惡，我和你們這種急功近利，不擇手段的人完全不同。」

錫格林靜靜地聽我講完，才搖了搖頭，道：「那就十分不幸了，我只能向你傳達最高機密會議的決定，那便是，從現在開始，七十二小時內，如果你還沒有肯定的答覆，那你將不再存在於世上了。」

我感到一股寒意，在背脊上緩緩地爬過，錫格林一講完話，便轉身走了出去，留下我一個人坐在沙發上，忙忙地發呆。

好一會，我才感到事態的真正嚴重性。

我是在一個國家的情報本部之中，並不是在甚麼匪黨的巢穴內，這是我從未有過的經驗。

而我就算能夠逃出這幢建築物，我也絕不是自由了，因爲我還在這個國家中，錫格林他們，可以動員全個國家的力量來對付我，而我則只有一個人！

這種力量的懸殊是太明顯了，而失敗的一方，肯定地說，一定是我！

如果我不設法逃亡，那麼在七十二小時之後，我的命運如何，那是可想而知的。確如錫格林所說，我知道得太多，使得他們不能留我在世上。

而我如果裝作答應他們的話，以求脫身，那也是絕對行不通的，他們當然會放我離開這個國家，去代替G的位置，表面上我的地位十分高，但實際上，我則受著千萬種的監視，形同囚犯，而如殷嘉麗之類的下屬，還可以隨時逼死我！

我感到我真的是走投無路了，在這七十二小時之中，會有甚麼奇蹟出現呢？

我雙手抱著頭，不斷地搖著，可是我的腦中，卻是一片空白。

我衝向門口，銅板「刷」地落了下來，而當我後退之際，銅板卻又伸了上去。

我已經計算過，我伸手開門的速度，是及不到銅板下降的速度的，那也就是說，如果我不顧一切地去開門的話，在我的手一觸及門柄之際，下落的銅板，便會將我的手腕切斷！

我轉過身來，望著窗子。

窗子的情形也是一樣，我當然可以不顧一切地穿窗而出，只要我願意自己的身子被切成兩截的話。

我又頹然地坐了下來。七十二小時，像是有一個人大聲在我耳際嚷叫一樣，使我頭痛欲裂。

我竭力鎮定心神，七十二小時，那是三天，我其實還可以睡一覺的。

我躺在柔軟的床上，望著發自天花板的柔和的光線，好一會，我才矇矓睡去，但是不久就被惡夢驚醒，那一天之中，我究竟做了多少惡夢，連我自己也記不清楚了，我簡直和待決的死囚一樣，求生的慾望越來越是強烈，那也使我的心境越來越是痛苦。

二十四小時過去了，錫格林又走了進來。

他才一進來，我便像是猛獸一樣地望著他。但是他也早有準備，他離得我很遠，手中持著槍，他冷冷地道：「你還有四十八小時。」

我大聲道：「我後悔在飛機上挽救了你這樣一個冷血動物。」

他搖了搖頭，道：「抱歉，這是最高秘密會議決定的，我曾在會上竭力地為你陳詞，但是更多的人否決了我的提議，他們本來只給你二十四小時的。」

我道：「那還乾脆些，如今我還要多受四十八小時的精神痛苦。」

錫格林道：「你不能改變你的決定麼？」

我摸著下頷，由於他們不給我任何利器的關係，我的髫鬚已經很長了，摸上去刺手，我沿著下頷，摸到了自己的脖子，在脖子上拍了一拍，道：「中國人有一句話，叫作『頭可斷，志不可屈』，掉了腦袋，不過只是碗口大小的一個疤！」

我的手又沿著脖子向下，我感到脊椎骨酸痛，所以我的手按在背脊上。

也就是這時，我的手臂，碰到我的襯衣，感到了一塊硬物，那硬物大概只如普通硬幣大小，我的手臂在才一碰到這件硬物的時候，不禁一呆：這是甚麼東西？我幾乎記不起它是甚麼了。

但是我還是記起了它。

那是前兩年，我表妹紅紅到我家中來的時候帶給我的，她說那是一種強烈的麻醉藥，只要服上極少的劑量，就可以使人昏迷不醒，脈搏、心臟的跳動，微弱到幾乎察覺不到，而呼吸也幾乎等於零。

昏迷的時間，大約是八小時至十二小時左右，她們美國大學的同學，用這種迷藥迷醉自己，來冒充死人，恐嚇同學取樂。

直到有一次，一個服了迷醉藥的學生，被當作了真正的死人，在殮房中被抽去了血液，注射進甲醛，弄假成真之後，這種「遊戲」才沒有人做了。

紅紅說我冒險生活多，這種東西或者有用，可以用來使對方昏迷不醒，當時她給我看過，那是如硬幣也似密封的一小包粉末，她又說要考驗我的本領，將之藏在一個秘密地方，要我去找尋。

紅紅是頑皮到令人難以相信的孩子，她的話，我聽過了之後，也就算了。根本未去追尋這包藥物放在甚麼地方。

事隔多年，這件事情，我也可以說完全忘記了。

直到此際，我突然覺出襯衣縫廠商標後面，有這樣的一個硬塊，我才突然想起了這件事！

那包藥粉是密封的，當然不會失效。

那包藥粉可以使人昏迷，看起來像死人一樣。

如果我變成了「死人」，他們將會怎樣處置我呢？這個國家對他們尊敬的人盛行天葬，那是將死人運到高山之巔去餵鳥的別稱，我是不是算他們尊敬的人物呢？

我可能被他們天葬，那只要兀鷹還未啃吃我之前醒來，我便有機會逃生。

如果他們將我舉行天葬，我的機會，勉強可以說是五十對五十。

但是，我得到天葬的機會，又是多少呢？

他們可能尊敬我，但是因爲我是中國人的緣故，而將我土葬，爲了不留痕跡，他們可能將我火葬，他們更可能用種種的法子來處理我的屍體，那麼我逃生的機會，更是微乎其微了。

我沉思著，一聲不出。

錫格林問我道：「你在想甚麼？」

我道：「我知道你們，是絕不講人情的，但是我想知道一件事情。」

錫格林點了點頭。我道：「我聽得你說過，我將受到極大的尊敬，這可是真的？」

錫格林道：「是真，參加最高機密會議的人，大多數曾與你晤面，他們都對你的風度、談吐、人格欽佩備至，他們對他們不得不作出這樣的決定，也都表示了他們的遺憾。」

我放下手來，道：「如此說來，我如果死後，可以有天葬的資格了？」

錫格林嘆了一口氣：「如果你死了，那是的。」

我又問道：「天葬是一個十分奇異的風俗，它的詳細情形怎麼樣？」

錫格林道：「你問這個作甚麼？」

我道：「我想，一個離死亡已不遠的人，應該有權知道在他死後，他的身體會受到怎樣待遇的吧。」

錫格林沉默了半晌，才道：「首先，你會被香油塗滿了身子，穿上白色麻織的衣服，在身上綴滿了白色的花朵，頭上戴著白色花朵綴成的冠，由六個處女抬著你的身子，步行到穆拉格連斯山峰的頂上，後面有高僧誦經，和瞻仰你遺體的人跟著——」

錫格林講到這裏，突然高聲叫了起來，道：「別，別叫我再說下去了。」

我冷冷地道：「怎麼，錫格林先生，你也覺得向一個活人敘述他的葬禮，這是太殘酷了些麼？可是別忘記，這是你一手造成的。」

錫格林面色蒼白，一言不發。

我從錫格林的話中，已經知道在我「死」後，至少要經過二十小時，我的塗滿香油、蓋滿白花的身子，才會被放在穆拉格連斯山的天葬場上。

那也就是說，如果我裝死的話，我脫身的機會是相當大的。

我不等錫格休回答，又道：「我當然不會答應你們的條件，但我也不能死在你們的手中。」

錫格林望著我，像是在奇怪我還有甚麼第三條路可以走。

我冷然道：「在你們的期限將到之時，我將用藏在身邊的一種毒藥自盡。」

錫格林逼近了一步，道：「將毒藥交出來。」

我「哈哈」一笑，道：「先生，我不交出來，至多也不過一死，除死無大事，你的命令，對我根本不發生作用了！」

錫格林又望了我半晌，才道：「你根本沒有甚麼毒藥，你在亂說。」

我冷笑了一下，道：「反正我的一行一動，是逃不過你們監視的，我相信你們一定可以看到我是在服下毒藥之後才死去的情形的。」

錫格林不再說甚麼，向門上退了出去，出了門，我又只剩下了一個人，仔細地思索我的計劃。

這個逃生的計劃是不是能夠成功，它的關鍵是在於服下了這種藥物之後，看來是不是真的像死了一樣。

我相信，在我說了這番話之後，錫格林一定更不放鬆在電視螢光屏上對我的監視，只要我在服藥之前，做得像一些的話，他既已先入爲主，自然深信不疑。

當然，昏迷和死亡是截然不同的，有經驗的醫生通過簡單的檢查便可以看出來。但是我希望錫格林深信我已服毒自盡，不去召醫生來。

而且，退一步說，就算他們查到我是昏迷而不是死亡，也沒有甚麼損失，因爲在七十二小時之後，我反正是要死的了。在昏迷中死亡，當然更無痛苦。

這一天，我反反覆覆地想了一天，第三天來到了，這是我最後的一天。

這可能是我真正的最後一天，因爲他們究竟會怎樣處理我的屍體，我還是未能確定，而當他們知道我只不過是昏迷而已，他們當然也可以猜到我的用意，而會毫不留情地殺死我的。

那一天，一整天我的手心都在出汗。

到了午夜，距離限定的時刻，只有七個小時了。我脫下了襯衫，撕去了招牌，那一小包密封的藥物，果然縫在招牌的後面。

我的動作十分緩慢，面上的神情，則十分痛苦，我必須「演」得逼真，因爲這是性命交關的一場「戲」，我撕開了密封的包裝，我聞到了一陣刺鼻的怪味。這種怪味竟使我流出淚來。

這更合乎理想了，我特意抬起頭，使我的面部，對準一根我已發現了的電視攝像管，那樣，我的痛苦的、淚流滿面的「特寫鏡頭」，便會出現在電視的螢光屏上，增加我自殺的效果了。

我一面還喃喃地自語著，憤然大罵著，搗毀著室內的一切。

最後，我一仰脖子，將那包藥末，吞了下去。那包藥末，入口淡而無味（我想它的作用如此驚人，當然它的味道也是十分驚人的），我喝了兩口水，便完全吞了下去了。

我坐了下來，等候它發生作用。

我相信我的表演，一定十分逼真，而令停在電視螢光屏上監視我的人，深信不疑了，因爲我才坐了不久，便聽到一陣急驟的腳步聲傳了過來。接著，門被「砰」地一聲撞了開來。

衝進來的是錫格林，他的面色十分張惶，他大聲喝道：「蠢才，你這個蠢才！」

我不明白他對我這樣的喝罵是甚麼意思，我只是望著他，可是忽然之間，我面前的錫格林漸漸地起了變化，首先他的身子漸漸變闊，接著，他變成了兩個人，很快地，變成了四個、八個……無數個，在我面前，像是有無數個錫格林在搖來擺去一樣。

這當然是藥力已開始發作的結果。

但是我的聽覺還未曾喪失。我聽得錫格林繼續在叫嚷，他不斷地罵我蠢才，又叫道：「像你那樣的人，我們對你有著極度的崇敬，怎肯取你的性命？你難道不知道我們是世界上最崇拜英雄的民族嗎？我們……」

他的話，我終於也無法聽下去了，因爲聲音開始變得和金屬撞擊一樣，錚錚叮叮，再下去，便變成了嗡嗡聲，而這時，我的眼前也變得金星飛舞起來。嗡嗡的聲音，像是在我眼前飛舞的那一大群金色的蚊子所發出來的。再接著，正如小說中所描寫的那樣：眼前陡地一黑，便甚麼也不知道了。

我以後的遭遇怎樣，我暫時不寫出來，先來看一看那個國家情報本部，有關我的一連串記載，記載是採取一種特殊編號的，我將之如實寫出，但內容則是選譯，因為原來的文字，實在太長了。

HW〇一號

（按：這是他們對我事情所作檔案的編號，以後每發生一件事，多增加一份檔案時，號碼便跟著改動。）

G報告，他們的工作遇到了阻礙，根據N十七的調查，對手是一個中國人，叫衛斯理。對衛斯理的初步調查，是此人機智、靈活、不畏死、受過嚴格的中國武術訓練，已訓令G注意此人，必要時可採用暗殺手段。

HW〇二號：

G的工作再度受阻，未能如期將陳天遠運來，阻礙仍來自衛斯理，那個中國人，他已經落在G的手中，但G叛變，N十七解決了他，衛斯理在嚴密的監視下被麻醉，總部決定派A〇一去對付他。

HW〇三號：

A〇一到達，展開工作，經過順利，將衛斯理和陳天遠載來我國本土，飛機中途遇險，其間經過，似屬高空飛行時發生幻覺所致。A〇一報告，衛斯理勇敢過人，若能聘用，對本部工作展開，有莫大幫助。

HW〇四號：

衛斯理不肯聽命，已著A〇一傳達指令，七十二小時後，將之處決！

（在這份文件之後，有該國總理的簽字和批示如下：著積極進行，務必成功。）

HW〇五號：

命令傳達後七十小時，衛斯理自殺。他本來可以成為我們情報工作人員中最優秀的一員，他是我們所理想的英雄人物，他的自殺，給我們帶來莫大的損失。這當然是七十二小時之後處決的命令造成的，倡議這個辦法的高級官員，都將受到嚴厲的懲處，我們無法將這個英雄的死訊公開。

HW〇六號：

天葬已經舉行，衛斯理的遺體由六個聖潔的處女抬著，被安放在天葬峰上，等候天使來陪伴他的靈魂，共升天堂。

HW〇七號：

有關衛斯理的一切，奉最高當局令，特列為最秘密的檔案，檔案經密封後，再也不得翻閱，直至永遠。

在檔案袋上，有著好幾個火漆封印，檔案被放在一隻特製的扁銅盒子中，再被鎖在該國情報本部的一隻保險文件櫃中，而那文件櫃，則是在一間密封的、有著重重守衛的密室中的。

這一切，都表明了，在該國情報本部的官方紀錄中，有一個叫做衛斯理的中國人，曾被他們的情報人員帶到他們的國家來，但結果卻自殺了。

這件事當然是不便公開的，不能公開的原因，一則是因爲這種事當然要引起國際糾紛，而那個國家本來是不受人注意的小國，如果給世人知道了他們如此驚人的情報活動，那當然要對他們加以注意，這對他們來說，是大爲不利的。二則，他們對衛斯理這個中國人的死，感到十分遺憾，因之有關的高級人員，在感情上也不想這件事再有人知道。

衛斯理已經死，這已經成了定論。但是實際上的情形如何呢？

實際上，我當然沒有死。

當我漸漸地又有了知覺的時候，我只覺得全身十分之不舒服，那種不舒服的感覺，就像是小時候在冬天，被母親在臉上塗了太厚的油脂，以防禦西北風一樣。

接著，我的耳中聽到了十分低沉、十分憂鬱、十分傷感、十分緩慢的歌聲，同時，我也感到我的人在十分緩慢地前進著。

我慢慢地睜開眼來，發現在我的身子下面，是六個長髮低頭的少女，她們將我的身子托著。而在我的前面，一輛馬車，拉著一車白色的花朵。

有兩個小姑娘站在車上，不斷地將白花撒在路上，同時發出那種歌唱聲來。

在我的身子後面，則是一串行列，在慢慢地前進，那一行列中的人，全都穿著白色的衣服，每一個人都低著頭，在跟著那兩個姑娘唱著。

而我的身上，則散發著一種奇怪的氣味和堆滿了白色的花朵。

這是送葬的行列！

而死者就是我！我如今已醒過來了，我已經「死」了多少時候呢？

由於我「死」的時候，根本一點知覺也沒有，我當然無法估計這一點。我的全身還是軟得一點力道也沒有。當然，就算我有氣力的話，我也是不能彈動的。

照如今的情形來看，我的假死已經騙過了他們，他們正在爲我舉行天葬儀式。

我必須一直僞裝到他們完全離去爲止，才能設法逃走。那種低沉的歌聲，使人昏昏欲睡，我真想就此睡上一大覺。

但是，我又怕會有突然的情況出現，所以一直保持著清醒，不敢睡去。

半小時之後，我已經由那六個少女抬著，開始上山了。我雙眼睜開一道縫，向前看去，看到了幾座白雪皚皚的山峰，被他們選作天葬峰的，不知是哪一個？

我又看到了一隻又一隻的兀鷹，在半空之中慢慢在盤旋著。

兀鷹漆黑的身子，在銀白色的山峰之上盤旋，顯得格外刺目。所謂「天葬」，其實就是將死人送給兀鷹去飽餐一頓。

但是他們也有他們的說法，因爲兀鷹飛得高，據說在臭皮囊餵飽了兀鷹的肚子之後，兀鷹便會將你的靈魂帶得更高，到時，如果你真是一個好人的話，天使自然更容易發現你，將你帶入天堂了。

我繼續被他們抬著，向山峰上走去，天色漸漸地黑了下來，送葬的人都點起了火把。一串白色的送葬人，襯著熊熊的火把，再加上那種詭異低沉的喪歌，這是我從來也未曾經歷過的。

而我更未曾經歷過的則是：我自己是這行列的主角，我是死者！

一直到半夜時分，送葬的行列才略歇了一歇，但是休息的時間不過半小時。

在這半小時中我可辛苦了。因爲，當那六個少女抬著我前進的時候，我還可以隨著她們前進的節奏，使我的肌肉作輕微的運動。

但是在她們休息期間，我卻被放在一塊大石上。

在那段時間之內，我要控制我的肌肉，一動也不能動，一動便露出了破綻了。

這本來倒也不是難事。但是，卻有兩個巫師模樣的人，一手拿著一隻盛滿了香油的陶罐，一手拿著一隻刷子，刷子在陶罐中浸了一下，醮足香油時，便抖動刷子，向我身上灑來。

那種香油十分熱，灑在身上，自然不好受，而且我是仰臥著的，香油由我鼻孔中倒流進去時的那種滋味，使人想起日本憲兵隊的酷刑來了。

我能夠忍受著不動，不出聲，事後想來，當真可以說是一項奇蹟。

好不容易等到他們重又起程，我才略略地鬆了一口氣。而等到將要到達天葬峰頂上的時候，我才知道他們在半路上休息，並不是爲了疲倦而休息，而是爲了要湊合到達峰頂的時間。

當一眾人等在峰頂上站定之際，恰好是旭日東昇，霞光萬道之際。

我被放在一塊冰冷的大石之上，所有的人在我的身旁唱著、跳著，花朵拋在我的身上，將我整個人都遮了起來。這樣倒也好，因爲討厭的香油，便不會直接灑在我的身上了。

我等著、忍耐著，這一次的時間更長，足足有一個小時之久，我才聽得歌聲漸漸地遠去，終於，四周圍寂靜得一點聲音也沒有了。

我略略轉動了一下身子，我身上的花朵，立時簌簌地落了下來。

這時候，如果我身邊還有人在的話，那一定會驚叫起來的了，但是卻仍然沒有聲音。

我撥開了花朵，坐了起來，不錯，我的四周圍沒有人，但是令我吃驚的，卻是已蹲著七八頭兀鷹。那七八頭兀鷹站著，有一個人那麼高大。

牠們一動不動，黑玻璃球似的眼睛望著我。在一般人的印象之中，鷹是雄健的、英俊的、不凡的飛禽。但是兀鷹卻實在是玷污了鷹的英名的。牠禿頭、皺紋、眼中充滿了嗜殺和貪婪的光采，口角掛著腐臭的肉絲，牠可以說是醜惡的化身，令我一看便想起不擇手段，只求發財的市儈人。

那七八頭兀鷹正虎視眈眈地望著我，我突然坐了起身，牠們似乎十分奇怪，因爲牠們的「大餐」居然動了起來，我想他們的驚愕，大概絕不會下於我們看到盤子中的炸子雞忽然咯咯叫起來吧。

我手摸索著，先找到了幾塊拳頭大小的石子，抓在手中，然後，我陡地一翻身，坐了起來，將手中的石頭，一起向前抛了出去。

我抛出了四塊石頭，將我面前的幾隻兀鷹，驚得一齊向上飛了起來，我連忙一個箭步，向前竄了出去，找到了一塊大石，將身子躲在石後。

我剛一在石後躲起，剛才被我驚起的那幾頭兀鷹，已經自上而下，疾撲了下來，他們的雙翼，扇起了一股勁風，他們像銅一樣的尖啄，鑿在石上，發出了驚心動魄的「拍拍」聲。

我連忙向外滾了開去，滾了又滾，兀鷹必須向上飛去再撲下來，這其間我是大有機會的，我滾出了十來碼，隱進了一個小小的岩洞之中。

我向外看去，兀鷹在天空之中盤旋，沒有再撲下來。這種動物，本來就只對死屍和腐肉有興趣，據說他們不但在極遠的地方能夠聞到腐肉的氣味，而且能聞到將死的動物身上所發出的「死味」，而緊緊地跟隨著，直到這個動物死了為止。

如今我躲進了岩洞，兀鷹失去了目標，而我的身上又沒有腐臭之味發出，牠們自然不會再找我的了。我定了定神，看看身上的白色麻質衣服，那種衣服看來十分精緻，我想，穿著它上路，大約是沒有什麼問題的，當然，我必須先用雪將身上所塗的香曲，盡皆抹去，困難是我身邊一點錢也沒有，而且這個國家的語言，我講得並不好。

當然我可以用英語，在這個小國中，英語是相當流行的，但是這一來，卻更易暴露身份了。

我先到了山峰頂上有積雪的地方，用雪擦著身子，中午的陽光十分和煦，照在我被雪擦得發紅的身子，十分舒服，但是我的肚子卻實在太餓了，我重新穿好了衣服之後，開始向山下走去，到了半山腰中，我便發現有人，在半山腰中的，大都是基於宗教信仰而修苦行的人，我避開了他們，直向山腳下走去。

在快到山腳的時候，我躲了起來，一直到天黑。

我可以看到那個國家首都的燈光，我估計我離機場不會太遠。如果我能夠到達飛機場的話，我當然不能仍算是離開了這個國家，但是卻總是接近得多了。

我又開始下山，到我下到了山腳下，看到了第一所有燈光射出來的房室之後，我的肚子之中，簡直像是有一營兵在叛變一樣，我敲了那所屋子的門，一個老婦人打開了門來。

我用這個國家的語言生硬地道：「阿婆，我是外地來的，我肚子餓了。」

我知道他們是好客的，留陌生人在家中塡飽他們空虛的肚子，這正是他們國家中任何一個人所樂意去做的事情之一。

果然，那老婦人立即點了點頭，讓我走了進去。我跨進了門，屋中的陳設十分簡單，天花板中央的電燈光線也十分弱，我看到一個中年男子，還有一個中年婦人，和兩個十五六歲左右的男孩子，他們本來都是有事情在做的，但這時卻轉過頭向我望來。

他們在才一向我望來之際，面上的神色是友善的、好奇的，那個中年男子甚至於還準備站起來向我歡迎，可是當我再跨前兩步，更接近燈光，他們完全可以看清我的時候，他們每一個人的臉色都變了。

他們的面色變得蒼白，神情變成驚駭，那兩個孩子更是駭怕得伸手抓住了椅子的臂。

那個老婦人離得我最近，她突然驚呼了一聲，竟昏了過去，我連忙一伸手，將她扶住。

可是那中年婦女卻怪叫道：「放開她，求求你，放開她，快放開她！」

第九部：怪物形成

我不知道是甚麼使他們驚駭如斯的，我連忙將那老婦人放到了椅子上，那老婦人還在昏迷不醒，那中年人則顫聲道：「求求你，將她的靈魂還給她！」

我詫異道：「她的靈魂？先生。你在說些甚麼？」

那中年人以手加額，道：「天啊，我們做錯了甚麼事？爲甚麼邪惡的惡鬼竟會降臨到我們的家中？」

我呆住了，我摸了摸自己的臉，我的面上神情像惡鬼麼？那是絕不可能的事。我爲甚麼會給他們誤會是惡鬼呢？

我呆了片刻，才想起了一個許多國家都有的傳說，我踏前一步，使自己站在燈下，然後，我指著地上我的影子，道：「你看，你們看，我是有影子的，先生，我只是一個肚子餓的陌生人，不是鬼魂。」

那雙中年夫婦呆了片刻，才道：「先生，那你爲甚麼……爲甚麼……竟穿著死人的衣服呢？」

我向我身上的衣服看了一眼，這才看出我身上的衣服寬袍大袖，和那中年男子身上的衣服截然不同！

剛才，在山上，我還以為我所穿的是十分精緻的衣服哩，想不到原來是喪服。那是難怪他們吃驚的，試想想，若是有一個一身喪服的人，在夜晚闖進你的家中來，你驚不驚？

我連忙捏造了一個故事，聲稱我是被人戲弄了的一個外來遊客。

那兩個少年人首先笑了起來，接著，那雙中年夫婦也笑了，而那老婦人醒了過來之後，聽到了少年人的解釋，頻頻地拍著胸口，還對著我的影子看了好半晌，叫我來回走動，以觀察我在走動之際，我的影子是不是也跟著移動。她的鑒定工作進行了十分鐘之久，面上才現出笑容，肯定我是人而不是鬼。

我吃了他們端上來的飯，那實是十分粗糙的食物，但是我正在餓的時候，卻是吃得津津有味，連盡數碗。飯後，我提出我要換衣服，那中年人取出了兩件相當舊的衣服來，我穿在身上，倒還算合身。

而當我將身上的喪服脫下來送給他們的時候，他們一家人都高興得笑了起來。那老婦人也不再害怕我了，她拉住了我的手，向我解釋他們高興的原因。

原來我身上的這件喪服，質地非常名貴，在他們的國度中，只有十分有錢、有地位的人才能買得起。而他們得到了這件喪服之後，絕不是想去變賣換錢，而是向專做喪服的店鋪中去交換一件同樣質地，適合那老婦人穿著的喪服。那麼，在那老婦人死了之後，就可以有一件高貴的喪服穿著了。

這種觀念，是和中國人在未死之前，就拚命覓求好棺木是大同小異的。

我離開他們的時候，夜已經相當深了。

我的身上仍然分文全無，但是我的肚子卻吃得十分飽，我第一件事便是要弄些錢，將自己的樣子改變一下，因爲穿著那麼破舊的衣服，只怕連飛機場都混不進去的。我沿著公路，來到了市區。

我盡量在黑暗的地方行走，沒有多久，便到了一座十分新型的酒店門口，我看到有兩個顯然是美國遊客模樣的人，正喝得步履歪斜地走向酒店，而他們的身後，則跟著一個瘦削的孩子在伸手向他們乞錢。

其中一個美國遊客招手令孩子過來，孩子到了他的面前，他卻重重地在那孩子的手上打了一下，接著便哈哈大笑起來！

那孩子氣得面色發青，站在那裏，委屈得幾乎要哭了出來。我心中不禁十分惱怒，我決定在這傢伙身上下手，我從黑暗中走出來，一直衝到那孩子的身邊，拉了那孩子的手，道：「我們走！」

在我說「我們走」的時候，我的身子一側，撞在那美國遊客的身上，那傢伙伸手來推我，可是我又用力在他的腳尖踏了一腳。等到他痛得彎下腰去之際，他上衣袋中的一隻黑色鱷魚皮包已經到了我的手中，而我也拉著那個孩子，穿進了一條小巷，拐了一個彎，連那美國人怪叫的聲音也聽不到了。

我並沒有再理會那孩子，自己又竄出了幾條小巷，這才打開皮包，哈，我的「收穫」甚豐，看來我就算改行做起扒手都不會餓死的。

那皮包中有數十張美金旅行支票，還有許多美金現鈔，更有一張飛機票，和一些其他證件。

我當然會將證件之類的東西寄還給他，同時在我離開此處之後，將錢寄還給他。

我袋中有了美金，當然方便得多了，我先找了一個小客棧，睡了一覺，第二天上午，我已買了衣服和進行簡單的化裝，可是我仍然難以離開這裏，因爲我沒有護照，當然也不能上飛機。

整個上午，我都在機場中觀察著，結果，我決定打昏一個搬運行李的工人，穿上他的制服，而躲進客機的行李艙中。

要做到這一點，並不是甚麼難事，在二十分鐘之內我便做到了這件事，而當我躲進行李艙中之際，我只消度過難捱的三分鐘就夠了。

當飛機起飛之後，我便放心了，我甚至可以舒開手足，適意地躺下來。我早已調查好這班飛機是直赴我所要去的地方的。

當然，在到了目的地之後，我從飛機的行李艙中出來，這還有一番麻煩，但是我相信只要傑克中校一到，便甚麼都解決了。

果然，當我被機場保安人員發現拘留之後，他們對我十分客氣。那是因爲我立即提起傑克中校的名字之故，而傑克中校一到，我便和他一齊堂而皇之地走了出來，又回復自由了，我看到傑克中校之後的第一句話便道：「慚愧得很，中校，我的任務失敗了。」

傑克中校在我的肩頭上拍了一下，道：「任何人都有失敗的，你自然也不能例外。」

我苦笑了一下：「但我仍然有辦法挽救的，陳教授在甚麼地方我知道，我想如果你們能以極度秘密的方式，以公函通知那個國家，囑他們將陳教授送回來，那個國家爲了不使自己的野心暴露於世人之前，一定會乖乖地將陳教授交出來的。」

傑克中校「唔」地一聲道：「那以後再討論好了，你需要休息了，我看你不但身子疲倦，你的精神狀態似乎也已經——」我不等他講完，便道：「我很好，你不必理會我。」

傑克忽然笑了起來，道：「你難道忘了，你曾要我去看那五個死人，說他們會變怪物麼？」

我和他一起登上了車子，我保持著沉默，約莫過了五分鐘，我才道：「可有人繼續受巨蜂所害麼？」

傑克搖了搖頭，道：「沒有，那種巨蜂沒有再出現過，我們百般搜尋，也找不到一隻。」

我想起在空中所見到的那一大群巨蜂來，它們是飛到甚麼地方去了呢？這一大群巨蜂，不論飛向何處，都足以爲人類帶來巨大的災禍的！

我淡然地道：「你以爲那是我的神經不正常麼？那你可大錯特錯了，說那五個死人，會變成不可知的怪物，是陳教授的理論。我如今要回去休息，但是明天，我希望能和你一起，再發掘一下看看。」

傑克中校望了我半晌，搖了搖頭，他顯然有著我是瘋子，不值得和我多說之概。

我也不去理他，只是閉目養神，車子到我家的門口停下，我一到家，便在床上躺了下來，可是我翻來覆去地睡不著。

我跳了起來，打了一個電話給符強生。符強生一聽到是我，便大有怒意地問道：「你還有甚麼惡作劇沒有，你可知道我病了幾天？」

我不去回答他，只是單刀直入地問道：「如果有一種新的生命激素，進入了人的身體之內，那將會產生甚麼樣的結果？」

符強生對我十分生氣，我聽得他在電話中「哼」地一聲，道：「這是一個十分深奧的問題，對你這種不學無術的人，是難以說明白的。」

我笑了一下，道：「好，那麼我這個不學無術的人，就去請教另一個人了！」

他大聲道：「隨便你去問甚麼人！」聽他的語氣，像是立即要將電話掛上了，但是我卻是最了解他性格的人，我只是等著。

果然，等了半分鐘模樣，電話並沒有掛上，而他的聲音，卻又傳了過來，道：「誰，你準備去問誰？」

我道：「當然是去問殷小姐。」

他叫了起來，道：「別碰她，別去見她，我來慢慢講給你聽好了。」

我道：「這當然最好了，但是電話中或許說不明白，你最好立即就到我這裏來一次。」

符強生在電話中恨恨地罵道：「你這流氓！」

我對之大笑，收線，然後等待強生前來。

不到二十分鐘，符強生已經趕到了我的家中，氣呼呼地道：「你又有甚麼鬼主意了？」

我請他坐下，先定定神，然後才將陳天遠教授的推斷，講給他聽，最後問道：「你看有沒有這個可能？」

符強生的面色，越來越是蒼白，他不安地來回走動著，等到我講了之後，他才道：「蜂在螫人的時候，是有體液分泌進人體內的，這便是爲甚麼受蜂螫後會紅腫疼痛的原因，陳教授的話……他的話……在理論上來說，是成立的。」

我也呆了半晌，才道：「那麼，何以這些屍體，還未曾起變化呢？」

符強生來回走動著，雙手不時在桌上、鋼琴上、牆上敲著，他正在用心思索，我也不去打擾他。

過了好半晌，符強生才道：「衛斯理，我怕你已經闖下大禍了。」

我大聲道：「我？你在胡說什麼？闖下大禍的正是你們這些自以爲是，想要一鳴驚人的生物學家！」

符強生漲紅了臉，道：「胡說，我們的任務，是探討生命的秘奧，你可知道，死人被埋葬之後，可能由於環境不適宜的緣故，所以了未曾發生變化，但是你卻命人打開了棺蓋看了一次。」

我瞪著眼，道：「那又怎麼樣？」

符強生道：「新鮮的空氣進入了棺木，這可能使幾乎等於停止進行的變化，加速進行，我……相信那種怪物，是已經存在於世了！」

我覺得背脊上冷汗直冒：「他們……那些怪物……可會思想麼？」

符強生攤了攤雙手，道：「我不敢肯定，如果這種激素，改造了人類的腦部，而使之更發達的話，那麼它不但有思想，而且將遠比人類聰明，這樣的五個怪物，可能造成……唉……」

符強生張大了口，竟沒有法子再向下說得下去。

我竭力使自己鎮定，道：「到目前爲止，我們所討論的一切，還只是以那種蛋白質可以在人體內繼續生存爲前提的，是不是？」

符強生吁了一口氣，道：「當然是，可能我們只不過是虛驚一場而已。」

我忍不住在胸前劃了一個十字，道：「但願如此，但我們還是要去那葬死人的地方看一看。要不然，心中老想著這件事，只怕也要變得神經衰弱了。」

符強生的聲音，甚至在微微地發顫，道：「當然，我們最好立即就去。」

我拍著他的肩頭，道：「那也不必心急，好朋友，我有一番話向你說。」

符強生抬頭看我，面上的神情十分奇怪。

我明知我要說的話是會令符強生傷心的，但是我還是非說不可，我將殷嘉麗的身份，和她為人之沒有人性之處，向符強生詳細說了一遍。

符強生好幾次打斷我的話頭，但是卻被我制止，所以我能將我所要說的說完。

符強生在我講完之後，向我哈哈一笑，道：「衛斯理，你可要我說出我的感想來麼？」

我點頭道：「當然希望你說出來。」

符強生道：「好，那麼，我就不客氣地說，我剛才所聽到的，乃是最無恥、下流的謊言。你可對我這個評論有意見麼？」

我呆了半晌，我明知符強生對殷嘉麗的感情十分好，但是卻也想不到好到了這種程度，在我如此誠摯地講出了殷嘉麗的一切之後，他竟以為我在撒謊！

如果符強生不是和我多年的老朋友，他既然這樣固執，我自然也只好一笑置之，但麻煩就在於我如今不能一笑置之。

我忙道：「你不信麼？」

符強生瞪著眼反問，道：「你以爲我會相信麼？」

我嘆了一口氣，道：「強生，你想我是在騙你，那我是爲了甚麼？」

符強生轉身，向門外走去，道：「誰知道爲了甚麼，總之，你的話我無法相信，殷嘉麗絕不是你所說的那樣的人，或者你所說的確有其人，但不是她。」

我變得無話可說了，只得追在他的身後，道：「你慢慢會明白的，怎麼，你不參加我們的發掘工作了麼？我們需要你在場。」

符強生氣呼呼地道：「我不參加了！」

我望著他駕車離去，只好又回到了屋中，和傑克通了一個電話。

在電話中，我費了不少唇舌，才說服傑克同意再進行一次挖掘工作，而這時候，天色已經漸漸黑下來了。我趕到墳場時，天色已然全黑了。

傑克和幾個警員，已經先我到達，天下著牛毛細雨，十分陰森，在墳場之中，更有著一種說不出來的怪異味道，我一到，傑克便一揚手，警車上的強光燈，照在五個墓上。

傑克向五個墓穴一指，道：「就是這五個了！」

那是許多墓當中的五個，看得出是新葬而且經過挖掘的。我站在墓前，心中一陣又一陣在被莫以名狀的恐懼攻襲著。

傑克中校卻十分不耐煩，他不斷地在埋怨我，道：「你看，在這樣的夜晚，你卻代我安排了這樣的一個節目，哼，你真會代人著想。」

我苦笑著，無話可說，傑克又問我：「衛斯理，如果等一會掘出來，仍是甚麼也沒有，我真懷疑你怎樣對我解釋。」

我忍受著他的譏諷，平心靜氣地道：「我聽到過兩個優秀生物學家的意見，他們認為在理論上，是會出現這種不幸的事的。」

傑克冷笑不絕，道：「理論上，哼，理論上可以成立的東西，大都在實際上是沒有的。」

我道：「你別以為我會希望在這裏會有怪物發生，我也希望平安無事，可是，那種大蜜蜂，你能否認牠們的存在麼？」

我一提起那種巨型變態蜜蜂來，傑克的面色便起了變化。

他雖然未曾見過這種巨型蜜蜂，但是卻見過空軍拍攝到的照片，他的害怕當然是一個正常人的正常反應。他呆了一呆，揮手道：「開工，掘！」

那幾個權充仵工的警員，老大不願意地揮著鋤頭，雨越下越密，轉眼之間，我身上全都濕了。

我仍然站在那墓地旁邊不走，可是傑克卻已經躲到墓地管理所的屋子中。警員的領隊奔到了那屋子中，傑克接著就下令，要那批警員，暫時停止發掘。

我聽到了傑克的命令後，連忙去向他提抗議，可是傑克的答覆，卻令得我生氣，他冷冷地道：「你要我命令部下淋著雨來做毫無意義的事麼？」

我無話可說，他認為這事情是「毫無意義」的，如今我也沒有法子說服他，而且我也不能過分責怪他的，因為這已經是第二次了，上一次的發掘，一點結果也沒有，換了我，我也會怨氣沖天的。

我不再堅持我的意見，只是站在門口，那雨越來越大，向前面看去，視線已經十分模糊了。

傑克在我的肩頭上拍了拍，道：「衛斯理，我看算了吧，我們不必再浪費時間了，我要拉隊回去了。」

我知道傑克如果離開這裏，再要他來，那更是難上加難了。

當然，要挖掘墓地，並不是甚麼難事，不用傑克的幫助，我自己也可做得到的，但是我始終覺得這是一個十分嚴重的事，傑克是代表著官方的，有他參加，事情便容易進行得多了。

我忙道：「不，等一等，雨只怕就要停了。」

傑克向前指一指，道：「你看，雨只有越來越大，怎麼會停？」

我順著他所指的方向，向前看去，只見強光燈的燈光範圍之內，斜斜的雨絲，編織成為一幅精光閃閃，極其美麗的圖畫。

由於下雨的原故，天色更是陰暗了，在強光燈的照射範圍之外，幾乎是一片漆黑，甚麼都看不到了。我心中暗嘆著一口氣，心想在這樣的情形下，便叫警員開工，似乎也說不過去，我正在猶豫著，考慮是不是要答應傑克的要求時，忽然聽得傑克叫道：「快，快給我強力電筒。」

一個警員忙將一隻強力電筒給了傑克，我心中不免奇怪，道：「中校，你幹甚麼？」因為傑克對這件事，本來是一點興趣也沒有的，但這時候，面上的神色，卻又十分緊張。他的雙眼，仍是望著外面，道：「你看不到麼？你看不到外面有東西在移動麼？」

傑克的聲音，在這種情形之下聽來，顯得如此之緊張，以致令人毛髮直豎！

他叫了一聲之後，立即按亮了電筒，電筒的光芒穿過了兩層，向前射去，停在一株樹上，那株樹在風雨之中，微微顫動著。

我苦笑了一下，道：「你所謂有東西移動，原來就是這株樹麼？」

傑克面上的神色，十分難以形容，他張口闔著像是要說話，但是卻又說不出話來。這時候，警員都聚在屋子的另一角，只有我和傑克兩人，站在門口。

傑克在呆了片刻之後，又緩緩地轉移著電筒，但是在雨露重重之中，電筒光並達不到多遠的地方，我看他的情形，像是想搜尋甚麼，那分明是他剛才，真的曾看到過甚麼的了。

我沉聲道：「如果你真要看仔細那裏一帶的情形，電筒的光芒是不夠的，何不到警車上去轉動強光燈？」

傑克呆了一呆，居然道：「你說得是。」

他會有這樣的回答，那是頗出我意料之外的，我曾考慮到傑克真的看到過甚麼可怖的東西，當然，在漆黑一片、煙雨濛濛的情形下，是極可能眼花的。

但是，他拿電筒照不出甚麼名堂來，這時卻又願意接受我的提議，冒雨到警車上去使用強光燈，由此可知他剛才是確確實實地見到了甚麼東西，而絕不是眼花了。

在他向門外跨去的時候，我連忙跟在他的後面，和他一齊出去。

一出門，大雨使向我們身上灑了下來，我握住了傑克的手臂，卻不料我如此普通的行動，卻令得傑克神經質地跳了起來。

在雨中，我講話必須大聲，我大聲叫道：「傑克，剛才你看到了甚麼？」

在剎那之間，傑克的面色變得驚人地蒼白。

他並不回答我，只是用力摔脫了我的手，發足向前奔了出去。

我緊緊地跟在他的後面，兩人先後鑽進了警車，傑克坐在駕駛位上，撥動了幾個鈕掣，裝在警車車頂上的強光燈開始四面旋轉了起來。

我看到傑克的面色，在蒼白之中，還帶有青色，我從來未曾看到過這個剛愎自用的人，現出過如此緊張的神色來。

他的視線，隨著強光燈的轉動而轉動著，我也跟著他向強光照射得到的地方看去。強光可以射得很遠，我和他兩人，卻向遠處看著，誰也沒有注意近處，我則不斷在向他問著：「你看到了甚麼，你看到了甚麼？」

傑克並不回答，直到強光燈轉了好幾轉，我才不再向前看去，因爲燈光所及之處，除了一塊塊的石碑，一株株在風雨中瑟縮的樹之外，什麼也看不到。

可是就在我收回目光之際，我看到了近處。

那輛警車停在離那一排五個墓穴，只不過十來碼之處，而發掘工作開始之後不久，就因爲下雨而停了下來，我清楚記得，第一個墓穴，也只不過被掘開了少許而已，但這時，我卻看到第一個墓穴，是一個深深的洞！我一看到了這等情形，不由自主地，自喉間發出一種奇怪的聲音來，那大概是人在驚恐之餘，所必然會發出的呻吟聲。

同時，我的手緊緊地抓住了可以抓到的東西，尖聲道：「傑克，你看那墓穴。」

傑克本來還在順著強光燈所發出的光線向前望去的，聽得我一叫，他便低下頭來。而他一低下頭來，也看到了那個墓穴。

他的面色更蒼白了，而他也發出了一下那種像是呻吟的怪聲。

那個墓穴，這時是一個深洞，究竟有多深，我們都不知道，看來像是可以直通地獄一樣。

傑克的雙手發著抖，顫聲道：「老天，我是真的看到，真的看到那東西……那怪物的！」

我給傑克的話，弄得毛髮直豎！

那已成爲深洞的墓穴，再加上傑克的話，這一切，都證明陳天遠教授的推斷，已成爲事實了。一種巨大的恐怖感，像山一樣，像狂潮一樣地向我壓來。這是不可知的恐怖，也是真正的恐怖。

如果你知道即將發生的是甚麼事情，那你是一定不會有這種恐懼感的，但這時，究竟會有甚麼事情發生，我卻不知道！

我感到舌根麻木，我笨拙地問了一句已問過了幾十次的話：「你看到了甚麼？」

傑克道：「我不能說，我……無法說！」

我轉過頭去望著他，只見他面上的肌肉，在不斷地抽搐著。

也就在我轉頭望向傑克的時候，我突然看到傑克的眼中，又現出了難以形容的懼色，接著，他以快得出奇的手法拔出槍來，向前轟擊。

「砰砰砰砰」一連響了六響，他仍然不斷地在扳著槍機，子彈早已射完了，他扳重槍機的結果，只是不斷發出「克列」、「克列」的聲音。

在寂靜的雨夜，在只有「沙沙」雨聲的境地之中，那六下槍響所引起的迴響是極其驚人的，在墓地看守員屋中的警員，一起衝了出來。

而由於傑克拔槍，射擊的動作實在太快了，而且當第一顆子彈穿破車窗而出的時候，窗上的玻璃已碎裂不堪，無法再透過它而看到外面的東西。

我明知傑克絕不是胡亂發槍的，他一定是在我轉頭望向他的時候，又看到了甚麼，所以了突然拔槍向外轟擊的，可恨我在那時，竟因爲轉頭向他望去，而未曾看到他所看到的東西。

而如果在那一剎間，我不是轉過頭去的話，我是一定可以和他一樣，看到那令他一見，便猛地拔槍的東西的。

當警員奔到警車旁邊之際，傑克仍然在板動著槍機，我伸手在他的腕際，重重地敲擊了一下，他五指一鬆，手中的槍落了下來。

他也不去拾槍，卻徒然踏下了油門，警車引擎一聲怪吼，車子像是受了驚的野馬一樣，突然向上，猛地跳了起來。

他和我兩人的身子，一起彈了起來，我大叫道：「你瘋了麼？」

我一面叫，一面用力踏下煞車掣。車子發出了一下難聽之極的怪叫聲，停了下來，但已經向前衝出了幾碼，也就是說，離那個墓穴更近了。

在那樣近的距離，我們都看到了那個墓穴變得多麼深，縱使不是通向地獄，也是一眼望不到底。

傑克推開了車門，跳了出去，我也跟著躍出了車子，傑克給大雨一淋，神智似乎清醒了些，只見他徒然一呆，大聲喝道：「列隊！」

奔出來的警員，根本不知道發生了甚麼事情，但是他們每一個人都可以在他們高級長官反常的面色上，看出事態的嚴重性來，他們站立成了一行。

傑克叫了一口令之後，喘了一口氣，又道：「領隊盡快帶領全隊離開！」

那領隊的警官答應了一聲，全隊警員都已上了警車，傑克回過頭來，道：「衛斯理，快走吧。」

傑克這時，分明已恢復了正常，他要我快走，自然也是好意。

但是我卻不接受他的好意，我只是道：「這裏一定已經有了甚麼反常的怪事，我不走，我要弄個明白才走。你先走吧。」傑克指著那個墓穴道：「你，你還嫌不夠明白麼？」

我道：「我知道，陳天遠的預言已實現了，那……些……殉職的人，果然成了怪物，可是那種怪物是甚麼樣的，我還未見到！」

傑克尖聲道：「上帝保祐，別讓第二個人見到，千萬別讓第二個人見到。」

我大聲道：「我不但要見到它，而且還要消滅它，我不能明知他們的危險性而讓它們存在，你可知道，陳教授曾預言他們的體積，會不斷長大，直到難以想像的龐大麼？」

傑克不再說甚麼，只是喃喃地道：「算你對！」

他一面講，一面已向警車上跳去，高叫道：「開車！」警車吼叫著連同強光燈，一起向後退去。

傑克在車上還叫道：「不要逞英雄了，快上車來，和我一起退卻，你怎能和超自然的……東西作對？」

如果說是固執，我可以算是最固執的人了，我搖著頭，道：「不，我不來了，我見過一切古怪的東西，有許多是人們根本難以想像的，我不能讓你一個人獨享看到怪物的樂趣！」

傑克從警車中探出頭來，雨點撒在他的臉上，使得他蒼白的臉，看來就像是一個怪物。

他沒有再說甚麼，只是搖了搖頭。警車一直向後退去，倏地轉過了頭，便已經疾馳出墳場去了。

警車才一離去，整個墳場之中，變得死一樣的寂靜，和漆一樣地黑。

我的身子早已被雨水濕透了，我感到一陣陣的寒意，像是帶著千萬根刺針一樣地刺入我的體內，我連忙返到了那間小屋子中。

小屋子中是有電燈的，我直到自己置身在光亮下面，才略爲鬆了一口氣。

我向前一眨也不眨眼地望著，前面除了雨點在黑暗之中閃著神秘的光芒之外，甚麼也沒有。

約莫過了幾分鐘，在我的身後，突然響起了一個嘶啞的聲音，道：「先生，究竟是甚麼事情？」

那聲音突如其來，將我嚇了老大一跳，我陡地轉過身來，只見在我面前，站著一個灰衣老者，滿面皺紋。他當然不是甚麼怪物，而只是這座墳場的管理人，只不過他一直不出聲，忽然講了一句話，所以才令得我突然吃了一大驚而已。

他望著我，善意地笑了一笑，道：「先生，你不必害怕的，我在這裏已經十多年了，夜晚只有我一個人睡在這裏，剛開始幾晚，只覺得到處都是怪聲，時間一久，也就根本不害怕了！」

我一直自認爲一個十分膽大的人，但這時，我的面色，我面上的神情，一定也顯得十分異樣，要不然那老者也不會這樣安慰我的了。

我勉強笑了一下，道：「我倒不是害怕，只不過我覺得如今的情形——」

我講到這裏，便決定不再講下去，因爲我如果向那老者講出，在眾多的墓穴中，有一個已變成了一個極深的洞穴的時候，我想那老者一定會禁受不住的。

所以，我的話只講到了一半，便停了下來。

那老者又笑了笑，道：「喝一杯熱茶吧，你會覺得好一點的。」

他一面說，一面已準備轉過身去，在他身後，一隻小小的電爐上，正有一壺水在沸騰。可是也就在此際，突然間，他的身子變得僵硬了。

而在那一剎間，我的身子也變得難以動彈了起來。

我並不知道那位墳場管理人是看到了甚麼而突然之間身子僵硬的，而我之所以在那一瞬間呆住了不能動，那全是因為他面上神情的緣故。

我從來未曾看到過一個人的面上，現出過如此恐怖的神情來的。那老者的臉上，本來是滿面皺紋的，但倏忽之間，皺紋完全不見了，代之以一根一根的青筋，而他的眼眶，像是想將他的眼珠硬生生地擠出來一樣，他的口張得那麼大，使他的口唇完全不見了，而他的手指，卻奇怪地蜷曲著，不知是甚麼用意。

我敢說，我被對方那種駭然欲絕的神情所鎮懾而發呆，至多也不會超過二十秒鐘的時間，我立即轉過頭去。可是當我轉過頭來，面對著窗子之際，我卻已經甚麼也看不到了。

我所看到的，只是一扇窗子已被打開了——這扇窗子剛才肯定是關閉著的，因為剛才我曾目不轉睛地透過窗子，注視著窗外。

雨點斜斜地由洞開著的窗子之中打了進來，落在靠窗而放的一張桌子上。從桌面受雨點濕潤的程度來看，那窗子的打開，正是二十秒鐘之前的事。

我連忙踏前一步，雙手按在窗子上，將身子探出窗外去，可是窗子外面，仍然十分平靜，甚麼也沒有，和以前一樣。

我正想奪門而出，但是我的身後，已傳來了「砰」地一聲響。我連忙轉過身去看時，只見那老者已經倒在地上，他一手按著胸口，一手指著窗外，仍然不斷地抖著，他張大著口，像是想講些甚麼，可是卻已沒有力道將話講出來了。

一看這情形，就可以知道他是因為驚駭過度，而心臟病發作。

我只得走向前去，將他扶了起來，他喉間「咯咯」作聲，我將他放在椅子上，問道：「你看到了甚麼？你究竟看到了甚麼？」

我連問了好幾遍，他並沒有回答我，只不過他的臉上，竟現出了一種十分滑稽的神情來。我一鬆手，他的頭靠在椅背上，已不動了。

我心中的寒意更甚，我呆了片刻，在考慮我是不是應該退出，離開這裏——如果不是當時的情形，實在太過可怖的話，我是絕不會想到這一點的。

我知道那老者的死因，他一定是看到了甚麼，而他所看到的東西，一定也就是傑克所曾看到的。

那東西出現了兩次，只不過兩次我都恰好背著「它」，所以才沒有看到。

「它」既然已出現了兩次，當然會出現第三次的，我難道就此離開去麼？我深深地吸了一口氣，抓了一根鐵枝在手，然後，我背靠牆而立，注視著前面。

小屋子的燈光，似乎格外地昏黃，但是當那燈光照在已死的管理員面上之際，卻又嫌它太強烈了，我緊握著鐵枝的手在冒汗，我屏息靜氣地等著，等著那種不可知的怪物的出現。

然而那種怪物並不出現，窗外依然是漆黑的一團，除了雨水的閃光之外，我看不到任何東西。

我覺得雙腳麻木，我拖過了一張椅子，坐了下來。就在我坐下之後不久，我覺得似乎有甚麼東西，跌在我的頭上，我抬頭向上看去，只看到小屋天花板上的白堊，正在紛紛下墮。

同時，在沙沙的雨聲之中，我也聽到了一種不應該屬於雨聲的怪聲，那種聲音越來越響，而小屋的整個天花板，似乎也在岌岌動搖。

我想奪門而出，看看究竟是怎麼一回事，但是我卻竟難以移動，我仍坐在椅子上，仰頭向上望著。天花板上的白堊，落得更急，突然之間，一大片石灰磚屑木片和碎瓦，跌了下來，天花板上已出現了一個大洞。

可以想得到，那個大洞是直穿屋頂的，因為若不是直通屋頂，就不會有瓦片跌下來了。

可是我卻不能由那個大洞看到天空，而且，那有一呎方圓的洞中，也沒有雨點進來。小屋中的燈光還沒熄，我的頭也一直仰著，我看到有一種暗紅色的東西，正堵著那個洞。

那種暗紅色的東西是半透明的，看來像是一塊櫻桃軟凍。但是那種紅色，卻帶有濃厚的血腥味，使人看了，不寒而慄。

第十部：它們回去了

我不知道那是甚麼東西，我只是突然大叫一聲，將手中的鐵枝，向上疾拋了出去。拋出的鐵枝，從洞中穿過，射在那一大團堵住了大洞的暗紅色的東西上。我聽到一種如同粗糙的金屬磨擦也似的聲音，從上面傳了下來，那根鐵枝沒有再向下落下來。

那也就是說，我唯一的武器，也失去了！

我站了起來。在那樣的情況下，我確是完全沒有了主意，不知該如何才好。

然後，我看到一隻手，從洞中伸了下來！

那是一隻手，它有五指，有手腕，有手臂。它是暗紅色的，像櫻桃軟凍，那條手臂從洞中伸了下來，伸到了一個正常人的手臂應有的長度之後，停了一停。

然後，忽然之間，那條手臂像是蠟製的，而且突然遇到了熱力一樣，變軟了，變長了。

老實說，我十分難以形容當時的實在情形，只是那條手臂忽然之間，像燭淚一樣地「流」了下來。在它「流」下來之際，我的感覺是：這是極濃稠的液體，而不是固體。

而當它「流」下來的時候，它也不再是一條手臂，而只是向下「流」下的一股濃稠的，血色的紅色液體。那股「液體」迅速地「流」到了地面。

在它的尖端觸及地面之際，又出現了五指，又成了一條手臂。只不過五隻手指和手掌，都是出奇地大，那種大小，是和「手臂」的長度相適應的。

而這時，「手臂」的長度，則是從天花板到地面那樣長。這隻「手」按在地上，五條手指像是章魚的觸鬚一樣，作十分醜惡的扭屈。

我毛髮直豎，汗水直流，口唇發乾，腦脹欲裂，我不等那隻手向我移來，就怪叫一聲，用盡了生平之力，猛地一腳，向那隻手踏了下去！

那一腳的力道十分大，我又聽到了一種如同金屬磨擦也似的聲音，來自屋頂。同時，那條「手臂」，也迅速地向上縮了回去。

我不斷地怪叫著，衝出了屋子，我剛一出屋門，一聲巨響，那座小屋子便已經坍下來了，若是我走慢一步，非被壓在裏面不可！

我一出屋子，便滑了一跌，手在平地上一按，連忙向上躍了起來，轉過身去看時，只見許多股那種流動著的液汁，正在迅速地收攏。

然後，在離我只有七碼遠近處，一個人「站」了起來。

那個「人」其實並不是站起來，而是在突然之間，由那一大堆聚攏在一起的暗紅色液汁「生」出來的，首先出現一個頭，頭以下仍是一大堆濃稠的東西，接著，肩和雙手出現了，胸腰出現了，雙腿也出現了，那堆濃稠的東西完全變成了一個「人」，一個暗紅色的「人」。

那「人」和我差不多高下，是正常人的高度，它「望」著我，我僵立著，也望著它，只聽得它的身子中，不斷地發出一種古怪的，如同金屬磨擦也似的聲音來，然後「它」走了。

「它」倒退著向後走去，步伐蹣跚，可是在它向後走去之際，我卻並不覺得它是在倒退，像是它天生就應該這樣走法一樣。

它離得我漸漸遠了，終於隱沒在黑暗之中。

而我則仍然不知道在雨中站立了多久，心中也不知道在想些甚麼。

陳天遠和符強生兩人的推斷都是正確的，那幾個人並沒有「死」，由巨蜂的蜂刺進入他們體內的生命激素，迅速繁殖生長，已經將他們的生命，變成另外一種東西，那東西就是我看到的那個「人」。

這種東西是地球和海王星兩種生物揉合的結果，它其實不是一個人。而且是一大團暗紅色的，濃稠的液汁（這可能便是海王星生物的形態），但它卻是在人體內分裂繁殖而成的結果。

而這種東西的力量是極大的，剛才當然是由於它壓在屋頂之上，所以才令得那間石屋坍了下來的，它如今離去了，是到甚麼地方去了呢？如果它竟闖入了市區的話，如果它不斷地分裂、吞噬，而變得更大的話，如果它竟分裂成為幾個的話……

我簡直沒有法子向下想去，我只覺得腦中嗡嗡嗡作響，而身子則僵立著難以動彈。

我不知道我自己僵立了多久，忽然有兩道相當強烈的光芒，從我身後，傳了過來。

同時，我聽得符強生的聲音叫道：「他在這裏，他果然在這裏！」

我並不轉過身去，只是怪聲叫道：「強生，快離開，快離開這兒。」

但是符強生已到了我的身邊，到我身邊的，還不止符強生一人，出於我意料之外的是，和符強生在一起的，竟是殷嘉麗！

我向殷嘉麗望了一眼，她冷冷地回望著我。我忽然喘起氣來，道：「強生，你快離開，最……最可怕的事情已經發生了。」

雨點打得符強生抬不起頭來，但殷嘉麗卻昂著頭，問道：「可是那種地球上從來也未曾有過的怪物，已經誕生了麼？」

雨水在她美麗的臉上淌下，但是她臉上那種被雨水映得充滿了妖氣的神情，卻使我厭惡，我大聲道：「不錯，已經誕生了！」

殷嘉麗的手臂一揚，只見她的手中，已多了一柄精緻的小手槍，只聽得她尖聲道：「那也是你魂歸天國的時候了！」她一說完，立即扳動槍機。

由於她的動作是如此突然，而我和她又是那麼地接近，所以我實在是絕無可能躲得過她這一槍的。

可是，就在殷嘉麗剛拔出槍來之際，符強生剛好一抬頭，看到了她手中的槍，他像是看到了一條最毒的毒蛇，正在向他自己的咽喉咬來一樣，怪叫了起來。

我和符強生相交多年，我也絕想不到，像符強生那樣的人，竟會發出如此驚人的呼聲來，他的呼叫聲，令得殷嘉麗的手臂，猛地一震，那一粒本來可以取走我生命的子彈，呼嘯著在我耳際掠過！

我不能再呆立不動了，我是不可能再有第二個這樣機會的了！

我顧不得在我面前的是一位美麗的妙齡女郎，我只將她當作是最凶惡的敵人，我猛地一低頭，一頭撞了過去，正撞在殷嘉麗的胸腹之間，她發出了一下呻吟，便向下倒了下去。

我緊接著躍向前去，準備用腳去踏殷嘉麗的手腕，好令她放下槍來，但是就在這時，在一旁的符強生卻發出了吼叫聲，打橫衝過，向我撞了過來，那一撞的力道之大，竟令得我一個踉蹌！

而下雨的時候，地上是十分滑，我在一個踉蹌之後，身子站不穩，竟一交跌在地上！

我竟會被符強生撞跌在地，這可以說是天大的笑話，但這卻又是事實！

我手在地上一按，正準備站起來時，一眼看到了面前的景象，我又不禁呆住了。

我看到殷嘉麗正倒在地上，但是她的手中仍握著槍，雨水、泥水將她的身子弄得透濕，她的長髮貼在臉上，雨水順著髮尖往下淌著。

而符強生則正站在她的面前，伸手指著她，大聲叫道：「原來是真的，原來衛斯理講的，都是真的，他的話是真的！」

可憐的符強生，他真的對殷嘉麗有著極深的情意，是以在他一知道我講的話是真的之後，便會如此難過，如此失態，而且如此大力。

我連忙站了起來，道：「強生，你快讓開，她手中有槍，你要當心！」

符強生卻忽然大哭了起來，道：「讓她打死我好了，讓她打死我好了！」

一個大男人，在大雨之中，忽然號淘大哭，這實在是一件十分滑稽的事情，但是我的心情，卻極之沉重，一點也不覺得可笑。

我了解符強生的爲人，知道他是一個極重感情的人，我當然也知道，一個極重感情的人，在這樣的情形之下心中的痛苦。

我甚至不想去拉開他，因爲他這時，如果死在殷嘉麗的槍下，他也不會覺得更痛苦些了的。

我看到殷嘉麗慢慢地舉起了手槍，對準了符強生，我屏住了氣息，但是殷嘉麗立即又垂下了手。符強生雙眼發直，嚷道：「爲甚麼不開槍？你爲甚麼不殺我？」殷嘉麗的身子抖著，她掙扎著站了起來，我相信剛才我的一撞，一定令她傷得不輕，站也站不穩，她來到了符強生的面前，講了一句不知道甚麼的話，兩人突然緊緊地抱在一起，手槍也從殷嘉麓的手中掉了下來。

我不知道殷嘉麗向符強生說了些甚麼話，因爲我站得遠，雨聲又大，我聽不到。但是我卻可以知道，那一定是殷嘉麗深深表示她也愛符強生的話！

我走了過去，拾起了手槍，他們兩個人，像是根本沒有我這個人存在一樣，只是在大雨之中緊緊地擁抱著，一動不動。

是我的驚叫聲，才令得他們兩人分了開來，連續的幾道閃電，使我看到，在另外幾個墓洞中，正有著同樣的濃紅色的東西在滲出來。

我叫了一聲又一聲，符強生拉著殷嘉麗，一齊來到了我的身邊。

那時候，在那四個墓穴中，已各有一隻「手」擠了出來，雨聲雖大，可是我們三個人的喘息聲，卻是更大，我雖然已見過那種怪物，但是我還未曾見過這種「怪物」從地底鑽出來。

從地底上出現的，先是一隻手，五指像彈奏鋼琴也似地伸屈著、跳動著，地面突然翻騰了起來。泥塊四濺，一大團暗紅色的東西，湧了上來。

它們像浪頭一樣地湧起，四團這樣的東西，在地上滾著，突然停止，然後，我們看到，四個「人」站了起來。

那是和我以前見過的一樣的「人」，他們蹣跚地走著，身子軟得像隨時可以熔化一樣。我們眼看著其中的三個，漸漸遠去，可是還有一個，在「走」了幾步之後，卻又倒退著向我們移來！

那「人」本來分明是倒退著向我們移來的，它絕未轉過身，可是，當它移近了幾尺之後，它的後腦開始變化，變出了人的五官，而身子的各部份，也由後而前，起了轉變，剎那間，它從倒退而來，而變得正面向我們逼來了。

它本來是一堆濃稠的液體，但是我們卻也絕不能想像它竟會隨意變形！

它一面向我們移來，一面發出難聽的金屬撞擊聲！

我們眼前看著那怪物離我們越來越近了，卻都僵立著不能動彈，直到它離我們只有兩三呎光景時，我才揚槍發射，我不斷地扣著槍機，將槍中的子彈，一粒又一粒地向前射了出去。

我每射出了一粒子彈，那「人」向前逼近來的勢子，也略停了一停。而當子彈射出之後，便又向前逼了過來，我甚至沒有法子看清楚子彈是射進了「它」的身子之內，還是穿過了它的身子。

但是有一點可以肯定的是，可以取人性命的子彈，對這種「人」卻是絕無損害的。手槍中共有六位子彈，在不到一分鐘的時間中，我已將子彈完全的射了出來，我再將槍向前拋了出去，那「人」居然揚起手臂來，將手槍接住！

當它將手槍接住之後，它的手指便變成了和人完全不同的形態，變成了許多細長的觸鬚也似的東西，繞在手槍上面。

從它抓住了手槍的姿態來看，它像是正在研究這是什麼東西，那樣說來，這東西竟是有思想能力的了！

我、符強生和殷嘉麗三人，這時的心情可以說都是一樣的，我們如同在一個五顏六色的噩夢中翻滾一樣，我們變得無法分別幻夢和真實究竟有甚麼不同了。

那「人」研究這柄手槍，並沒有化了多少時候，而當它將手槍拋到地上的時候，我們都看到，在經過了它如觸鬚也似的手指纏繞之後，已經歪曲得不復成形，成了一塊廢鐵了。

那柄手槍是銅鐵鑄成的，而那「人」竟有著這麼巨大的力量。

等到它再度向前逼來的時候，我們只能不斷地後退，它則不斷地逼了過來，而且來勢越來越快，凝成一個人形的暗紅色液體，似乎也在不斷膨脹。

這時候，我開始明白了一個小問題，而這個問題，是陳天遠教授所未曾想到的。

陳天遠曾經說，當那種怪物形成的時候，它可能像一個人，而它的生長方式，一定也是「分裂——吞噬」的循環。他還說，一個人分裂為二，一個人去吞噬另一個人，那實在是不可思議的。

陳天遠教授的這一點推斷錯了，他沒有料到，那種怪物竟是一大堆液體，可以變成任何形狀，而它的「分裂——吞噬」循環，也不是明顯地一分為二地進行，而是形成那堆液體的許多小細胞在暗中進行的，所以在不由自主之間，便會長大起來了。

我們一直退著，直到返到了墳場的門口，那「人」似乎仍不肯放棄向我們的追蹤。我竭力鎮定心神，向後擺著手，道：「強生，你快去通知警方，必要的時候，要調動軍隊！」

這時候，我連自己是不是正在演戲（科學神經片），還是在現實生活中也分不清楚。我的腦中卻滑稽地想起了科學神經片，飛機大炮一齊向怪物攻擊，而怪物卻絲毫不受損傷的畫面來。

符強生幾乎是呻吟似地答應了一聲，殷嘉麗卻出乎我意料之外地道：「衛斯理，你呢？」

我的聲音也有點像呻吟，我道：「我盡量使它在這裏，不要逸去。」

殷嘉麗道：「那是沒有用處的，除了它之外，另外還有四個哩。」

殷嘉麗竟對我表現了如此的關心，這使我意識到，符強生對她的一片摯情，使得這個本來是心如鐵石的女子，在漸漸地轉變了。

我吸了一口氣，道：「我看不要緊的，它似乎並沒有主動向我攻擊的意思。」

我一面說，一面又向後退出了兩步。

也就在這時，在墳場內，又傳來了一陣金屬的磨擦聲，那種聲音聽來，就像有十多部大型的機器，在轉動之間，忽然停了下來一樣。

而我們面前的那個「人」，身內也發出了那種聲音，那一定是他們相互之間傳遞消息的辦法，這種聲音，自然也相當於我們的語言。

在我們面前的那個「人」，突然軟了下來，融化了，成了一大灘暗紅色的液汁，迅速地向後退了開去，隱在黑暗之中不見了。

我們三人又站了好一會，才互相望了一眼。我們像是從夢中醒了過來，又像是才開始走進了一個惡夢，我們只是呆呆地站著。好一會，符強生才首先道：「怎麼辦，我們怎麼辦？」

殷嘉麗道：「我必須將這五個『人』帶回去！」

我大聲提醒殷嘉麗：「這五個『人』是一種巨大的災禍，你要將這種災禍帶回你的國家去麼？」

殷嘉麗的臉色蒼白，默不出聲，她的心中一定十分矛盾，因為這五個「人」，當然是一種災禍，但是她一定也在想設法利用這種「人」，來使她的國家成為世上最強的強國。

的確，如果有著一隊由這樣的「人」所組成的軍隊的話，那麼有甚麼軍隊可以面對著這樣的「人」而不精神崩潰呢？

而且，手槍子彈既然不能損傷它們，大炮也未必能損傷它們，甚至原子彈也未必能損傷它們？那的確是多少年以來，不知經過多少人所夢想的「無敵之師」！

殷嘉麗有這種想法，這是難怪她的，但我相信即使是她自己，也必然知道這幾乎是不可能的事，如果硬要去做，那一定會帶來比玩弄核子武器更可怖的結果！

我向符強生使了一個眼色，道：「我們快離開去再說。我看這幾個『人』，暫時是不會離開這個墳場的，它們對這個墳場，似乎有一種特殊的留戀。」

符強生拉著殷嘉麗，我們三人一齊在大雨中踉蹌地走著，等我們離開墳場，到達了第一個公共電話亭時，雨也漸漸地小了。

我側身進了電話亭，撥了傑克的電話，電話鈴響了許久，才有人來聽，我從「喂」地一聲中，便已聽出了那是傑克的聲音。

我要竭力鎮定，才使我的聲音聽來不發抖，我第一句話就是：「傑克，我是衛斯理，你看到的東西，我也看到了。」

傑克像是有人踩了他一腳似地叫了起來，道：「我沒有看到甚麼，我甚麼也沒有看到，我只不過是眼花罷了。」

我苦笑了一下，道：「傑克，我們的神經都很正常，我們也絕不是眼花，這種東西的確存在，如今還在墳場之中。」

傑克嘆了一口氣，道：「那你找我又有甚麼用？我……有甚麼力量可以對付他們？」

我道：「可能地球上沒有一種力量能夠應付他們，但你不能不盡責任，因爲你是代表官方，由你來調動力量，總比民間的力量大些。」

傑克道：「我該怎麼樣呢？」

我想了一想，道：「你和駐軍軍部聯絡，以特別緊急演習的名義，派出軍隊和你能夠動員的警方力量，包圍墳場，靜候事情的發展。」

傑克道：「唉，暫時也只好這樣了。」

我退出了電話亭，我在電話中向傑克講了些甚麼，殷嘉麗和符強生兩人，自然也都聽到了。

我一退出電話亭，殷嘉麗突然問我道：「衛斯理，你不能幫我忙，捉一個『人』麼？」

我搖頭道：「對不起，我無能爲力，而且，殷小姐，如果你是真愛符強生的話，你也應該放棄你的雙重身份了，是麼？」

提到了她的雙重身份，她顯得極之不安，這時，我自己的精神也亂得可以，亟需休息，我們三人又向前走出了幾條街，然後才截了一輛街車，先駛到我家中，再任由殷嘉麗和符強生兩人離去。

我到了家中，甚至沒有力量上樓梯到臥室中去，便倒在沙發上，我並不想睡，只不過覺得出奇地疲乏和難以動彈。

我在沙發上一動不動地坐了一個小時之久，大門幾乎要被人撞破似地響了起來，我站了起來，打開了門，傑克衝了進來。

他的精神狀態比我好不了多少，雙眼之中，佈滿了紅絲，我扶住了他的肩頭，是怕他跌倒，可是結果，我們兩人卻一齊倒在一張長沙發中。

他喘了幾口氣，才道：「你……真的也看到了？」

我點頭道：「是的，我看得比你仔細，一個這樣的『人』，離我只不過一兩步而已，我射了六槍，它絲毫未受損傷，而當我將槍拋過去的時候，它卻將之抓住，將手槍抓扁了！」

傑克搖頭嘆息，道：「如今已有一營人的兵力，包圍了墳場，但是我看那種怪物如果出現的話，三百人也沒有甚麼用處。」我們相對望著，感到世界末日之將臨，傑克用力敲著桌子，道：「這全是陳天遠弄出來的事情，這老……老……」

我不等他罵了出來，便揚手制止了他，道：「其實這是不關他事的。咦，你們通過國際關係營救陳天遠教授，可有結果麼？」

傑克頹然道：「有，最近的報告是，陳教授已經坐飛機起程了，大約在今天中午，便可以到達。」

我抬頭向窗外看去，雨已全止，天色也已大明，但卻仍然是一個陰天。

我站了起來，來回走了幾步，道：「我看解鈴還需繫鈴人，究竟要甚麼辦法才能免得發生大禍，只怕還要陳教授來解決。」

傑克被我一言提醒，也跳了起來，他連忙打電話，吩咐人在機場等候陳教授，陳教授一到，便將他帶到墳場來，共同研究對策。

我和傑克兩人，也動身到墳場去。

未到墳場，便已然軍警密佈了，我們的車子，直到墳場門口，才停了下來，在那間坍了的石屋之旁，有一個臨時指揮部。

負責指揮的軍官迎了上來，搖了搖頭，道：「並沒有發現任何不正常的情況，中校，爲甚麼我們不派搜索隊進行搜索？」

那軍官話未講完，傑克便已經叫了起來，道：「不准，絕不准有人踏進墳場去！」

那軍官也顯然不知道他這次的真正任務是甚麼，但他一定曾接到命令，要服從傑克的指揮，是以他立即答應了一聲。

傑克在一張長椅子上坐了下來，他有意規避著，不向墳場裏面看去。我則大著膽子望著裏面，只見在陰霾的天色下，墳場內鬱鬱蒼蒼，全是樹木，那五個「人」在甚麼地方，也難以看得出來。

我們一直等著，直到下午一時，我們正在勉強嚼吃乾糧之際，見到一輛汽車，馳了過來，車子停下之後，我一眼便看到車中的陳天遠。

我連忙迎了上去，道：「教授，你脫險了，恭喜恭喜。」陳天遠木然地望了我一眼，閉上了眼睛，顯然這些日子來的遭遇，使他對我們這種人，已產生了一種莫名的厭惡。

我不理會他對我的討厭，又道：「教授，你明白你才下飛機，便到這裏的原因麼？」

陳天遠教授四面看了一下，他木然的臉面之上，開始有了表情，至少他已看出，自己來到了一個墳場之前，突然之間，他暴怒起來，高聲叫道：「不知道，我不明白你們這些人在幹甚麼！」

他用力推開車門，跨了出來，伸手推向我的肩頭，看情形，他的怒氣，越來越是熾烈。我連忙握住了他的手臂，低聲道：「教授，你預料的那種怪物，已經出現了。」

那句話，比甚麼符咒都靈，陳天遠突然靜了下來。

但想是這個消息對他來說，來得太突然了，所以他面上那種驚愕的神情根本來不及退去，只是僵住了不動，至少有半分鐘之久，他才吸了一口氣，道：「是麼，是甚麼樣子的？」

我把手按在他的肩頭上，令他不至於太緊張。

我對陳天遠道：「是任何樣子——它本身只是一種濃紅色的稠液，但是卻會變出人的形狀來，它會突然間『熔化』，也會突然間『再生』，它力大無窮，不怕槍擊。」

陳天遠的呼吸更急促了起來，道：「它……它們現在在墳場中？」

我點了點頭，道：「是的，一共五個。」

陳天遠教授突然又發出了一聲歡嘯，向墳場之內，疾衝了過去，但是他才衝出了三步，傑克中校便已攔在他的面前，沉著臉道：「陳教授，夠了，你不能再為我們添麻煩了。」

陳教授站住了身子，叱道：「胡說，我給你們添過甚麼麻煩，快讓我進去，看看別的星球上的高等生物。」他一面說，一面近乎橫蠻地推開了傑克中校，我看到傑克鐵青著臉，揮拳向陳天遠教授擊去。

我知道陳天遠教授是文弱書生，他之所以會有如此大力，可以一推便推開傑克，只因為他心情極度興奮的結果，而傑克如果揍他一拳，他是一定吃不消的。

所以我連忙一個箭步，跳了上去，但是我也來不及阻止傑克發拳了，傑克的一拳，重重地擊在我的肩頭上，擊得我一個踉蹌，幾乎跌倒。傑克連忙將我扶住，而陳天遠則已趁著我們兩人一個跌倒，一個扶著我之際，向前疾奔了出去。

他一面奔著，一面口中發出一種莫名其妙的叫聲來，像是一個孩子見到了久已想到的東西，不由自主發出怪叫聲來一樣。而且他奔得那麼快，快到了使我和傑克兩人，爲之愕然。

傑克在呆了一呆之後，突然取出了手槍來。我大喝一聲，道：「你作甚麼？」

我一面說，一面已竄了過去，將他的手腕托了起來，而傑克卻已扳動槍機，「砰」地一聲響，一枚子彈射向半空之中。我厲聲喝道：「你有甚麼權利殺他？」

傑克喘著氣，道：「我不是想殺他，我只是想射中他的腿部，不讓他去送死的！」我抬頭看去，只見陳天遠已經隱沒在樹叢中了。

我急急地道：「我去追他，你緊守崗位。」

傑克並不說甚麼，只是怪叫了一聲，道：「衛斯理！」他那一聲怪叫，令得我毛髮直豎。因爲他雖然沒有講別的話，但是他一聲叫中，卻包含著使我可以會意的意思。那是勸我不要前去，不要冒著跟那五個怪物見面的危險而去追趕陳天遠。

但這時候，陳天遠已經奔得看不見了，我又怎能不去理他呢？

我陡地一揮手，道：「你別理我了，我自己會照顧自己的！」

我唯恐他再這樣叫我，所以我話一講完，立即便向前奔了出去，而在奔出去的時候，我想到了這樣的怪物，雙腿仍不免簌簌地抖著，以致像是有一股力量，在湧著我前進一樣。

我奔出了二十來步，便看到陳天遠在前面，扶著一株樹喘著氣，謝天謝地，在他的周圍，並沒有甚麼。

我趕到了他的身後，他轉過頭來，連聲問道：「在哪裏？他們在哪裏？」

我拉住了他的手臂，道：「教授，你若是見到了它們，你便會有生命的危險的，你沒有看到那麼多的武裝士兵麼？他們守衛在墳場附近，就是為了要對付這五個怪物，你快跟我來。」

陳教授怒斥道：「不，我要看一看它們——那種蜜蜂呢？你們有沒有捉到一隻？」

陳天遠的心中，顯然不知有著多少問題要問，所以他立即又提起了那些巨型蜜蜂。

我搖頭道：「沒有，那些巨蜂如果在人間的話，那為禍不知要猛烈到甚麼程度了。」

陳天遠「啊」地一聲，道：「甚麼，那些巨蜂都給你們消滅了麼？你們這群人，可知道你們消滅了多麼寶貴的東西麼？」

他唾涎橫飛，幾乎要將我吞了下去，我又搖頭，道：「不是，你料錯了，你還記得我們曾在海上飄流麼？那就是巨蜂作怪的結果，無數蜜蜂結成了一團雲，將我們的飛機擠了下來。」

陳天遠道：「那時，飛機有多高？」

我想了一下，道：「大約有二萬英呎。」

陳天遠怒道：「無恥，撒謊，蜜蜂是從來也飛不到那樣高度的。」

我冷笑了一聲，道：「不會?空軍在例行飛行中，在四萬英呎的高空，也攝得這種巨蜂的照片，而且這種巨蜂還在不斷地向上飛，不知道它們要飛到甚麼地方，你還說不會?」

陳天遠在聽了我反駁之後，突然靜了下來，一聲不出，雙眉緊蹙，不知在想些甚麼。

我又搖了一搖他的手臂，道：「我們快走吧！」

陳天遠的臉上，現出了十分沮喪的神色來，道：「我竟看不到它們了。我明白了，它們走了，不管能不能到達，它們走了。」

陳天遠的話，使我聽得莫名其妙，我問道：「你明白了甚麼?它們到哪裏去了?」

陳天遠抬頭向天，天色陰霾，除了黑雲之外，甚麼也看不見，陳天遠喃喃自語，道：「從甚麼地方來，便回甚麼地方去。」

我也有些不耐煩起來，粗聲道：「他媽的，它們是甚麼地方的?」

陳天遠冷冷地道：「海王星，你不知道麼?」

我冷笑道：「那麼，它們是回海王星去了?那些巨蜂向天空飛去，也是飛向海王星的了?」我講到這裏，像聽到了最好笑的笑話一樣，大笑了起來。

陳天遠的臉上，卻一點笑容也沒有，他十分嚴肅地道：「不過，我至少初步證明了，在宇宙之中，所有的生物，都是有著遺傳性的，遺傳因子在生物體內的作用，神妙而巨大。」

我仍是莫名其妙，但是我至少知道陳天遠並不是在胡言亂語。

我並不搭腔，只是望著他。

陳教授也望著我，過了片刻，他才道：「雞本來是淸晨才啼的，但有的地方，雞在半夜就開始啼了，你知道這是甚麼緣故？」

我點頭道：「知道，因爲那地方雖是半夜，但在雞的原產地，卻正是天明了，雞在天明而啼的習慣，一直傳了下來，雖然換了地方，牠們也是在同一個時間開始啼的，是不是？」

陳天遠道：「是，而雞從牠的發源地，移居到世界各地，已有數萬年的歷史了，在這數萬年中，連雞的形態也有了很大的改變，但是牠的習性仍然不變，這便是遺傳因子的關係。」

我反問道：「那又有甚麼關係呢？」

陳天遠道：「當然有，形成巨蜂，形成那種怪物的生命激素，來自海王星，海王星離地球雖然遙遠，但是他們的生命之中，一定有著傾向於原來星球的一種因子，這種因子，使牠們明知不可能，但仍然要去尋求它們自己原來的星球。」

我吸了一口氣，道：「這情形有點像北歐旅鼠集體自殺的悲劇，是不是？」

陳天遠在我肩頭上猛地拍了一下，道：「你明白了，旅鼠在數十萬年，或者更遠以前，在繁殖過剩之後，便向遠處徙移，但是地殼發生變化，牠們原來的路線起了變化，陸地變成了海洋，但是依著這條路線前進，卻是旅鼠的遺傳因子告訴牠們的，所以牠們仍不改道，多少年來，每隔一個時期，便有成千上萬頭旅鼠，跌下海中淹死，這悲劇還將永遠地延續著，除非有朝一日，海洋又重新變成了陸地！」

我疑心地問道：「那樣說來，那五個怪物已經不在這裏，而到海王星去了？」

陳天遠重又抬頭向天，他的神情表現得十分憂鬱道：「當然是，唉，牠們竟不等一等我！」

我想笑陳天遠的這句話，但是我卻笑不出來，也就在這時，只見三人急急奔了過來，他們是殷嘉麗、符強生和傑克。

我迎上了，大聲道：「傑克，危險已經過去了，你請軍隊回營去吧！」

傑克忙道：「怪物已消滅了麼？」

我的回答，使傑克迷惑不已，因爲我道：「不，他們回去了！」

符強主和殷嘉麗兩人，同時叫了出來，道：「那正和我們的設想的結果一樣，牠們回去了。」

傑克仍然莫名其妙，但我們四人卻都明白了。我們一齊望著天空，還想看那五個怪物一眼，可是陰沉的天空只是灰濛濛的一片。

這五個怪物是以甚麼方法向天上「飛」去的，將永遠是一個謎，因爲沒有人看到。至於那五個怪物能不能回到牠們原來的星球去？這也將是一個謎。

是死。

或許，將來會有太空人在太空見到這種濃紅色的液體和那種巨蜂，那時牠們不知道是生還

陰霾的天色一點答案也不能給我們，我們卻仍然是呆呆地望著天。

好一會，傑克才叫道：「你們究竟做甚麼？」

我轉過身來，輕拍他的肩頭，道：「中校，我們暫時已沒有甚麼可做了，回去休息吧！殷小姐，我相信你也『失業』了，是不是？」

我特別加重「失業」兩字，殷嘉麗自然明白我的意思，她回答道：「我已『辭職』了。」

她臉上現出一個美麗的笑容——真正的美麗。

陳天遠的話是對的，生物的天性是受著遺傳的因子的影響的，千萬年來，女性總是溫柔、可愛、具有母親的天性，雖然間或會越出常軌，但終於會回到正途上來的。

殷嘉麗便是一個例子！

我慢慢地走出墳場去，天又下起細雨來，我想我應該好好地睡上一覺了！

〈完〉

合成

第一部：殘酷之極的謀殺

在記述許多奇異和不可思議的事情中，從來也沒有一次，像這一次那樣難以下筆，這件事情，有著好幾個頭緒，每一個頭緒都同樣重要，對整個事情的發展同樣重要，使人不知如何開始才好。

還是從裴達教授的遲到開始比較好。

裴達教授從來不遲到，他是一個生活極有規律的人，他十分重視這一點，以致他到了五十歲，還不結婚，理由很特別、也很簡單：怕在生活中突然多了一個女人之後，規律不能再繼續下去。

裴達教授有一隻他不離身的懷錶，那懷錶的報時，幾乎絕對準確，他做任何事都依時依刻，絕不差分毫，大學中每一個人都知道，當他那輛黑色的舊式汽車駛進來時，一定是八時五十二分。

所以，任何人都可能遲到，唯有裴達教授，絕不會遲到。

但是，裴達教授遲到了。

那天，八時五十五分，裴達教授的車子還沒有來，所有關心裴達教授的人，已在議論紛紛。到了九時正，選讀裴達教授主講的「生物遺傳學」的學生，擠滿了教室，裴達教授還未曾出現！人人都極其的訝異，因為這是從來也未有過的事。

學生在議論了一陣之後，推出代表到校務處去，要求到裴達教授的住所去探望他，校務主任也答應了學生的要求，因為學校當局也感到同樣奇怪。

但是，就在那時候，裴達教授的黑汽車，駛進學校的大門，車子停下，從校務處的辦公室窗中，可以看到裴達教授打開車門，走了出來。

立時有很多人向裴達教授迎去，裴達教授遲到，這事情實在太不尋常了，每一個人都想知道他遲到的原因。但是裴達教授未曾回答任何人的問題，筆直地向課室走去。

在校務室中的學生代表，連忙離開了校務室，奔回課室去，裴達教授站上了講台，他不但破例地遲到，而且，他雙手竟空空如也，而未曾帶著他那隻從不離手的，塞滿了講義、文件的公文包。

他的頭髮凌亂。他面上的神情，雖然和經常一樣地嚴肅，但是卻蒼白得可怕。

學生本來想問問他為甚麼遲到，可是看到他的神情如此之駭人，卻也沒有人敢開口。

整個課室中，變得鴉雀無聲，然後，聽到裴達教授咳嗽了一聲，清了清喉嚨：「對不起，我……我……遲到了！」

裴達教授一生為人之中，可能從來也沒有將「我」字和「遲到」這兩個字連在一起過，是以他講得不流利，聽來有點不順耳。

學生們每一個都現出了一個微笑，表示教授遲到，並不是一件甚麼大事。裴達教授在講了一句之後，卻又僵住了，不知講甚麼才好。

因爲他沒有了公文包，沒有了講義，那使他不知如何開始講課才好，他手足無措了片刻，突然「砰」地一拳，重重地敲在講台之上。

那一下突如其來的動作，將所有學生嚇了一跳，只聽得裴達教授突然大聲道：「人類的劣根性，不得到徹底的改造，任何科學成就，都只足以助長犯罪，而不能使人類進步！」

裴達教授平時除了教授他主講的課程之外，是很少發甚麼議論的，此際他突然大講題外話，而且出言驚人，這更使得學生驚愕。

在幾十個大學生中，必然有幾個特別歡喜和教授辯論的，立時有一個學生站了起來：「裴達教授，你認爲人類當前要務，並不是急速地發展科學，而更重要的是教育？」

「不是！不是！」裴達教授連連地敲打著講台，他激動的神情，從未有過。一個生活有規律的人，大多數理智，極少衝動，可是這時，裴達教授卻激動得近乎完全喪失了理智，他大聲嚷叫著：「我的意思是，一件微小的犯罪，能破壞一個科學家畢生的工作，誰知道那犯罪者是甚麼人？他可能是一個童犯，可能是一個一點知識也沒有的人，可是他的破壞力——」

裴達教授講到這裏，劇烈地喘咳了起來。

就在這時，校務主任和大學副校長，一齊走進了課室來，學生都知道，副校長也是一個知名的學者，而且是裴達教授的好朋友。

副校長來到了裴達教授的身邊，伸手拍著他的肩頭：「老朋友，我十分同情你。」裴達教授仍然咳著，副校長又道：「你最好先休息休息，來，我們一齊去看看，是不是可以補救，以及如何補救！」

副校長半拉半拖地將裴達教授帶出了課室，校務主任站上了講台，宣佈道：「各位同學，裴達教授的課程，暫時停止，因爲他受了重大打擊，現今的精神狀態，不適宜授課。」

學生中立時有人叫道：「他受了甚麼打擊？」

校務主任嘆了一聲：「正如剛才裴達教授所說的，一個普通的犯罪者，毀了一個科學家一生的工作。昨天晚上，教授的實驗室，被一個或兩三個小偷弄破窗子，爬了進去，當小偷發現實驗室中沒有甚麼值錢的東西之際，就將實驗室徹底破壞，我也不知道破壞的程度，但據警方人員說，破壞得非常徹底，教授的全部實驗紀錄，都不復存在！」

所有的學生都不出聲，大部分現出了憤怒的神情。因爲他們全知道裴達教授的實驗室在科學上的價值。蛋白質的化學分析在他的實驗室中完成；黴的初步分類，在他的實驗室中完成；還有許多許多生物學上的重大的進展，在他的實驗室中完成。

一個國際科學基金協會，有鑒於裴達教授的科學研究的成績，曾撥鉅款來增添他實驗室的設備，是以他的實驗室堪稱世界一流水準。

學生自然也知道那實驗室在裴達教授心目中的地位，因為平時，只有成績最好的學生，才能獲准進他的實驗室去，做他的實驗初級助手。而曾經去過他實驗室的人也都知道，在他的實驗室中，即使講話講得略為大聲一些，那麼，下次就休想再有機會進入他的實驗室！

而如今，他的實驗室，連同他的實驗紀錄都被毀了，那對裴達教授來說，可以說是致命的打擊。

當時，所有在這個課室中的學生，似乎都有一種預感：以後，可能再也聽不到裴達教授來授課了。當然，當時並沒有人說出這種預感來。

但是，當第二天又發生了變故之後，警方前來調查時，至少有三分之二的人，堅持說他們在昨天，已有了強烈的預感！第二天，所有的報紙上，都以裴達教授的慘事，作為頭條新聞：國際著名的生物學教授裴達，在寓所被謀殺，疑兇貝興國當場就逮。

那是轟動的大新聞，其所以轟動，不但是因為死者裴達教授是一個知名的人物，而且，還因為疑兇貝興國，是裴達教授進行研究的得力助手。

而且，貝興國的年紀很輕，是受過高等教育，而更成為小市民談論資料的是，貝興國和裴達教授的同父異母妹妹裴珍妮，正在熱戀中，兩人訂了婚，只等教授新的研究課題，稍有成績之後，兩人便要結婚。

而這件兇殺案，更有一重極其神秘的色彩，那就是警方在案發後，竟封鎖了兇案的現場，不許記者去攝影。記者自然紛紛提出責難，警方發言人的回答，也一字不易地被刊登在報上。

那是十分精彩的一篇短短的談話。警方的發言人道：「兇手是一個冷血的謀殺者，各位，現場的情形，太恐怖，我們不想那種恐怖的情形出現在報紙上，使每一個市民都受到震駭，所以，才要求各位合作，不可攝影，請相信警方，那不為別的原因，只是因為兇手的謀殺行為實在太殘酷了！」越是得不到真相的事，便越是會引起更多的傳說，於是各種各樣的傳說，便傳了開來，有的說裴達教授的頭被切了下來，有的甚至說裴達教授被剝了皮。

說的人，都言之鑿鑿，彷彿他們都曾親聽到了一樣。但是事實上，自案發之後，最精明能幹的攝影記者，至多也只能攝到兇宅的外面而已。

至於就逮的疑兇，他的照片，自然登在每張報紙上，看來，他生得很瀟灑，眉很濃，鼻也很挺，看來不像是殺人兇手。

但是，誰可能肯定那樣說呢？殺人兇手不見得個個在臉上有標誌，寫著「兇手」兩個字。疑兇貝興國和裴達教授住在一起，他打電話報警，但在警方人員趕到之後，他卻被當作疑兇遭逮捕，警方在搜集證據，準備進行起訴。

整件案子，雖然轟動，但和我扯不上關係。我在公共場合，見過裴達教授一次，那是慶祝裴達教授對西藏綠蝶的生長發育過程有所發現而設的一次酒會，我甚至未曾和他交談過。

我根本不認識貝興國，但在案發後，我和白素曾討論過貝興國。白素堅持貝興國不是兇手。我問她為甚麼，她說那是她的直覺。

當一個女人開始就用直覺來判斷一件事的時候，有經驗的丈夫都知道，最好的辦法是切莫和她爭論，不然將自討沒趣。

所以，對於貝興國，我們的討論，也至此為止。

我心中對裴達教授被謀殺一事，頗感興趣，因為我想不出貝興國（唯一的疑兇）有甚麼謀殺的動機，一件沒有動機的謀殺，最難調查。

可是，我也僅止於有興趣，我並不是警方人員，雖然我認識不少警方的高級人員，但他們對我，並沒有甚麼好感，有的還和我作對，如負責特別疑難案件的傑克中校（我相信這件案子是由他在處理），所以，我也得不到甚麼特別的消息。

但是，我終於和這件案子發生了關係！

那是在一個十分偶然的情況下發生的，不知讀者各位是不是還記得小郭這個人。

小郭本來是我掛名作經理的出入口洋行中的職員，為人十分機警，曾跟著我幹過一些冒險的勾當，有一次，受了重傷，差點送了命！

在那次傷癒了之後，別人一定要退縮，但是他卻不那樣想。他說，反正這一條命是撿回來的，就只當這次死了，那又怎樣？說甚麼也不肯再過平穩的生活。組織了一個私家偵探事務所，三四年來，業務鼎盛，在一般人的眼中，他已是大名鼎鼎的郭大偵探了！

我在經過他的事務所之時，總喜歡上去坐坐，而小郭也不斷和我保持著聯繫，有許多疑難案件，實際上全是我替他在出主意。

那一天，我記得很清楚，是裴達教授被謀殺後的第三天，我又像經常一樣，走進了小郭的事務所，直趨他的辦公室，推開了門。

一推開門，我就聽到了小郭的聲音，他正在向一個二十三四歲的女郎講著話。我向那女郎打量了一下，她不算是很美麗，但是卻相當吸引人。她的頭髮短得不能再短，穿著一套深棕色的軟皮裙，顯得很有活力，正緊抿著嘴，表示她是性格十分堅強，她挺直著身子坐著。

那種情形，使人一看便知道她正遭受到極大的困難，但是她卻絕沒有向困難屈服的打算！我最欣賞不向困難低頭的人，尤其是不向困難低頭的女人，是以我並無意打斷她和小郭的談話，我只是向小郭點了點頭，便準備退出去。

可是小郭一見到了我，便立時大聲叫道：「等一等，我就有空了！」

我看出他的意思，是想借我的來到，快一點將那女郎打發走。所以我就在一張沙發上坐了下來，拿起一本雜誌來翻看。

我當然全不注意那本雜誌的內容，我只是注意著小郭和那女郎的談話，小郭攤開手，在拒絕著那女郎的要求：「裴小姐，這件事，我實在無能爲力，而且，我想所有的私家偵探，都無能爲力的，我勸你還是冷靜一點，等候法庭的裁判的好。」

那女郎霍地站了起來，她的神態十分冷靜：「我以為世上總有人可以幫助我，卻不料我想錯了！」

由於那女郎講得如此冷靜，這更使我注意她，我看到她仍然帶著那種不屈服的神情，向外走去。

在她走到門口，她的手已握住門柄之際，我忽然起了一種衝動，我想知道這女郎究竟有甚麼困難。我本來不是好管閒事的人，但是這女郎所遭到的困難一定極大，亟需要有人幫助她！

所以，我就在那時，站了起來：「小姐，你需要甚麼幫助？」

她站了一會，才轉過身向我望來，我發現她有著一對很明亮的大眼睛（雖然這時她眼中充滿著焦慮），她望了我大約有半分鐘。

在這半分鐘之內，小郭大約向我做了七八次手勢，示意我別去理會那女郎。

但是，對於小郭的手勢，我卻裝著完全看不見，因為我既然決定了要管，就自然非管到底不可。

半分鐘之後，那女郎才開了口：「你是甚麼人？」

她用那樣的口氣來問一個真心幫助她的人，實在很不禮貌。但是我卻原諒了她，因為那天我穿了一件花上裝，使我看來好像是那種專門向漂亮女郎獻殷勤，藉以勾搭的人，難怪她對我擺出一副冰冷的態度。

我笑了笑，說出了自己的名字，然後道：「或者，你可以叫我是一個喜歡管閒事的人。」

這位小姐，對我的名字，多少有點印象，她兩道十分英氣的眉毛，向上揚了一揚：「衛斯理，就是那個自稱曾和外星人打交道的人！」

我有點窘：「小姐，這——」

我想約略地解釋一下，可是她卻已打斷了我的話頭：「謝謝你，我想我的困難之中，是絕不會有外星人在的，謝謝你了。」

我更覺得窘了，我只好攤開手：「小姐，你看，你將一個人的善意，就這樣冷冷地推走了。」

那女郎的雙眉揚得很高，也冷冷地道：「現在你自然有一片善意，就像那郭大偵探一樣，當我才推門進來的時候，他滿臉笑容，請我坐下，然後道：小姐，你有甚麼疑難的事，只管講出來，我一定盡力幫忙的！哼，等我將我的困難講出來之後，他卻冷冷地回答你一句：對不起，我無能爲力！」

她講得十分之激動，我並沒有打斷她的話頭。

一直等她講完之後，我才道：「小姐，你那樣說法太不公平，你想，我根本未曾聽到你的困難，怎可以武斷我不會幫你？」

那女郎搖著頭，看來她仍然無意相信我，這時，小郭卻說話了，他道：「裴小姐，你的事，如果世上還能有一個人幫助你的話，那麼這個人就是衛先生了。」

那女郎的雙眉已揚了起來：「你的意思是，他能夠證明他無罪麼？」

我還不知道她口中的「他」是甚麼人，但是我知道這樣回答她，總是不會有錯的，所以我道：「只要他真是清白的話。」

那女郎一揚首，道：「他是清白的！」

「好的。」我問：「他是誰？」

「他的名字，你一定知道，他叫貝興國。」

我不禁吸了一口氣。貝興國，那名字我自然知道的，他就是被控謀殺裴達教授的疑兇。那麼，不消說，那女郎就是裴達教授的妹妹裴珍妮了！

我開始感到我自投羅網，使自己捲進了一件十分麻煩的事情中！

見我一時之間，沒有回答，裴珍妮冷冷地道：「你可以不理的，衛先生。」

我笑了起來：「你錯了，我只不過感到這不是一件容易處理的事情而已。越是難的事，我越是有興趣，但是你必須知道一點，如果我理了這件事，那麼我的責任，便是揭露事實，而不是滿足你的主觀願望。」

「你的意思是——」

「我的意思是，可能我化了很多時間，作了很多調查，但結果證明你的未婚夫有罪！」

裘珍妮十分堅決地道：「如果真是那樣的話，我也一樣感激你，但是我說，他是無罪的。」

「請坐，裘小姐，我可以聽聽你說他無罪的原因麼？」

「可以的，理由很簡單，我和興國認識了將近四年了，我知道他不是那樣的人。」

「請坐，裘小姐，我可以聽聽你說他無罪的原因麼？」

「我知道，所以我才要人幫助，去找出他無罪的證據來，或者如你所說，找出他有罪的證據來。」

我挺了挺胸，裘珍妮那樣說，證明我多管閒事，並沒有管錯，我道：「他自己怎麼說？」

「我不知道。」裘珍妮回答著。

「不知道？那是甚麼意思？」

「被警方扣留之後，我還未曾見過他，我好幾次要見，都被警方勸阻，警方說他是一個十分危險的人，我不宜見他。」

「豈有此理！」我用力一掌拍在桌上：「警方那樣做法完全非法！」

「還有，」裘珍妮說：「警方甚至不讓我認屍，他們說我大哥死得可怕，勸我別去認屍了。」

我冷笑著道：「雙重非法，我會去對付他們，你放心好了，我第一件要做的事，就是去見貝興國！不論犯了甚麼罪，他在被拘留期間，都有權見人，我們是生活在一個文明社會，而絕不是生活在那種隨便可以將人拘留，不許人探望的野蠻社會中！」

裴珍妮呼了一口氣：「那麼我……我甚麼時候可以見到他？」

我道：「讓我先去和警方接洽，我相信警方那樣做，有特別的原因，而不是存心違法，現在，我就是要去找出這特殊的原因來！」

我講到這裏，頓了一頓：「小郭，你替我打電話，找傑克中校聯絡，由我來和他講話。」

小郭坐了起來：「傑克中校又要大大的頭痛了！」他一面說，一面拿起了電話。

我則向著裴珍妮：「你和裴達教授，不住在一起？你們的關係怎樣？」

裴珍妮皺起了雙眉：「坦白地說，我不喜歡我的哥哥，他簡直不是人……請你別誤會，我說他不是人的意思，絕不是說他的行為道德上有甚麼不對，而是他太不近人情，他將他自己的生活，安排得好像是一座機械，任何人都無法忍受！」

裴達教授研究的課題多姿多采，但是他的生活刻板，這是人盡皆知的事，我自然了解裴珍妮的心情。

第二部：探訪疑兇

我還想再問甚麼，但是已聽得小郭故意在大聲道：「傑克中校，請你等一等，有一個老朋友，要和你講幾句話，你一定喜歡聽到他的聲音的。」

小郭向我做了個鬼臉，將電話交了給我。

我接過了電話：「你好，中校，我們很久沒見面了。」

傑克中校對我的印象一定十分深刻，可能他還時時刻刻想到我，將我大罵一頓，要不然，怎麼我才講了一句話。他就立刻認出那是我的聲音了呢？

「衛斯理，是你這——」他叫了起來，但是卻未叫出「你這」甚麼來，可知他雖然對我沒有好感，可是卻也不敢得罪我。

我笑了笑，開門見山地道：「是我，中校，裴達教授的案子，由你主理？」

傑克中校的聲音很粗：「這不關你的事。」

「你錯了，」我立時回答他：「正關我的事，我受疑兇的未婚妻委託，要和疑兇見面，而且，我還受死者的妹妹委託，要來認屍。中校，你知道，這兩項，都是正當的法律程序！」

傑克中校「颼」地吸了一口氣：「衛斯理，和警方作對，你不會有甚麼好處。」

「我絕不想和警方作對，但是我卻想知道警方是不是有權改變現行的法律！」

我的話，傑克中校無法辯駁，悶了片刻，才道：「那樣吧，你先到我的辦公室來，我們面對事實，商量一下。」

「我接受你的邀請，立即就到！」我放下了電話。

我在放下了電話之後，轉過身來，向裴珍妮道：「請給你的地址，我好和你隨時聯絡。」

裴珍妮道：「我住在青聯會的宿舍，四樓，白天，我在一家中學教音樂。」她把那家中學的名稱告訴了我。

我和她一起走出了小郭的事務所，在我們分手的時候，我又說了一句：「請你放心，我一定盡我所能查出真相來。」

我特地那樣說，是怕調查的結果，貝興國真是兇手時，她會受不住打擊！

她顯然明白我的暗示，勇敢地點了點頭：「我明白。」

二十分鐘之後，我已和傑克中校隔著他那巨大的辦公桌，面對面地坐著。

我並不是第一次來傑克中校的辦公室，但是這一次，氣氛卻多少有些不同。

我和傑克中校之外，另外還有好幾個高級警官在。我一坐下，傑克中校便道：「衛斯理，你不能見貝興國。」

「法律根據是甚麼？」我有恃無恐地問。

「根據監獄方面的紀錄，有一次，你去探訪一個即將行刑的死囚，結果，你是去幫助死囚越獄的，你和他一齊逃出了監獄！」傑克中校講得振振有詞。

我呆了一呆，傑克中校倒不是胡言亂語的，的確是有過那樣一件事，那件事，詳細記敘在題爲「不死藥」的故事中。

但是我立時抗聲道：「中校，你錯了，如果我協助死囚逃獄，我現在應該在監獄中，這件事，我是受脅迫的，後來已證明是淸白了！」

傑克中校狡猾地笑了起來：「那麼，你有甚麼保證，可以保證你不再受人脅迫呢？我們認爲這件案子的疑兇是一個十分危險的人，在警方調查時期，他不適宜見任何人。」

傑克中校的理由，好像很充分，但我卻非見到貝興國不可！

我冷冷地道：「中校，我知道你不讓人見到貝興國，一定是有原因，但是我決計不認爲你那樣的做法很聰明。你知道我和報界的關係，也知道報界正因爲得不到這件案子的消息而感到焦躁——」

我的話還未講完，傑克中校已然吼叫了起來，道：「你這卑鄙的傢伙，你竟敢威脅我？」

「我絕不是威脅你，我只不過想知道事情的真相，和見一見貝興國。還有，裴珍妮還要我陪她來認屍，這是一定要的手續！」

傑克中校氣得講不出話來，一個警官走過來打圓場：「衛先生，請你原諒，這件案子，警方目前感到十分扎手！」

我奇道：「疑兇已然就逮了，還有甚麼扎手的？」

那警官嘆了一聲：「衛先生，這是世界犯罪史上從來也沒有過的犯罪案，兇手所使用的手段之殘忍，是難以形容，我們深恐真相公佈出去，對社會有極其不利的影響，是以我們才嚴守秘密。」我立時道：「我也可以保守秘密。我是受裴珍妮的委託前來的。裴珍妮和死者、疑兇都有著密切的關係，死者是她的哥哥，疑兇是她的未婚夫，難道也不能知道此事真相？」

傑克中校冷笑著道：「是她想知道，還是你自己想知道？」

我也冷冷地道：「她想，我也想。」

傑克中校突然站了起來，看他的神情，像是想重重地擊我一拳。

但是，他無可奈何。雖然有大套理由，但我的要求，是極其正當。所以，他惡狠狠地瞪了我好一會，才道：「好的，但是你見貝興國的時間，不能超過十分鐘。」

我立時答應：「可以。」

傑克中校又威脅著我：「他在特別看管之下，是一個極其危險的人，我警告過你別去見他，如果你因之而發生了意外，我們絕不負責。」

我來此的目的，是要見貝興國，只要能見到他，任何恐嚇的話不能將我嚇倒，所以，對於傑克中校的話，只是毫不在乎地聳了聳肩。

傑克中校開門向外走去：「跟我來，他一直被扣押在總部的拘留室中。」

我跟著他走出了辦公室，搭升降機到了地下室，一到地道走廊，來到了一扇門前。

在那扇門前，一共有四個警員守著，看到了傑克中校，一齊行敬禮。

傑克中校問道：「他怎樣？」

一個警員回答道：「他很平靜。」

「先看看他。」傑克吩咐著。

另一個警員移開了牆上的一扇木門，現出一隻電視機來，他按下了一個掣。電視螢光幕上閃了雜亂的線條，接著便看到了一個人，坐在一間小小的因室中。

那人低著頭，雙手一齊按在額上，一動也不動，看來像是正在沉思。從電視螢光幕上看來，他的臉面，看得不怎麼真切，但是我還是一眼便認出他正是貝興國！

傑克中校也注視著螢光幕，他看了一會，伸手關掉了電視，轉過頭來問我：「你仍然堅持要去見他？」

我感到好笑：「當然是，你認識我也不止一天了，甚麼時候我會輕易改變我的決定？」

傑克中校沉聲道：「那你必須明白，由於他是一個十分危險的人，在你走進去之後，我們仍然要將門鎖上，在因室內，究竟會發生甚麼事，我們一概不負責！」

傑克中校的話，使我覺得十分不耐煩，我拍著他的肩頭：「中校，甚麼時候起你變成喋喋不休的老太婆了？打開門，讓我進去！」

傑克「哼」地一聲，頗有我不知死活，他將眼看著我吃虧的神情。一個守衛的警員，將鑰匙伸進了鎖孔，傑克中校道：「你在門口等著，門一開，你就閃身進去，我們立時要將門關上！」

我總覺得傑克中校太緊張了，貝興國是一個知識分子，就算是他行兇殺害了裴達教授，那也必然另有原因，他看來不像是一個瘋子，又怎會無緣無故，加害一個素不相識，懷著好意來探望他的人？

所以，我只是聳了聳肩，向門口走去。我走到了門口，那警員恰好打開了鎖，他神情緊張地道：「進去，快進去！」他打開了門，我一閃身，便走了進去，我才一進去，門又被鎖上。

我背著門站著，貝興國仍然坐在那囚舖之上，但是他卻不再用雙手撐著頭，而是抬起頭，向我望來，他神情憔悴，面色蒼白，眼神散亂。

他抬起頭，就以那種似睡非睡，似醒非醒的眼神打量著我，然後，用一種聽來十分疲倦的聲音，向我發問：「你是甚麼人？」

我走前幾步：「你被捕後，除了警方人員之外，沒有別人能和你接觸，我是裴珍妮請我來看你的。」

他仍然坐著：「你來有甚麼目的？」

他那樣問我，使我有點愕然：「裴小姐認為你無辜，我受她所托，來弄清事情的真相，當然，我首先想知道，當天晚上的情形，只有你和裴達教授——」

我本來是想說「只有你和裴達教授住在一起，所以那天晚上兇案的發生情形，也只有你能詳細地敘述」的。可是，我才講出了「裴達教授」四個字，貝興國突然站了起來！

在一剎那間，他整個人都變了樣，只見他的雙眼之中，射出了兇狠之極的光芒，他的雙手也揚了起來，他的十指可怕地鉤著，他的手指是如此的出力，以致他的指骨骨節，在格格作響。

我雖然不怕他對我襲擊，可是突然之間，他從一個沮喪、憔悴的人，而變得如此凶相，也使我為之駭然。

我連忙後退了一步，貝興國面上的肌肉，也開始扭曲。這時候，他看來簡直是一頭狼，一條毒蛇，或是別的甚麼野獸，而不是一個人！

從那樣的神情看來，他心中對裴達教授的恨意，難以形容！因為，若不是恨極了一個人，決計不會聽到了那人的名字之後，現出如此獰惡可怕，兇狠駭人的神態來的。

貝興國一定不止是恨裴達教授，而且，那種仇恨，一定還毒怨之極、深刻之極！

如果我是陪審員，一看到貝興國在提及裴達教授的名字後，便現出如此獰惡可怖的神態，即使警方的證據薄弱，也會認定他是兇手！

我此際站在貝興國的面前，就感到他屈成鉤狀的手指，隨時可以向我的頸際插來！

他不但忽然之間，變得那樣可怕，而且，還發出粗重的喘息聲來，厲聲道：「別在我的面前，提及他的名字，記得，別再提及！」

我呆了一呆，但是我隨即道：「裴達教授是一個好人——」

我是故意那樣說的，我之所以故意那樣說，是想看看貝興國對裴達教授的懷恨，究竟到了甚麼樣的程度？

我的話才一出口，自貝興國的口中，便發出一下怒吼聲，他向我直衝過來，雙手向我的頭際疾插！從他指節所發出的那種「格格」聲聽來，如果我的頭頸被他插中，他一定會毫不猶豫地將我頸骨扭斷！

我早有了準備，就在他向我衝來之際，我身子向旁一閃，便已避了開去。而他向前衝來的勢子實在太急，以致令得他的雙手「砰」地一聲，重重地撞在門上！

而我在一閃之後，便已經轉到了他的背後，在他的肩頭上拍了一拍。

他倏地轉過身，我用力一掌，那一掌，向他臉上摑去，那一掌，摑得他的身子一側，向地上跌下去。

我滿以爲我一掌將他摑得跌倒在地，那可以令得他較爲清醒一些，但是，意料不到，貝興國一倒地之後，竟突然張口向我的小腿咬來！

我嚇了老大一跳，我和各種各樣的人動過手，其中不乏武術高手，可是卻從來沒有人向我張口便咬的！

我連忙一縮腳，避開了他那一咬，我只聽得他上下兩排牙齒相碰時的那「得」的一聲，我跳到了門邊，叫道：「快走開！快走開！」

傑克中校分明是用電視機在注意著囚室內的情形，我一叫，門便打了開來，但是我向後退出之際，貝興國又向我撲來！

我知道是絕不能讓貝興國衝出囚室，他如果一出了囚室，會向警員襲擊，而向警員襲擊的結果，必然是死在亂槍之下！

他如果死在亂槍之下，那麼事實的真相，也就永難為人所知了！

老實說，我在那時，對貝興國殺害裴達教授這一點，沒有多大的懷疑，但是我總覺得，事情總多少還有一點蹊蹺的地方！

而且，如果是貝興國行兇的話，那麼不讓他接受法律的審判，而讓他死在亂槍之中，也決不公平。所以，為了阻止他衝出囚室來，我飛起左足踢向他！那一腳，踢得他向後直跌了出去！

那一腳，正踢在貝興國的胸口，令得他的身子，猛地向後仰去，而我也趁著那一剎那的時機，縮出了門，用力將門推上！我才推上了門之後，手按在門口，想起剛才的事，還在不住喘氣。

傑克中校的聲音，在我身後，冷冷他傳了過來：「你現在相信我的話了？」

我轉過身去，將他的身子推開了些，望向那具電視機，我只見貝興國正從地上，慢慢地爬了起來，他瞪著門，雖然在電視機上，但仍然可以看出他的雙眼之中，充滿了惡毒的神色！

我不禁吸了一口涼氣，失聲道：「天，他和裴達教授之間，究竟有著甚麼深仇大恨？」

我轉過頭去，又向傑克中校敘述看我和貝興國會面的情形：「我只不過在他面前提起了裴達教授的名字，他就幾乎要將我扼死！」

傑克中校並不回答我的話，只是招手令一位警官走了過來。當那位警官來到了他的身前之際，他伸手翻開了那警官的衣領。

第三部：堅信愛人不是兇手

在那警官的頭際，有著好幾個青瘀的指印！

傑克中校道：「你算是避得快，他避得慢了些，結果就那樣。當時，貝興國就幾乎死在亂槍之下，現在，你還想怎樣？」

我向電視機看去，貝興國又在囚床上躺了下來，背向著門，我苦笑了一下：「裴達教授的屍體——」

「我可以帶你去看，如果你對一具死得如此可怕的屍體有興趣，但是我絕不認為應該讓裴珍妮認屍。除非我們想裴珍妮因為震駭而變成一個神經失常的人！」

他提到了「神經失常的人」，這令得我心中一動，我忙問道：「中校，你沒有懷疑他是一個瘋子？他有沒有接受過專家的檢查？」

「有的，他已經過了六個著名的專家檢查。」

「專家的意見怎樣？」

「那六名專家都說他是一個正常的人，不是瘋子，但是也都認為他情緒的熾烈，絕不是常人所有。」

我忙道：「那麼，是不是可以說，當他在情緒激動的時候，他處於瘋狂狀態？」

「絕不，所謂瘋狂狀態，是一個人絕不知道自己在做甚麼，或者不知道自己做了那樣的事情之後，會有甚麼樣的後果。但是貝興國卻不是，他明知自己在做甚麼，也知道自己做了這件事的後果，他只是用一種極其熾烈的情緒，來推動、完成這件事，而在他那種情緒之下，他完成那件事的手法，常人不敢想像，但那並不等於他瘋狂！」

傑克中校對於貝興國的精神狀態，解說得非常明白，我也沒有別的問題可問，只是嘆了一聲：「為了向裴珍妮有所交代，我還是想看看裴達教授的屍體。」

大約因為傑克中校看出我和他的想法，基本上已沒有甚麼距離，所以立時答應了我的要求：「好的，我可以和你一齊去。」我們一共五個人一齊到殮房去，但到殮房管理員拉開凍藏屍體的門櫃後，所有人包括管理員在內，都一齊轉過了身去。

裴達教授的屍體在長櫃中，蓋著白布。長櫃一拉了開來，便散發著陣陣寒氣，令得我也不由自主，微微地發起抖來。

掩蓋屍體的白布，十分潔白，上面有一層薄薄的霜花，當長櫃拉了開來之後．那一層薄霜花立時開始溶化，變成了細小的，亮晶晶的水珠。

我緩緩地吸了一口氣，抓住了白布的一角，將白布揭了開來。

我並不是一個膽小的人，也絕不是一個沒有見過死人的人，可是，當我將白布揭到了一半，只露出了裴達教授的上半身，我的雙手，便不由自主地發軟，而白布也自我的指縫中滑了下來。

裴達教授的下半身，仍然被白布蓋著，就只看到他的上半身。

但是那已經夠了，我雖然是看到他的上半身，也已經夠了，真的夠了！

裴達教授的頭，已整個變了形，在他的左眼眶中，已沒有了眼珠子，那可能是整個頭顱變形時被擠出來的，左眼眶成爲一個深洞。

而我也絕沒有辦法弄得明白，甚麼力量能使一個人的頭部，變得如此之扁，如此之長，像是有一個幾百磅的鐵鎚不斷敲擊過一樣。

裴達教授在臨死之前，一定忍受著極大的痛苦，他的上下兩排牙齒，緊緊地咬著他自己的舌頭，以致他的舌尖腫成了球形，經過了冷藏之後，那是一個紫黑色的小球。他的頭際，有一個十分巨大的傷口，令得他的喉管和氣管，都露在外面。

他至少有七根肋骨被折斷，而斷了的肋骨，頂穿了皮肉，可怖之極。

他的下半身還受了些甚麼傷害，我看不到，但是我不想看了，真的受夠了。我連忙轉過身來，不住地喘著氣：「行了，我看到了，中校，我同意你的說法，裴珍妮不適宜來認屍。」

傑克中校並沒有譏笑我，只是道：「請你將白布蓋上，沒有人願意多看他一眼。」

我很諒解中校那樣的說法，因爲我也不想多看一眼。白布既然是由我揭開的，自然也應該由我來蓋上。我再轉過身去，蓋上了白布。

而在蓋上了白布的一剎那，我又看到，裴達教授的兩隻耳朵，都被撕下了一半來，那一定是硬生生用力將之扯下來的，因爲在快要跌落的耳朵上，都連著一大片凍硬的皮肉！

我竭力忍住了要嘔吐的感覺，轉過身去。

傑克中校已向藏屍室外走去，我連忙跟在他的後面。我們一起走出了殮房的大門，傑克中校才道：「現在你明白警方的用心了？」

我點了點頭，道：「完全明白。」

傑克中校想了一會：「希望你能夠技巧地向裴珍妮小姐解釋警方的措施，實在是有不得已的苦衷。」

那並不是一件容易做到的事，但是我感到我有責任做到這一點，是以我點頭道：「自然，我會講明一切——技巧地說明。」

傑克中校嘆了一口氣：「太可怕了，警方感到這件事棘手，因爲案件一定要公開審訊。一公開。那種狠毒的謀殺，對社會所引起的影響，實在太大！這是一個人所能做出這最兇惡、最無血性的行爲，你一定同意吧？」

我苦笑著：「誰知道呢？中校，別忘記在幾億年之前，人和別的食肉動物，沒有分別。」

傑克大聲叫道：「可是，現在我們是人了，我們是人，而不是獸！」

我默默無語，只是低頭疾行，我的心中十分亂，以致我不知是甚麼時候和傑克中校分了手。當我發現只有我一個人的時候，我已離開殮房很遠了。

我站在街邊，呆立了很久，才召了一輛計程車，向裴珍妮任教的那家學校去。

那是一家規模相當大的女子中學，我在傳達室中表示要見裴珍妮小姐，傳達將我帶到了會客室中，我等了不過五分鐘，裴珍妮就來了。

她直向我走來，急急地道：「怎麼樣？怎麼樣？」

我問她：「裴小姐，你……有空麼？我們能不能出去說，我怕要相當時間，才能講完我要說的話。」

裴珍妮呆了一呆：「可以，但是我要去稍作安排，你等我。」

我在沙發上坐了下來，尋思著如何把經過告訴她。沒有等多久，她便挽一件杏黃色的外套，提著手提包，在門口站定：「我們走吧！」

我和她一起出了校門，順著斜路，向下走去，我先道：「裴小姐，我見到了你的未婚夫貝先生。」

裴珍妮「啊」地一聲：「他好麼？他看來怎樣？我可以去見他？」

我緩緩地道：「裴小姐，我要先問你一件事，你要照實回答我。」

「請說。」裴珍妮睜大了眼。

「在貝興國和你哥哥之間，有著甚麼深仇大恨？」

裴珍妮呆了一呆，自她的臉上，現出了十分不高興的神色來，道：「衛先生，我不明白你為甚麼那樣問。」

「我必須那樣問，當我見到他的時候，我才一提到裴達教授的名字，就幾乎被他扼死！」

裴珍妮吃驚地停了下來：「你一定弄錯了，見到的不是貝興國！」

我用十分堅定的語氣道：「裴小姐，別在這個問題上和我爭論，那是我親身的經歷！」

裴珍妮瞪視著我，不說話。

我道：「回答我剛才的問題。」

裴珍妮道：「沒有仇恨，他們之間只有合作，興國是我哥哥的學生，由學生而變成他的研究助手，你該知道我哥哥的為人，連我都不准進他的研究室，他會選擇興國做他的研究助手，他們之間，一定合作得十分好，怎會有仇恨？」

我又問道：「在別的方面，譬如說，你和貝興國的婚姻，教授他——」

裴珍妮不等我講完，便道：「哥哥是一個受過高等教育的人，任何有知識的人，都不會干涉別人的婚姻！」

裴珍妮給我的答案，是我早已料到的，因為我也想不出在貝興國和裴達教授之間有甚麼仇恨。這個問題，可能只有貝興國一個人回答得出，但是貝興國看來絕不會說。

我默默地向前走著，裴珍妮道：「你見了他，一點沒有結果？他是無辜的，你應該相信我，真的，他無辜！」

我的心中感到十分難過，我沉聲道：「裴小姐，你應該相信警方的處理，他……用極殘酷的方法，殺害了裴達教授！」

後一句話，我絕不願意說出口來。

但是，我既然感到事實的情形確是如此，卻也沒有法子不講出來。

裴珍妮再次站定，她冷笑著：「你的意思是，你的調查已到此爲止？」

「裴小姐，你答應過我，勇敢地接受事實的。」

「是的，我會勇敢地接受事實，但是你所說的，根本不是事實，你甚至於不能告訴我，與國爲甚麼要殺死我的哥哥，他的動機是甚麼？」

「是仇恨，小姐。」

我嘆了一聲，我答不上這個問題來，而且，裴珍妮的神情如此激動，我發覺我不能再和她多談甚麼了。裴珍妮深深地吸了一口氣，漸漸恢復了鎮定：「對不起，我太激動，有一件事，你和警方，都不應該忽略。」

我對於這件事的事實，已不存有改變看法的想頭，只是順口道：「甚麼事？」

裴珍妮道：「在我哥哥被殺害的前一天，他的實驗室被人搗毀破壞，你應該知道。」

「是的，我知道。」

「那天晚上，貝興國卻和我在一起，我們參加了一個音樂會，離開了音樂會之後，又去參加一個私人的舞會，直到天亮才回去。破壞實驗室的是甚麼人，警方為甚麼不注意這件事？」

我道：「那可能是幾個小偷幹的事，也有可能是實驗室破壞的那晚，貝興國不在，所以教授遷怒於他，他們兩人可能那樣才起了爭執。」

「可能！可能！」裴珍妮突然尖叫了起來，引得好幾個途人向她望來：「你只會講可能，連你自己也不能肯定的事，你卻要強迫我接受，你這個人！」

裴珍妮的話，說得再不客氣也沒有了，但是我卻並不怪她。

我非但不怪她，反倒感到了內疚，我的確是太快推卸責任，我也決定再作深一步的調查，是以我道：「你說得對，我決定得太草率了！」

裴珍妮顯然料不到我會那樣回答她，她歉然道：「我說得……太過分了。」

「不，你說得對，我還要去調查，而且，我一定十分尊重你的意見。」

裴珍妮嘆了一聲：「請你原諒我的固執，興國並沒有親人，他是在孤兒院中長大，自己苦學成功。如果世界上有人了解他的話，我就是了解他的人，他決不會殺人，更不會殺他所敬愛的人！」

我呆了半晌，才道：「你說得對，至少我也承認其中另有曲折，我想，可以找出真相來。」

裘珍妮道：「真抱歉，我一點也不能幫你。」

我想起了貝興國要殺人的樣子，和死得如此之慘的裘達教授，像裘珍妮那樣清雅、有教養的人，自然和這種野蠻而無人性的謀殺，離得越遠越好！

是以我忙道：「裘小姐，你既然已將事情交給了我，那麼就請你信任我，你千萬別再有甚麼行動，你……盡可能不要再理會這件事，除非警方主動來找你，你要知道，那是一件十分可怕的謀殺！」

裘珍妮的臉色變得蒼白了，她道：「那麼，兇手會不會對我……」

裘珍妮那樣問我，可知道她的心中，確確實實，不以為貝興國是兇手！

我略想了一想，就回答她：「你不會有危險，如果另有兇手，那麼，如今一定正欣慶有人頂了他的罪，除非他是一個白痴，否則他決計不會再輕舉妄動。」

裘珍妮點頭，我們已來到了一條十分繁華的街道上，我送她上了計程車之後，我大步向前走去，遇到第一個公眾電話亭，走了進去。

我打電話給傑克中校。

傑克中校似乎不怎歡迎我打電話給他，他有點不耐煩地問道：「又有甚麼事？」

「沒有甚麼，還是裘達教授的案子，我和裘珍妮才分手，她仍然堅信貝興國無辜。」

「嘿嘿，」傑克中校笑了起來：「你才和貝興國見過面，你不是小孩子了，你可以自己作出判斷的。」

「裴珍妮提及裴達教授被謀殺前的一天晚上，實驗室被破壞的事，她認爲這件事，和謀殺案有一定聯繫，而那一晚上，貝興國有不在現場的證據。」

「衛斯理，一個深謀遠慮的兇手，是懂得何時是最好的下手時間！」

我苦笑，傑克中校認爲實驗室被破壞，和裴達教授的被殺，就算是有關係的話，也不過是兇手利用了這意外作爲他行兇的掩飾口

當然，這樣的推斷十分有理由，也大有可能，但是我卻還是提出了我的要求，我道：「中校，可不可以讓我到裴達教授的住所去看一看，順便看看他的實驗室的被破壞的程度？」

傑克立時答覆了我的要求。他的答覆，只是極其堅決的兩個字：「不能！」

我還想說甚麼，但是傑克卻已將電話掛上了。

那時正是下午，陽光十分好，我心中實在有點後悔，如果我不是恰好在小郭那裏碰到了裴珍妮，那麼我現在一定和街上所有人一樣，在享受著陽光，心情輕鬆，說不定我在野外憩息，享受大自然的風光。

但如今，我正爲這樣一件可怕的謀殺案在傷腦筋，而且得不到任何線索！

我在電話亭旁站了一會，慢慢地踱著，半小時之後，我回到了家中。

我在陽台上坐了下來，一言不發，白素來到了我的身邊：「看你，兩條眉快打結了，有甚

麼事？」
我道：「我見到了裴珍妮。」
「裴珍妮？那是誰？」她問。
「就是裴達教授的妹妹。」我接著將我見到了裴珍妮的事，和她講了一遍。
她聽完之後，立即道：「如果你認為一定要去看看裴達教授的住所和他的實驗室，你可以偷進去！」
「不行啊，警方派了人守著，不准人接近。」
白素微笑了起來：「我想，警方雖然派了專人看守著，但主要的目的，是為了防止新聞記者或是閒人，卻不是為了防止你這樣偷入屋子專家，所以——」
不等她講完，我已疾跳了起來：「所以，我有足夠的機會偷進去！」
她笑著：「對了，可是我不希望你被抓住。」
我吻了她一下：「我會小心！」
那時，我真後悔為甚麼離開了電話亭之後，會耽擱了那麼多時間，如果傑克中校也想到這一點，而加派警員的話，那麼我就會遇到困難了。
我立時衝下了樓梯，奔出了門，駕著車，向裴達教授的住所駛去。
裴達教授的住所在郊外，在將到目的地時，我放慢速度，駛過了裴達教授的那所房子。

那是一所小洋房，洋房的本身不算大，但是緊挨著洋房的，前是一幢方形的建築物，那方形的建築物十分大，前半部全是玻璃，是培養植物的暖房，我駕車經過時，只看到玻璃十之八九都已破碎。

在圍牆之外，有兩個警員守著，圍牆的轉角處，又有兩個警員。我不知屋內是不是還有警員，但是從屋外的情形來看，要偷進去，倒也不是難事。

車子繼續駛出了幾百碼，轉了一個彎，才停了下來，然後，打量了一下形勢，從一條小路上，向裴達教授的住所走去。

翻過了一些山坡，很快來到了那幢房子的後面，後面也有兩個警員在，但是那兩個警員，顯然還要負責照料另一面圍牆，他們不時向外走去，我大概有一分鐘的時間可以利用。

而一分鐘的時間，對我來說，可以翻過一堵二十呎的圍牆了，現在，那圍牆只有八呎高。

我小心地向前逼近，到了離圍牆只有五六碼的矮樹叢中，伏了下來，等著。等到那兩名警員轉過了牆角，我就飛奔而出，不到四十秒鐘，我已經翻過了牆，跳了下來，落在後院之中。

我拍了拍身上的灰，來到屋子的後門處，後門並沒有鎖著，推了一推，應手而開，我立時閃身而入，又將門輕輕掩上，然後才轉過身來。

而當我轉過身來時，我不禁呆住了。

我立時知道，偷進裴達教授的住所，是一件極有意義的事，因爲單是看到眼前的情形，已有收穫。

我相信在兇案發生之後，警方未曾移動過屋中的一切，那是警方要派人看守屋子，不讓人接近的緣故。因爲屋子中的一切，全都遭到了可怕的破壞！

那破壞是如此之甚，我一眼看去，就立時懷疑是不是少數人所能做出來！

我此際進了後門，在一間廚房之中，廚房中的一切全被搗毀，非但如此，而且牆上的白瓷磚，也有一半以上被撬了下來，跌碎在地上。

那實在是一種毫無目的的破壞，正因爲如此，是以也格外令人不寒而慄。

從廚房通向走廊的門，被劈開了兩半，一半倒在地上，是以我可以直看到走廊上的情形，牆上的牆紙，全被撕下，而且牆上還有許多窟窿，看來好像是用鶴嘴鋤敲打出來的。我踏著滿地的碎碗碎碟，通過了廚房，走出了那扇門，通過了走廊，來到了餐廳，我所看到的情形，更加令得我瞠目結舌！

一張長方形的桌子，四條腳全都斷了，桌面上有不少如同利斧砍過一樣的創痕，看來是破壞者終於沒有力道將之從中劈開。

所有的椅子，沒有一張不是四腳齊折，椅面也全被撕裂，牆上的裝飾，一件不剩，一盞吊燈，被摔在屋角，成了一堆碎玻璃，只剩下一根電線，自天花板上垂了下來，看來吊燈是被硬拉下來的。

我繼續向前走去，來到了客廳，情形也一樣，然後我向樓上走去，幾乎沒有一處地方，不遭到徹底的破壞。

而那種破壞，毫無例外，都是爲破壞而破壞，只有最沒有人性的人才做得出。

當我由樓上再回到了客廳中之際，我的心中，不禁生出了極度的懷疑！

我的懷疑是：這樣的破壞，絕不是一個人徒手可以做得出來。應該是許多人，而且還有各種各樣十分合用的工具，不但如此，這幾個人，還一定有著極強的體力，和相當的時間，才能造成那樣程度的破壞。

貝興國一個人，絕對做不到這一點。

眼前的事實，可以得出兩個不同的結論，一個是：貝興國是兇手，他還有好幾個同謀；另一個結論則是：貝興國不是兇手，因爲他根本無法造成那樣程度的破壞。

同時我也想到，一間屋子中的陳設，受到了那樣嚴重的破壞，所發出的聲響，一定十分驚人，睡在這幢房子中的裴達教授和貝興國，不可能聽不到，聽到了聲響，他們一定會出來。

我在樓上，看到兩間臥室，其中有一間自然是屬於貝興國的，那間臥室也遭到了徹底的破壞。這使我又產生另一個疑問：如果貝興國殺害裴達教授，那麼，他將屋子破壞，作爲餘怒未熄的洩憤，還勉強可說，然而他卻是絕沒有理由連自己的臥室也破壞無遺！

在他的臥室中，還有一張裴珍妮放大的照片，也被撕成了兩半。

而且我也難以想像爲甚麼兇手要作那樣程度的破壞，兇手是要尋找甚麼隱藏著的東西？顯然不是，有目的的破壞，和無目的的破壞，一看就可以看出來。沙發墊子被割開，可能是爲了尋找甚麼東西，但是每一隻燈膽都打得粉碎，這又是爲了甚麼？

第四部：自己承認殺人

我在屋子中停留了大約十五分鐘，才閃出了大門，我盡量不讓守在圍牆外的警員發覺，出了客廳，我發現花園中的一切，倒是完整的。

我穿過了花園，從被打破了的玻璃中，進了溫室。那溫室十分大，在溫室中培養的植物，至少有一千多種，但卻沒有一種被弄得泥翻根露。

我搖著頭，到了溫室的盡頭，推開了一扇門，那是裴達教授實驗室中心部分了，我只是向裏面望了一下，沒有再走進去。

那一間堪稱是世界上最完美的生物實驗室，如今，即使叫最有經驗的收買破爛者來揀，只怕也揀不出五毛子值錢的東西。

徹頭徹尾的破壞，自從我一進來之後，所看到的一切，就只有觸目驚心的破壞。

警方不讓記者接近屋子，實在是情有可原，因爲那樣的無意識的破壞，是人性中所有的破壞的一面。人是十分喜歡破壞，爲了仇恨，爲了妒嫉，爲了好奇，爲了達到某一種目的，都會有種種的破壞行動，戰爭所帶來的破壞，更是眾所周知的事實。

有目的的破壞，和無目的的破壞，全在人性的範疇之內。

然而，那是甚麼是人做出來的？若說不是人，甚麼野獸能做出那樣徹底乾淨的破壞？

我的腦中亂到了極點，甚至無法去想，只好苦笑著，準備退出去。

就在我身子轉了一轉之際，我看到了一樣東西，那是進屋子以來所看到的唯一完整的東西，是以雖然那東西十分普通，也立時吸引了我的注意。

那是一隻圓柱形的，約有五十公分高，直徑二十公分的玻璃瓶，這種玻璃瓶，用來浸製生物標本，實驗室中一定不止一隻。

但這一隻是完整的。

那一隻圓柱形的瓶，在一大堆玻璃的當中，它能保持完整，實在是一件不可思議的事，自然也立時吸引了我的注意。

我連忙踢開了地上的碎玻璃，使我的腳在踏下去時，不致發出異樣的嘈聲，然後，我向前走去，而當我走近那圓柱形的標本瓶之際，我更是呆住了，幾乎不能相信，我看到乃是事實！

別以為我是看到了甚麼稀奇古怪的東西，我看到的是極普通的東西，幾乎是每一個兒童時期都玩過的蝌蚪！是的，那標本瓶中，約有兩吋高的水，和一塊拳頭大小的鵝卵石。

在水中，大約有十來條蝌蚪在游著！

當我又接近了一些時，我更看到，那十來條蝌蚪，有大半已然生出了四隻腳，快要變成小青蛙了。

在一個生物實驗室中，發現一個標本瓶，養著十幾條蝌蚪，本來不足以大驚小怪，很可能裘達教授養來觀察青蛙的生長過程。

但是，在整幢屋子幾乎沒有一樣東西能夠保持完整的情形之下，那一瓶蝌蚪卻能碩果僅存，這不能不說是一件奇怪之極的事。

我停了片刻，再繼續向前走去，到了那標本瓶之前，俯身將標本瓶捧了起來，我發現標本瓶上還貼著一張紙，紙上有四個字寫著。

那四個字，筆劃生硬，歪歪斜斜，一看便知道是小孩子的字，而那四個字是：「亞昆養的」四字。

「亞昆」，自然是一個人的名字，這個亞昆，不消說，一定是那瓶蝌蚪的主人。

那也沒有甚麼出奇之處，養蝌蚪，和在瓶上貼一張紙，寫明這蝌蚪是屬於誰的，這正是小孩子的行徑。可是問題卻來了，裘達教授未曾結婚，不會有孩子。而他對他的實驗室管理之嚴是人盡皆知，如何會在他的實驗室中，有那樣孩子氣的東西？

而且，亞昆是甚麼人？如果他是一個孩子，那麼他在甚麼地方？在這件案子中，他擔任著甚麼角色？他是被害了？還是失蹤了？

那是一件十分值得注意的事，至今為止，警方還一直以為只有兩個人是和案子有關，一個是死了的裘達教授，另一個是疑兇貝興國。

但顯然還有第三者在內，那第三者叫作亞昆，可能是一個孩子，現在下落不明。

我呆立了片刻，將標本瓶輕輕放了下來，放在原來的地方，突然，我的心中興起了一個十分古怪的想法，那時我之所以會產生那樣的想法，是很突然的，可以說沒有事實支持。

我突然想到的是，這一瓶蝌蚪之所以能夠得到保存，是不是那破壞者，特別喜歡蝌蚪？而最喜歡這瓶蝌蚪的人，應該就是牠們的主人亞昆。那麼引申下去，就可以得出一個結論：這一切破壞，是亞昆造成的！

我只是想了一想，便放棄了這個想法。因爲這一想法雖然在推理上站得住，但事實上，卻難以解釋得完滿。因爲，亞昆可能是一個孩子，孩子絕無能力造成那樣程度的破壞！

我再向實驗室其它部分看去，有許多籠子，本來可能盛載一些小動物，這時也全都毀壞了，籠中的小動物，自然也逃走了。

在幾隻被拉出來的抽屜中，我看到很多紙碎，那自然是裴達教授實驗的紀錄，但此際全被撕成了指甲大小的碎片！

我已幾乎看遍了整幢房子和整個實驗室。若說我沒有甚麼發現，那自然是說不過去的。但如果說我是有所發現的話，那麼我只是走進了越來越濃的迷霧之中！

或許，穿出了迷霧之後，我可以看到事實的真相，但是至今爲止，我發現我還在迷霧中！

我悄悄地退出了實驗室，再經過了屋子，通過了廚房，推開後門，來到了圍牆腳下。

到這時候，我完全明白警方的苦衷，警方雖然獲得了疑兇，但是卻也知道整件案子的案情，實在太過撲朔迷離！

那是一件棘手到了甚至難以對疑兇進行起訴的案子！我在圍牆下略站了片刻，爬上了圍牆，等那兩個警員又踱過牆角時，我便跳了下去，奔進了樹叢中，然後，我就離去。

當我駕著車回到市區中的時候，我一直在思索著，但是我卻無法在混亂之中覓出一點頭緒來。

我並沒有回家中去，而是走進了小郭的事務所。小郭不在，我用他的電話，和裘珍妮通了一次話。

我問裘珍妮：「你可知道，除了你哥哥和貝興國之外，那屋子中還有第三者？」

裘珍妮的聲音是十分吃驚的：「第三者？我想那不可能，哥哥連我也不經常肯招待，他一切飲食，全是自己照料的，只有興國和他住在一起。」

裘珍妮的回答，可以說早在我的意料之中，因爲如果她知道有第三者的話，她早就對我說了。

但是我還是問她：「那麼，你對一個叫『亞昆』的人，可有印象？」

「亞昆？」裘珍妮反問我。

「是的，他可能是一個孩子。」

「不知道，我從來也未曾聽過這個名字，我也不知道有甚麼孩子和我哥哥在一起。」裘珍妮頓了頓，才又道：「衛先生，如果事情十分困難的話——」

不等她講完，我便立時截斷了她的話頭：「事情的確很困難，但是我決不放棄，請你繼續聽我的消息。」

說完，我就放下了電話，然後，我又接通了傑克中校的電話，我第一句話就道：「中校，可要聽我提供裴達教授一案的新線索麼？」

傑克中校「哼」他一聲：「我真佩服你，任何事情。只要給你一搭上手，想要將你拋開，實在太不容易，你是一個臉皮厚到了人家打上來也不知痛的人！」

我早知道我如果和傑克中校再通電話，他決計不可能有甚麼好聽話講出來的，所以我聽了他的話之後，也根本不動氣，反倒存心氣氣他：「你說得很對，我有新線索，你不想聽了，是不是？」

傑克中校對於這件案子，顯然十分關注，因爲他終於道：「甚麼線索？」

「我認爲，你應該注意一個叫作『亞昆』的人。」我說得相當緩慢。

即使在電話中，我也聽到了傑克中校陡地吸一口氣的聲音，便聽得他道：「你是一個無賴，衛斯理，你老實說，你是怎麼知道亞昆這個人的？」

我笑了起來：「中校，你不必生氣，你不妨猜猜，我是怎麼知道的？」

傑克又罵了一連串十分難聽的話，但是他的聲調終於軟了下來：「喂，你不會將有關『亞昆』的事洩露出去的，是不是？」

我「哈哈」笑著：「當你剛才罵我的時候，我已經決定洩露出去了，但如果你的態度好轉，我想我可以改變決定。」

「你必須改變決定，因爲警方正在設置陷阱，希望這個亞昆自動投入陷阱！」

「那麼，警方對『亞昆』知道了一些甚麼？」

「不知道甚麼，警方只知道……在裴達教授的實驗室中，有他養的一瓶蝌蚪，而那是整幢屋子中唯一未被破壞的東西，我相信你也一定看到的了！」

傑克中校已料到了我翻進了圍牆，進過裴達教授的住宅，我自然也不必否認，我又道：「中校，這件事，我們如果合作的話，比較有利，你以爲我的提議是不是對？」

傑克中校考慮了半晌，才道：「或許是，但——」

我不容許他多作猶豫，立時便道：「既然如此，我想再見一見貝興國。」

傑克中校叫了起來：「你不怕他襲擊你？」

「我不怕，要明白那亞昆是甚麼人，唯一的捷徑，就是問貝興國！」

傑克中校又考慮了好一會，才道：「好的，我們也想知道，你來吧，我等著你！」

我放下了電話，立時離開了小郭的辦公室，想起第一次見貝興國的情形，有點不寒而慄，但是我還是必須再見他一次！

因為只有在貝興國的口中，我才能知道那「亞昆」是甚麼人，為了避免上次那種情形的再度出現，我決定不用直接的方法去問他。

所以，當我在傑克中校以及其他警官，神情緊張地打開囚室的門，又走進了囚室之際，我心中早已擬好了和貝興國談話的腹稿。

貝興國仍然面向著牆躺著，我進去之後，咳嗽了一下，他才翻過身來。

他雙眼有些失神地望著我，好像從來也未曾見過我一樣。我倒希望他不再記得我，因為若是那樣的話，我們可以有一個新的開始，而不必受上次見面不愉快的結果所影響。

我在離床前之四呎處站定，當然全神戒備。

我等他先開口，但是他卻冷冶地望定了我，一聲也不出。我只得先開口：「貝先生，我想向你問一個人，你肯回答？」

他望著我，像是一個反應十分遲鈍的人一樣，過了足有十秒鐘，他才點著頭：「可以。」

他的聲音，聽來十分疲倦，十分嘶啞。

我得到他的首肯，心中又生出了希望，我也用十分緩慢的聲調道：「我要問的那個人，叫作『亞昆』，他……大約是個孩子。」

這一次，貝興國的反應，卻來得十分之快，他立時道：「『亞昆』不是孩子。」

我大是高興，忙又問：「哦，原來『亞昆』不是孩子，那麼他是甚麼人？他現在在甚麼地方？」

貝興國望定了我，他只是那樣定定地望著我，我又忙道：「貝先生，你快說，那『亞昆』在甚麼地方？他，警方如果找到了他，那麼對你的處境，大有幫助，你快說。」

貝興國在突然之間，雙手捧住了頭，他臉上那種痛苦的表情，實在是難以形容，他的身子在劇烈地發著抖，他所發出的嚎叫聲，更是驚心動魄。

他終於叫了一句話來：「別再問我了，判我死刑，判我死刑，我有罪！」

我呆了一呆，一時之間，實在有點不知所措，貝興國自己認為有罪，自己認為他應該被判死刑，那麼別人怎能幫助他？

看他的情形，他的情緒分明在十分激動的情形之下，所以我又退後了幾步。

貝興國陡地站了起來，他喘著氣，仍然在嚎叫著：「判我死刑，我罪有應得，我殺了人！」

我深深地吸了一口氣，貝興國的雙手，緊緊地握著拳，令得他的指節骨，「格格」作聲，他的雙眼，突得十分之出，看來十分可怕。

我盡量使我的聲音，聽來平靜，我問他：「貝先生，你殺了甚麼人？」

他聽得我那樣講法，突然坐了下來，他並不是坐在床上，而是突然之際，坐倒在地上，由此也可見我這一問，令得他大受震動！

我之所以要那樣問他，是因爲我覺得他雖然自認殺了人，但是我卻不以爲他殺的是裘達教授。因爲裘達教授如果是他所殺，而且是用那麼殘忍的方法殺死的話，那麼在提到裘達教授的時候，他一定不可能再那麼恨。而這時，看他突然坐倒在地的情形，也可以證明我這一問，十分有理。他的確殺了人，但是被他殺死的卻不是裘達教授！

這又是一個意想不到的變化，他殺了甚麼人呢？他是在我提及了「亞昆」之後，才叫嚷著自己有罪的，那麼，難道他殺的是「亞昆」？

爲了要證明這一點，我又問道：「貝先生，死在你手中的，可是『亞昆』？」

他雙手抱著頭，頭低著，但是我還是可以聽得他在哭著，他一面哭，一面道：「我們殺了他，我們殺了他，我們殺了他！」

他一連講了三遍，但是我卻仍然有點不明白，我道：「你們？貝先生，你和誰？」

貝興國並沒有回答我這個問題，他仍然哭著，我耐心等著他，過了片刻，哭聲止住了，站了起來，轉過身去：「請你離去吧。」

我自然不肯就此離去：「貝先生，你還未曾回答我的問題，『亞昆』究竟怎麼了？」

貝興國回到床上躺了下來，他的聲音又變得十分疲倦：「我現在甚麼也不想說，我再也不願提那些事，你走吧，判我死刑好了。」

我提高了聲音：「你是受過高等教育的人，你應該知道判死刑不是隨便的事，而且，裘達教授又是怎麼死的?」

一提到裴達教授,貝興國又陡地跳了起來,神態獰惡地瞪著我。

但是我故意激怒他的,自然早有了準備,我也回瞪著他,他突然坐了起來:「你問他是怎麼死的?他自食其果,死有餘辜!」

我忙又問道:「他做了些甚麼?」

貝興國的樣子雖然憤怒,但是他卻十分理智,他斬釘截鐵地道:「我已告訴過你,過去的事,我再也不想提,我絕不會向任何人提起,你不必白費時間。」

我實在想不出,貝興國有甚麼不願告人的事,但是有一點,我可以肯定,那就是事情一定和「亞昆」有關。本來,在貝興國的身上,了解整件事的經過,是最方便的捷徑。

但是,貝興國說得如此之決絕,令得我實在無法再問下去,只好再另外想辦法了。

我呆了一會,試探著道:「或許,你會改變主意,譬如說,你的未婚妻裴珍妮,她對你十分關切,她堅信你是無辜的!」

貝興國搖頭道:「她錯了,我有罪,不論我受到了甚麼懲罰,都罪有應得,請你代我轉告她,我罪有應得!」

他講到這裏,臉上所現出的痛心之極的神態,任何演員都演不出!

我望了他片刻,才道:「我自然可以替你轉達那幾句話,但是我既然要轉達你的話,當然要轉達清楚，你說你罪有應得，你犯的是甚麼罪？」

貝興國的身子又震驚了一下：「我……我……犯了……犯了……」

他遲遲疑疑，像是十分難以講得出口，但是在停頓了半晌之後，他便抬起了頭來，現出了一個苦笑：「殺人，自然是殺人！」

「好，那麼，如果裴珍妮小姐問我，你殺的是甚麼人，我又該如何回答呢？」我又巧妙地問他。

貝興國的聲音變得極之苦澀，那種聲音只要一聽到，就會使人極不舒服，他道：「請她不必再問下去，我……說也說不明白的，請她別再問下去就是了。」

裴珍妮或者肯不再問下去，但是我卻不肯，我即使不能在貝興國的口中，問出全部事實真相來，我也希望多得一些線索。

是以我又立時道：「貝先生，你其實並沒有殺人，對不對？但是因爲某一個特別的原因，你卻承認了不是屬於你的罪名，對不對？」

貝興國大聲叫了起來：「不對，不對！」

貝興國叫得越是大聲，越是使我相信我的判斷對，我不理會他的叫嚷，自顧自道：「說出來吧，爲甚麼要承認自己殺人，如果不說出來，就算承認殺人，一樣不會減輕痛苦！」

我只當我這幾句話一說出口，貝興國一定又要大叫大跳，來否定我的說法了。

我已料定了他會有那樣的反應，而他如果有那樣反應的話，那就表示我的料斷正確，我就可以用別的話，將事實的真相，慢慢地擠出來。

但是，我卻失望了。

因爲在聽了我的話之後，貝興國的態度，反倒變得十分冷靜，他的聲音也平靜了下來，只是冷冷地道：「你說錯了，先生，不錯，我現在感到痛苦，但是我感到痛苦的唯一理由，便是我還未能走進死刑室去。」

我不禁呆住了。說我是被貝興國的神態嚇呆了，也未嘗不可。

傑克中校說得不錯，貝興國不是瘋子，他十分理智，十分冷靜，他自認有罪（看來我的料斷也不對頭），但是，他究竟犯了甚麼罪，或者說，他究竟做了些甚麼，才令得他感到自己是如此之罪惡，只求速死呢？

他是一個受過高等教育的人，當然有一定的道德觀。他這時，說他唯一的痛苦便是不能快死，那就是他的道德觀在譴責他。

那麼，他又何以會去做那有罪的事呢？

一定要貝興國講出心中的話，才能解決整個疑問，但是看貝興國的情形，他決計不肯說，因爲他又在囚床上躺下，背對著我。

又經過了十分鐘的努力，不論我說些甚麼，貝興國總是一聲不出，我嘆了一聲，敲著囚室的門，走了出來，傑克中校望著我：「衛斯理，他承認殺了人！」

我知道我和貝興國的全部談話，傑克中校利用了傳音設備，都聽到了。是以我一面點著頭，一面道：「但是，我想他殺的不是裴達教授。」

傑克中校揚起了眉：「有這個可能？到現在爲止，我們只發現了一具屍體。」

我的心中十分亂，亂到了我根本無法和傑克中校討論推理上的任何問題，我只是不斷重覆地道：「他一定做了甚麼，一定做了甚麼！」

傑克中校大喝了一聲：「你喃喃自語有甚麼用？得想法子自他的口中套出他曾做過甚麼來才好！」

我苦笑著：「我試過了，中校，你知道我試過了，他不肯說。你詳細檢查過裴達教授住宅，可有甚麼發現，譬如說，裴達教授或是貝興國的日記，或是其它的記載？」

「沒有，除了那一瓶蝌蚪之外，沒有完整的東西，而關於那瓶蝌蚪，我們也聽過心理學家的意見。」

「心理學家怎麼說？」

「心理學家看過了現場的情形之後說，整所屋子中的一切，遭到了如此嚴重的破壞，而那瓶蝌蚪能保持完整的唯一原因，就是破壞這一切的人，十分喜歡這瓶蝌蚪，那是他的心愛之物，所以才能保持完整。」

我點頭道：「對，照這樣推理下去，破壞者是『亞昆』，因爲除了『亞昆』之外，不會再有甚麼人喜歡那瓶蝌蚪！」

「對是對的，如果『亞昆』是破壞者，自然兇手也不會是別人，那麼，貝興國又犯了甚麼罪？」

我無法回答，因爲我覺得整件事中，一定有一個常理所不能揣度的關鍵，不勘破這個關鍵的話，不論向任何一方面想，也不論如何想，總是「此路不通」！

我搖著頭，道：「不知道，或許我們還要在屋子中進行一次大搜索，或是大清理，可能會有更多的線索。」

傑克想了一想：「你的意見或者對，但是我想再等多三天。『亞昆』如果真喜歡那蝌蚪，他會回來取。」

我道：「好的，你可以等多三天，但是你應該加派較能幹的警員去守候，如果『亞昆』像我那樣，進出自如，那你就白等了。」

傑克中校的神情，雖然有些尷尬，但是我看出他還是接受了我的建議。我又道：「三天之後，當你決定大清理之時，希望我能幫助你。」

「好的。」傑克中校十分爽快地答應。

他真正遇到困難，需要別人的幫助了，要不然他決不會那樣好說話。

在離開了警局之後，我想去見裴珍妮，但是我隨即又打消了這個念頭，因爲我第二次晤見貝興國，對事情的進展，一無幫助！

我回到了家中，將經過的情形，全都對白素說了一遍，她也一點頭緒都沒有。

我知道在貝興國的口中，極難套問出甚麼，所以我希望在清理屋子時，會有所發現，而那卻要等到三天之後。

於是我決定令我自己輕鬆一下，暫時將事情拋過一邊。但是到了午夜，事情卻又發生了變化。

當我被電話鈴聲驚醒之際，我看了看鐘，那是凌晨三時二十分！

三時二十分而被電話吵醒，心中總有點十分不自在，是以我拿起電話之後，並沒有出聲。我沒有出聲，自然聽到了對方的聲音，那竟是傑克中校的聲音。

我的精神爲之一振，傑克中校在那樣的時間打電話給我，那一定是裴達教授一案有重大的發展了，莫非他已經捉到那個「亞昆」了麼？

我忙道：「中校，甚麼事？」

傑克中校的聲音十分苦澀：「貝興國死了。」

我嚇了老一大跳：「他在警方的看管之下，怎麼會死的？」

傑克中校嘆了一聲：「一個人要找死，總很容易，他弄開了燈泡上的鐵絲網，弄下了燈泡，觸電死的，等我們發現時，已經沒有救了。」

我聽了傑克中校的敘述之後，不禁呆了半晌。

第五部：「合成計劃」

貝興國竟來不及等法律的裁判而自殺了，由此可見，他真是做了甚麼使得他內心負疚之極的事情，否則，他決計不會那樣。

我又忙問：「可有遺言？」

「有，他用拆下來的鐵絲，在牆上寫下了幾個字。」

「唸給我聽，快唸給我聽。」

「他這樣寫著：『我死了，罪有應得，別調查我們的死因，千萬別調查。』就那麼簡單的幾句！」

我吸了一口氣：「他的意思好像是說，裘達教授的死，和他一樣，罪有應得！」

「好像有這樣的意思，但是卻模稜兩可。在他的遺言中，可以肯定一點：他和裘達教授，在生前一定犯下了莫大的罪惡！」

「不錯，我和你的看法完全一樣，我們現在要做的事，便是——」

我才講了一半，傑克中校便已接了下去，道：「——我們要徹底搜查清理裘達教授的住所！」

我立時道：「你準備何時開始？」

「何時開始，自然是現在，我在那裏等你，你立時就來，看看我們可以發現甚麼。」

傑克中校的語氣十分急，那是必然的。因爲他一定無法隱瞞貝興國自殺的消息。而這消息傳了出去，警方便會遭受各方面的指責。

這種指責，可能十分之嚴厲，而唯一減輕這種指責的辦法，便是找出貝興國罪有應得的證據來，公諸於世。

我立時從床上跳起來，穿衣著鞋，奔了出去，跳上車子，將速度提高到每小時八十哩，衝向裴達教授的住所，我已經算得快了，但傑克比我更早到，我到達的時候，整所屋子燈火通明！

傑克至少指揮了一百個警員在工作，我找到了正在大叫大嚷的傑克：「中校，我們不能亂來，每一個地方找到的碎片，要放在一起，紙片歸紙片，木碎還木碎，要分門別類，最重要的是紙片，不論多麼細小，都要歸納起來，請你快告訴你的手下。」

傑克照我的話，吩咐了下去，而我們兩人，則各帶著五名警員，各自到了最重要的地方，他到裴達教授的書房，我到貝興國的臥室。

我也不耽擱，立時清理貝興國室中的一切紙片，那幾個警員將所有的紙片全拾起來，裝在一個竹筐中，我則再將紙片倒出來，分門別類。

揀拾出來的紙片，可以分成好幾類，很多是信，尤以裴珍妮寫來的信爲多，我已看熟了貝興國的筆跡，將所有不是他筆跡的字，全都剔去。

然後再行分類，我看出有兩大類，一類是他工作和實驗的雜記，另一類，則是字跡相當潦草的文稿，我勉強讀了碎片上的幾個字，看來是貝興國是正在寫一部文藝愛情小說。

那種小說內，自然不會有我所要的資料，我再將之剔去，就在那時，一個警員拿著手掌大小的一片紙片來，道：「這裏有較完整的一張紙，因爲塞進了抽屜的縫中，所以沒有撕碎。」

那紙片其實也是撕碎了的，但是紙片上總算有一句完整的句子，上面有一個日期，那是距今半年之前，然後是一行字：合成計劃今日開——

那句句子自然是應該「合成計劃今日開始」，只不過那個「始」字被撕去了。

那沒有甚麼用處，「合成計劃」自然是他們的實驗工作之一，而我們要找的，卻是兇案的重大疑犯的線索，是以我立時將紙片放在一邊。

我又忙了一小時左右，沒有發現，到裴達教授的書房中去看傑克。傑克滿頭大汗，也在採取我的辦法，將所有的紙碎分類。

他看到了我，忙向我招手：「來，來，你看這個，可有甚麼特殊的意義？」

我向他所指的看去，在桌上，他將一種淺綠色的硬紙，拚成了殘缺不全的長方形，那是一本摘記簿的面，上面寫著「合成計劃」四個字。

在那四個字之旁，還有一行小字：劃時代的計劃。

我皺起了眉：「看不出有甚麼特殊的意義，在那邊，我也看到寫有合成計劃字樣的紙片，但那只不過證明那是他們實驗的一個計劃。」

傑克問我：「他們想合成甚麼呢？」

「我自然不知道，或許是人工胰島素，或許是更進一步的具生命的蛋白質，那只要到大學去了解一下就可以了，我想和案情無關。」

傑克嘆了一口氣：「那麼，我不相信還能發現任何東西了，我也找不到任何有關『亞昆』的記錄，只是發現教授原來也賭馬！」

我呆了一呆：「這是甚麼意思？」

傑克將在桌上堆成一堆的卡片碎，堆到了我的面前，道：「你自己看吧。」

我拿起了其中一些，攤在手掌上，有兩張上面寫著一個「Q」字，接著便是一些數字。數字很簡單，全是兩位數，最多不超過十八。

我苦笑了一下，道：「你以爲教授是在賭連贏位？」

「我想是的。」

我正準備將那些碎片順手拋去，可是剎那之間，我的心中，陡地一動，我道：「中校，教授是一個生活極有規律的人，他不可能是賭徒！」

傑克呆了一呆，道：「照理說是不會的，可是那個Q字，又有甚麼意思？」

「中校，你看那Q字，會不會代表著『亞昆』？」

傑克呆了一呆，忙回頭道：「你們兩人，合力將這疊碎片湊起來，盡可能湊回原形。」

「是！」兩個警員將那一堆紙片接了過去，而我在無意之中，卻在一片紙碎上，看到了一個日期，我十分熟悉那日期，因爲我看到過，那正是「合成計劃」開始的那一個日期！

這可以說是一項極重大的發現！

這使那些碎紙上的數字，和「合成計劃」聯繫了起來。而「Q」如果代表了「亞昆」，那麼，合成計劃，也和整件事有關了。

所以，我和傑克中校兩人，都十分興奮，我們將所有有關的紙碎，全部拼湊了起來。但是過不了多久，我們又失望了。第一，我們找不出「Q」就代表著「亞昆」的確鑿證據。找不出確鑿的證據來，一切就只是我的臆測。第二，在我們湊成的紙碎上看來，那些數字，全一點意義也沒有，除了那日期之外。

那日期是「合成計劃」開始時的日期，而其餘的數字，究竟代替了甚麼，只有天曉得。

而我和傑克中校兩人，都實在感到很疲倦了，我們在地上坐了下來，各自苦笑。

傑克中校先開口，他搖著頭：「沒有結果，一點結果也沒有，唉，我看只好將所有的材料放入檔案，列入懸案！」

傑克中校準備放棄本案了。

的確，這件案子可以列入「懸案」，因爲案中有死者，有疑兇，疑兇「畏罪自殺」，那麼自然沒有甚麼可以繼續偵察的了。

如果傑克中校就此不過問這件事，他也不能算是不盡責，因爲整件事都十分神秘，超乎警務工作的範圍之外。

但是我卻無意放棄，事情越是神秘，我越是要探出它的真相來。

所以，我略呆了一下，才道：「中校，如果你要將這件案子歸檔，那麼，移交給我來作私人偵察，不管有結果或是沒有結果，都不關你的事，好麼？」

傑克中校也望了我半晌，才道：「你好像是對我在威脅甚麼？」

「不，不，我沒有這意思，我是說，作爲警方的工作而言，可以到此爲止了！」

「哼，那要像你這種好奇心太強的人不再活動才行！」

「中校，我管我活動，我在暗中活動，不將我的活動公開，那和你不發生關係！」

傑克中校一字一頓：「記得，不能公開！」

我點了點頭，傑克中校站了起來：「那麼，再見了，我決定撤退，回去寫報告，從此忘記這件事，請你也別再在我面前提起這件事來。」

這當然就是傑克中校的「條件」了。那樣的條件，十分容易接受，立時點頭，傑克站了起來，下令收隊。

警員的行動素經訓練，不到十五分鐘，所有的警員全收隊回去，離開了裴達教授的住宅，我聽到一輛又一輛警車離去的聲音，住宅的燈火，也全熄去，只有我所在的那間，還亮著燈。剛才還是鬧哄哄，幾乎天翻地覆的屋子之中，靜得一點聲音也沒有。我向窗外看去，天已經矇矇光了。

我站了起來，來回踱了幾步，決定以後應該做的事情：向大學方面去詢問，裴達教授的「合成計劃」，究竟是怎麼一回事。去調查「亞昆」的下落，他是案中的一個主要關鍵。

我的腦中一片混亂，我關掉了電燈，靠牆坐了下來，晨光矇矓，我開眼養著神，想趁天亮之前，略爲休息一下。

當然，我無法睡得著，思潮起伏，不知要想多少事。

最後，我得出一個結論，從我第二次和貝興國會面時，貝興國所說的一切看來，貝興國和裴達教授兩人生前，一定合力在做著一件罪惡的，不可告人的事情。

因爲貝興國說裴達教授「罪有應得，死有餘辜」，而也承認他自己「有罪」，最後，他甚至爲了他自己的罪而自殺！

我也可以推測他們兩人犯罪的關係：裴達教授是主動，貝興國被拖下水，所以貝興國才會那樣恨裴達教授。

當我想到這裏的時候，我的心中更是駭然，裴達教授和貝興國究竟在做甚麼事？那可以有太多的揣測。他們兩人或許是和大規模的販毒集團在用新發明的方法，大量製造毒品！他們兩人也可能將新的生物學上的發現，交給外國特務集團，他們兩人可能……

當我在沉思這些設想之際，我的頭像是整個要脹了開來一樣，不禁長嘆了一聲。

而隨著我那一下長嘆聲，我突然聽得屋外，傳來了「嘩啦」一聲響。

在寂靜的清晨中聽來，那一下聲響，可以說得上十分驚人！

我立時站了起來，奔到了窗前，循聲向外看去。我只向外看了一眼，便已然肯定，那一下聲響，是從實驗室中傳出來的。

我立時衝出門，向實驗室奔去。實驗室中的一切，和我上次偷進來的時候，似乎並沒有甚麼不同，仍然是那樣地凌亂。

但是，我卻立即發現，一隻木架子新倒下來，因爲那木架子恰好擋在門前，如果它是早已倒下的話，那麼我上次一定不能順利進入實驗室。

而那隻木架自動倒下來的可能十分少，所以我立時站定，喝道：「誰？誰在這！」

我沒有再說甚麼，我們兩人，默默相對，後來，又在一種極其迷惘的心情中，陽光射進了實驗室來，使我可以更清楚地看清實驗室中的一切。

而當我的目光停留在實驗室的中央部分時，我不禁突然呆了一呆：那瓶蝌蚪不見了！

那瓶蝌蚪，那瓶使我們知道有一個人叫「亞昆」的蝌蚪！

傑克中校特意留著那一瓶蝌蚪，希望那個「亞昆」會回來取它，而它現在不見了。是不是「亞昆」已回來取了它？那木架又是不是「亞昆」在帶著那瓶蝌蚪離去的時候撞倒的？「亞昆」可能一直在附近窺伺，但因爲屋子外一直有警員，所以他才不敢而來，現在警員剛一撤退，他就來了！

如果我的推測不錯的話，那麼，「亞昆」一定還走不遠，我可以追到他！

我連忙退出了實驗室，「亞昆」可能直奔大路去，是以我也奔到了路邊，可是我看不見有甚麼人，我大聲叫道：「『亞昆』，你出來，我有話和你說！」

我一連叫了七八下，但是卻並沒有人回答我，在公路上駛過的車子，有的甚至停下來看著我。我知道只是叫喚是沒有用的，是以我又開始在路邊的樹叢中尋找了起來，我在樹叢中發現一條小路，那小路通到一個山坡去，我循著那條小路，繞過了山坡，我看到的是一座相當荒涼的山頭。

我又大聲叫了起來：「『亞昆』，『亞昆』！」

在空曠的地方，我的叫聲，引起了陣陣回音。但仍然得不到任何回答。

我已經決定放棄搜尋，但是在這時候，一低頭，卻看到了就在我腳下不遠處，有一隻圓形的玻璃蓋子。那正是標本瓶的蓋子！那一項發現，實在使我高興之極！

我推測那木架之所以倒下，是因爲「亞昆」向實驗室取去了那瓶蝌蚪之後，倉皇退出來的時候撞倒的，因為在實驗室中的那瓶蝌蚪同時也不見了。

而如今，我又在這裡看到了那玻璃瓶蓋，那麼，「亞昆」帶了那瓶蝌蚪，自然是向這個方向來，我只要繼續向前去，就可以找到他。

在整件神秘莫測的事情中，「亞昆」是一個極其重要的人物，現在，可以有和他相會的把握了，那也就是說，我可以揭開整件事的神秘外衣，心中如何會不高興？

我連忙加快腳步，向前走去，不一會，在穿過了一大叢灌木之後，來到了一個很狹窄的山洞洞口之前。「亞昆」在那山洞之中，似乎毫無疑問了！

我對著山洞大叫道：「『亞昆』！『亞昆』！」

我的聲音，在山洞之中，響起了陣陣的回音，從回音的聲響聽來，那山洞的入口處，雖然十分狹窄，但是內裡一定非常之寬敞。

我叫了幾下，除了回聲以外，聽不到別的聲音。

我又道：「『亞昆』，我知道你在山洞之中，我進來找你，你不必害怕，我對你沒有惡意。」

我在才一知道「亞昆」這個名字之際，就斷定他是一個孩子，但是，貝興國卻說他不是孩子，就算不是孩子，那麼他一定也是一個孩子氣的人，不然，他何以要養著那一瓶蝌蚪呢？

成年人或者也會養上一瓶蝌蚪，但是成年人卻絕不會在發生那樣的事情之後，再回到裴達教授的實驗室中去取回那瓶蝌蚪！

所以，我先要說幾句話，哄哄在山洞的「亞昆」，表示我沒有惡意，使他不要再躲著我。

而就在那句話剛一出口之際，我又聽到，在山洞的深處，傳來了一下玻璃的碎裂聲！

本來，我料定「亞昆」是在山洞之中，只不過是一種推斷，然而在聽到了那一下玻璃碎裂聲之後，那卻已是百分之百的事實了。

我低著頭，鑽進了那山洞。

不出我所料，那山洞的入口處，雖然相當窄小，但是裡面卻十分寬大。

但也上因爲洞口十分狹小之故，是以洞裡面，十分黑暗，甚麼也看不到。

我也沒有打算自己會處在一個黑暗的環境之中的，是以我並沒有帶著電筒，本來，我可以利用打火機來照明的，但是我卻並沒有那樣做。

一則，打火機照明的效果不是十分好。二則，一進山洞之後，一股潮濕陰涼的空氣，使我想到，我可能是置身在十分危險的情形之下。因爲破壞教授的住宅，殺死教授這種事，也有可能是「亞昆」做出來的。

所以，我非但不曾燃著打火機，而且邊放輕了腳步，我先打橫走了出去，直到我的雙手，可以摸到了潮濕的洞壁，我才繼續向前走去。

我每走出十來步，便停下來聽上一會，想聽到甚麼聲息，以肯定「亞昆」的所在。

但是，我卻甚麼聲音也聽不到，山洞之中，靜到了極點，我在半小時之內，已繞著山洞，轉了一轉，可是仍然不知「亞昆」在甚麼地方。

我不得不開口叫：「『亞昆』！」

我的聲音並不十分高，但是山洞中的回音，卻十分驚人，幾乎是「轟」地一聲，突然響了起來，將我自己也嚇了一跳。

在轟然的回聲中，我突然聽到我的左側，響起了一種像是咆哮也似的聲音。那聲音不是十分宏亮，但是聽來卻令人駭然，我連忙轉向左：「『亞昆』，我知道你在甚麼地方，你出來，你跟我一齊出山洞去！」

我一面說，一面向前用力望著。

我在山洞中已然超過半小時，不像才一進來時那樣，眼前只是漆黑一片。但是向前看去，要看清甚麼，還是十分困難。

如果山洞中有人，而那人只是蹲著或站著不動的話，我仍然看不見他。但是現在我卻看到了一個黑影在移動。

第六部：力大無窮來去如風

那黑影像是在晃著身子，我看不清，只是依稀可以辨出，那是一個人。

那一定是「亞昆」，我向前走去，取出了打火機，「吁」地一聲，按著了打火機。

火光一閃，我看到了那黑影。

我也已準備好了話要說，是以在火光一亮的時候，我已開口道：「『亞昆』——」但是，我只講了一個字便呆住了。在一剎那間，我真是呆住了，只覺得我的身子不再屬於我自己所有！

那可以說是我一生之中最最恐怖的經歷之一，因爲那全然出乎我的意料之外，當我在影影幢幢看到了那個黑影之際，我肯定那是「亞昆」，當時不論想多少別的事，都不會想到在火光一閃之下，我看到的竟會是那樣可怖的怪物！我看到的，實在不能算是一個人！那只是一個怪物！那怪物有著人的身體，他幾乎赤身露體，下身圍著一塊布。兩腿短而粗壯，雙臂也是又圓又粗，使人一看到這樣的兩條手臂，便覺得它們強而有力，這一切還不能說是太可怕，因爲那只不過是一個四肢發展得較爲畸形的人。

但是那怪物的頭部，實在太可怕了，他的頭頂簡直是平的，好像被利刃削過，頭頂上非但沒有頭髮，而且我還清清楚楚地看到了四隻螺絲，鑲在一塊塑膠板上。那塑膠板完全和他頭部的其它地方連結。

那怪物也有五官，他的五官雖然醜陋，但也不能不承認，那是人的五官，只不過他的雙眼之中，卻射出了一種混濁的棕黃色來。

當打火機的火光一亮，我看清楚了那怪物的尊容之際，那怪物就用那種可怕的眼光，打量著我！

我心中的震駭，實在難以形容，張大了口，大約是想自然而然地發出驚呼聲，但是實際上卻一點聲音也發不出來。

我和那可怕的怪物，足足相持了一分鐘之久，我並不是喜歡和那怪物面對面地站著，而是實在太意外了，一時之間僵立著，難以移動自己的身子。

一分鐘之後，是那怪物先出聲，在他的口中，發出了一種含混不清的聲音來，接著，我看到他兩條手臂向下垂，我不期然一低頭，看到在他的身前，有著許多碎玻璃，那正是那隻打碎了的標本瓶！

一看到那些碎玻璃，我更是吃驚，毫無疑問，那怪物就是「亞昆」！

那樣的一個怪物，如何會出現在裘達教授的住所？又如何能用裘達教授的標本瓶來養蝌蚪？他究竟是不是人？和裘達教授又有甚麼關連？

片刻間腦中亂到極點，終於發出了一下驚呼聲來。

可能是我的那下驚呼聲，激怒了「亞昆」，也可能是「亞昆」早已準備向我攻擊，就在我剛一出聲間，「亞昆」突然向我撞了過來。

我在亮著了打火機之際，和「亞昆」已然相隔得很近，他突如其來地向我撞過來，我立時向旁，跳了開去。若不是我在中國武術上，有著相當過得去的造詣，我一定被他撞中。

在我向旁跳了開去之際，打火機熄滅。

雖然眼前陡地變得漆黑，但是我也可以知道，在未曾撞中我之後，「亞昆」的身子，向前直衝了出去。我也正在慶欣自己的一避，避得及時。

然而，就在一剎那間，「砰」地一聲，我的左肩，已然受了重重的一擊！

那一擊的力道，是如此之大，令得我的身子，斜刺裏向外直飛了出去，重重跌在地上，險些昏了過去，我的左肩上像火燒一樣地痛，我勉力向前爬了兩步，在那剎那間，我心中所想的只是在山洞中除了「亞昆」之外，還有另外一個人在！

而那另一個人，一定就是出其不意地攻擊我的人！

我之所以如此想，是因爲我淸楚地知道，「亞昆」在撞不中我之後，身子向後衝了出去，他實在是沒有可能在那麼短的時間內，回身向我攻擊！

但是，我的想法卻立即被事實推翻！

我聽到「亞昆」所發出來的那種含混不淸的聲音，根本無法聽得出他在叫嚷些甚麼，但是我卻聽得出他的聲音，忽東忽西，在一秒鐘之內，可以移動十幾碼，動作敏捷之極！

我掙扎著站了起來，左肩仍然痛不可當，左臂軟垂著不能動。

「亞昆」的手中並沒有兵刃，他徒手的一擊，竟可以造成如此的傷害，氣力之大，可想而知。

他有那麼大的氣力，而他的行動又如此之快，將這兩點聯想在一起，我立時想起裴達教授的住所和他的那座實驗室來。

這兩處所在，都遭到了極其徹底的破壞，這種破壞，看來絕不是一個人在短時間內所能完成的。

但是「亞昆」卻可以做得到這一點，因為「亞昆」的行動如此快疾，快得幾乎和猿猴一樣！

我也意識到我的處境十分危險，我必須設法離開這山洞，當然，最好我能將「亞昆」固定在這山洞中，等我去通知傑克中校。

但是我卻不敢太奢望，因為我左肩已然受傷，我不能和「亞昆」對敵，我也經不起他再度的攻擊，而他正在滿洞飛奔，我如果一不小心，又會給他撞倒！

我勉力鎮定心神，緊貼著洞壁，慢慢地向前移動著身子，循著「亞昆」所發出來的聲音，有時我可以看到「亞昆」的黑影，飛快地掠過。

剛才我曾經清楚地看到過「亞昆」的外形，他是一個手短、腳短的怪人，但是他行動之快捷，卻絕對在百公尺賽跑的世界冠軍之上。

有好幾次，他幾乎是直撲我而來的，但是他顯然不能在黑暗中看到我，所以他並沒有撲中我。但是我卻可以看得他更清楚。

他以極高的速度衝向洞壁，眼看他一定要重重地撞向洞壁了，但是他兩條短而粗的手臂，卻立時伸出來，在洞壁上按了一按，一個倒栽筋斗，身子立時又向後倒翻了出去，在不到十分之一秒的時間中，又掠了開去，沒入黑暗之中了！

他的行動是如此之快，那簡直令人難以相信，他的那種動作，只使人想到武俠小說中的「武林高手」的那種被小說家誇張了的動作！

我緊張得幾乎不敢透氣，向洞口移動著，將到洞口，一矮身，便準備向洞口外衝了出去，但是在一剎那間，我卻犯了一個錯誤。

我未曾想到，我一到了洞口，遮住了從洞口中射進來的光線，「亞昆」就發現我了！而「亞昆」的動作是如此之快，我根本還未曾衝出山洞，「亞昆」已到了我的背後。

我並不是一個反應遲鈍的人，覺出「亞昆」已到背後。但是卻連轉過身應敵的機會也沒有，身後便已受到了重重的一擊！

幸而我是彎著身，準備衝出洞去的，是以那一擊，只是擊在我的腰際，而不是擊在我的後背心。

但是那一擊如此之重，令得我向前直撞了過去！我身手十分敏捷，在跌出山洞之後，打了一個滾，順手抄起一塊石頭，看到「亞昆」也衝出了山洞。

在日光下看來，他頭頂上的四枚不銹鋼的螺絲，閃閃生光，可怖之極，我用力拋出了手中的石頭，那石頭擊中了「亞昆」，將他的來勢阻了一阻。

我奮力跳起，向前疾奔去，我受了「亞昆」的兩擊，才奔出六七步，又跌倒在地上，我喘著氣，我知道我非再跳起來不可，我大聲叫了起來，一面叫，一面又再度躍起。

我一生之中，不知曾遇到過多少強敵，但是我卻從來也沒有如此之狼狽過。

才一躍起，「亞昆」又已趕到了我的身前，我用力一拳向他擊去，但是別看他的手臂短，出拳之快如閃電，我才打出一拳，他的拳頭已先擊中了我。

不但他的出拳快，而且他的拳頭有力，那一拳擊中了我的胸口，我聽到了自己肋骨斷折的聲音，人也整個向外跌了出去。

在我跌出去之後，已到了路邊，看到一輛汽車駛過來，只向那汽車招了招手，便仆倒在路上，昏了過去。

當我終於又醒了過來的時候，睜開眼，便知道是在醫院中。

我的腰際、左肩和胸口，仍然隱隱作痛，我的面色一定十分難看，因爲我看到白素坐在病床前，在抹著眼淚，而還有一個人在來回踱著方步。

那人是傑克中校。

我發出了一下呻吟聲，傑克中校立時停止踱步，轉過身來：「衛斯理，發生了甚麼事？你和甚麼人打過架？你怎會給人家打傷的？」

白素也道：「是誰打傷你的，誰有那麼大的本領？」

我苦笑著，傑克和白素都是知道我有著極好的武術基礎的，而我的傷，又顯然是徒手造成的，能夠勝過我的人，一定是了不起的人了！

我苦笑了一下：「『亞昆』。」

「你見到了『亞昆』，他是甚麼人？」傑克立時問。

我再度苦笑：「他？我甚至不能肯定他是不是人！」

傑克呆了一呆，用一種十分奇怪的眼光望著我，看他臉上的神情，像是他在懷疑我究竟是不是已醒了過來，還是仍然昏迷。

白素也立即問：「你那樣說，是甚麼意思？」

我忍住了疼痛，想坐起來，但是竟不能做到這一點，只得叫白素替我將病床的前半截抬起一些，好讓我躺得比較舒服。

然後，我才將我如何聽到了一下聲響，追了出去，在山洞中見到了「亞昆」種種經過，講了一遍。

我的敘述，令得傑克和白素兩人，呆了好半晌，所以我在講完了之後，仍然可以說出我的結論：「毫無疑問，一切全是『亞昆』造成的，實驗室和裴達教授住宅遭到破壞，那種破壞的程度，除了『亞昆』之外，根本沒有人做得出來，甚至裴達教授的死亡——」

我講到這裏，略停了一停，傑克已叫了起來：「裴達教授也是『亞昆』下手殺害的！」

我點頭道：「正是。」

傑克的兩道眉，幾乎打成了結，他苦笑著：「照你的敘述聽來，『亞昆』是兇手，但是，卻還有兩個疑問。」

我不等他將那兩個疑問提出來，便已經先講了出來，因爲我知道，他心中的兩個疑問，必然就是我心中的那兩個疑問！

我道：「第一，那『亞昆』究竟是甚麼？他是怪物？是外星怪人？還是和我們一樣的人？第二，既然從各方面來判斷，『亞昆』是兇手，那麼，爲甚麼貝興國在被拘捕之後，非但不替自己辯護，反倒一口咬定他自己有罪呢？」

傑克連連點頭：「是，就是這兩個疑點，實在難以解釋。」

我已然感到十分疲倦，但是還有幾句話，非說不可：「最快解決問題的方法，是拘捕『亞昆』來查詢研究。」

傑克道：「是，我立時派人去圍捕他。」

我揚起了手：「中校，要千萬小心，不論他是甚麼怪物，他極危險，我的遭遇已說明了這一點，你要挑選身手最好的警員，要小心從事，更要警員不可向他開火，我們必須生擒他。」

傑克握了握我的手：「我知道，衛斯理，謝謝你提供這許多線索給我，我會小心，事情一有進展，我立時告訴你，你好好地養傷吧！」

傑克中校走了，醫生和護士接著進來，給我服食鎮靜劑，使我能夠徹底休息。

第二天，傑克中校又來了，他的搜捕工作，沒有成績。第三天，第四天，傑克中校仍是一無所獲。

傑克中校顯得十分沮喪，而我的傷勢，則已漸漸痊癒了，一星期之後，我已完全康復了。

像我那樣喜歡活動的人，在醫院中躺了一個星期，那滋味實在不好受，我出院之後，第一件事，便是駕著跑車，繞著市區，用可能的最高速度，兜了一圈，去拜訪裴珍妮。

當我看到了裴珍妮的時候，我幾乎不能相信自己的眼睛，裴珍妮顯然因爲接二連三的打擊而變得憔悴，她的雙眼也變得呆滯，和以前判若兩人！

我和她在會客室中坐下，她第一句話便道：「衛先生，我只怕自己已料錯了，興國真可能有罪，不然他爲甚麼要自殺？他真是自殺的麼？他——爲甚麼要犯罪？」

從這幾個問題聽來，裴珍妮精神恍惚，已到極點，我自然得好好想一想，如何開始對她講話才好，因為她這時的精神狀態，經不起任何打擊。我吸了一口氣：「裴小姐，這些問題，我們竭力在探索，警方的負責人，已與我充分地合作，我想再問你一下，對『亞昆』這個人，你難道真的一點印象也沒有麼？」

裴珍妮搖著頭：「如果我對『亞昆』這個名字有印象，那麼我早就在上一次告訴你了，為甚麼你一再問起他？他很重要？」

我沒有再和她繼續討論「亞昆」，也沒有告訴她「亞昆」究竟是甚麼我們也沒有確定。接著，我只是問了一個日期，那日期便是在貝興國的筆記簿上寫著「合成計劃」開始的日子，我問道：「你對這個日子有甚麼特別的印象？」

裴珍妮皺起了眉，道：「那我可記不起來了，這是幾個月之前的事情了，如果我查一查日記，在這一天發生過甚麼事，我可以查得出。」

我忙道：「那請你快去，這一天發生的事，十分重要。」

裴珍妮走出了會客室，幾分鐘之後，她便拿著日記簿走了進來，翻著，然後道：「那一天，本來我和興國有約，但是他臨時打電話來推掉了約會。」

「為甚麼？有要緊的事？」

「是的，我記起來了，他在電話中對我說，他和我哥哥，開始了一項極其重要的研究計劃，那是人類歷史上從來沒有的，那計劃叫……叫……」

我連忙道：「叫合成計劃！」

「對，叫合成計劃，你已知道了？」

我忙道：「不，我只是知道了這個計劃的名稱，對於它的內容，一無所知，裴小姐，你要切實告訴我這個計劃的內容！」

裴珍妮惘然一笑：「只怕我不能告訴你甚麼，衛先生，對於他們的研究計劃，是從來也不感興趣，你知道，我是學音樂的。」

我道：「如果那真是人類歷史上從來也沒有過的計劃，那麼貝興國可能會對你提起過它的內容，你要想一想，好好地想一想，那十分重要！」

裴珍妮閉起了眼睛，好一會，才道：「不錯，就在那天的第二天，我們見了面，他對我說，他反對這個計劃，但我哥哥不肯聽。我曾打電話問過哥哥，為甚麼他和興國起了衝突，他說——」

我興奮之極，因為裴達教授有關那計劃的話，自然是重要之極的！

是以我急不及待道：「教授說甚麼？」

裴珍妮道：「我從來也不知道我哥哥是那麼衝動的人，他一聽得我問他，便說了貝興國很多的壞話，最後，還下了一個結論，說貝興國是一個困於世俗觀念，沒有科學熱忱的人，像他那樣的人，是永遠不會成爲一個偉大的科學家。」

「哦！」我有點吃驚於教授的武斷：「你哥哥未曾提起計劃的內容？」

「沒有，我也沒有問他。」

「那麼，你總和貝興國提起過這件事！」

「提起過的，興國卻只是苦笑，他說我哥哥的確是一個偉大的科學家，而他卻是一個普通人，如果要做一個偉大的科學家，必須放棄做一個普通人的話，那麼他寧可不要做偉大的科學家。」

我來回地踱著，我的態度十分焦躁，因爲我想不出何以貝興國要如此說，我嘆了一聲：「裴小姐，可惜你對他們的計劃一無所知，不然，對於揭開這神秘的事情，一定大有幫助！」

裴珍妮像是十分抱歉地望著我，我又加強語氣：「現在，我甚至可以肯定，一切事情，全是由他們的那個『合成計劃』而起的！」

我逼視著裴珍妮，希望能夠使裴珍妮多記起一些有關的事來。

但是裴珍妮仍然是搖著頭。

我抱著無可奈何的心情，回到了家中。我想，世上如果沒有人知道「合成計劃」究竟是甚麼，或是再也找不到「亞昆」的話，那麼這一切，要成永遠的秘密了。

從那一天開始，我又在大學中調查了一個時期，我調查的對象是裴達教授的同事，和裴達教授的同學。可是他們之中，卻沒有一個人知道「合成計劃」是怎麼一回事。

看來，那一定是人類科學上的一項創舉，因爲裴達教授曾將之形容得如此偉大，而且，卻如此嚴密地保守著秘密。我也可以約略知道，要實行這個計劃，一定要有驚人的想像力和工作毅力，因爲裴達教授的助手貝興國，就曾因這個計劃而興他自己是普通人之嘆！

但是我所知卻也僅此而已，一直到半個月之後，事情才有了新的發展。

那天早上，我翻閱著報紙，在報上有一條不甚顯眼的新聞，說在市區以南，約十五哩的一個偏僻鄉村中，有一個豬欄，被徹底搗毀，欄中的十幾頭豬，全被重物壓死，好像是有猛獸來過，鄉民都表示十分恐懼，希望警方派人去保護云云。

我立時取出了地圖，先在地圖上找到了那個小村，然後，循著一條路，那條路一直向北伸展，經過裴達教授的住所，自然也經過我見到的那個山洞。

也就是說，「亞昆」如果順著這條路逃下去，會到達那個村莊。

對了，我一看到了那段新聞，便認爲那是「亞昆」做的事，只有「亞昆」才有如同猛獸一樣的破壞力，我立時打電話給傑克。傑克卻因公到外地去了。

傑克已離開，那證明警方已將裴達教授的案子歸檔，不準備再徹查。但是我卻還不肯罷休，只要有一分線索，就要追查到底！

我立時出門，駕著車，一小時之後，我已將車子停在那小村的村口，一條小路，可以通到村莊中去。

第七部：一個白痴

那是一個十分偏僻的小村莊，大約只有十來戶人家，我的出現，首先吸引了七八個衣衫襤褸的兒童，他們一齊叫道：「記者又來了！記者又來了！」

他們那樣叫，當然表示昨天記者曾經來過，我向他們笑了笑：「昨天被人破壞的豬欄在甚麼地方，誰能帶我去看看？」

七八個兒童一齊叫了起來，向前奔去，我跟在他們的後面，可是才走了不多遠，一個中年人便迎了出來，那中年人面有憂色，見到了我，嘆了一聲：「記者先生，你們城裏人有知識，那是甚麼怪物啊？」

我笑道：「我還未曾看到那豬欄，難下結論。」

那中年人道：「我是村長，你看，就在那面。」

我循他所指看去，只見一堆亂石塊，如果那原來便是一個豬欄的話，那麼，豬欄已被完全推倒了。

村長又道：「最奇怪的是，這事情發生在夜晚，可是村中的十幾條狗，卻一條也不叫，狗怎麼會不叫？」

狗怎會不叫？事情的確有些不尋常，偏僻鄉村的狗最會吠陌生人，現在我和村長講話，便不得不將聲音提得十分高，就是因爲在我們的身旁，有十幾條狗在大聲吠叫。

我向前走著：「除了豬欄被破壞之外，還有甚麼損失？」

「有，劉家寡婦，少了一些無關重要的東西，她家的門被拆了下來。」

「失去的是甚麼？」我大感興趣。

「沒有甚麼，都是『亞昆』用的、玩的一些東西。」村長毫不經意地回答著。

村長可能認爲他的話是絕不重要的，但是他的話卻令得我直跳了起來！

「亞昆」！我竟在這裏聽到了這個名字，這個名字竟從村長的口中講了出來，這是何等驚人的發現，那真是意想不到的發現。

我一直以爲這個名字，只有我和傑克中校才知道。「亞昆」是裴達教授案中，十分重要的一個人物，他的名字，怎會在一個偏僻的鄉村的村長口中說出來？

一時之間，我幾乎懷疑自己的耳朵，以爲我是聽錯了，我忙反問道：「你說甚麼人？『亞昆』？」

村長卻並不以爲奇，他點頭道：「是的，『亞昆』。」

我盡量使我的講話的聲調慢些，因爲我心中太急於知道事實真相了：「村長，『亞昆』是甚麼人，你詳細告訴我，這事情太重要了！」

村長用十分奇怪的眼光看著我，他當然不知道我所指的「重要」是甚麼意思，而我也難以向他解釋清楚，是以我只是催道：「你告訴我『亞昆』的一切就可以了。」

村長道：「也沒有甚麼好說的，『亞昆』是劉寡婦的兒子，一個白痴。」

「白痴？」

「是的，他生下來的時候，人人都知道他不正常，他父親因此氣死，可是劉寡婦卻仍然將他當作寶貝，辛辛苦苦將他養大！」

我道：「村長，『亞昆』是白痴，白痴是要等他長大了之後才知道的，你說他一出生就不正常，那卻是甚麼意思？」

村長皺起了眉，他顯然不明白我如何會對一個白痴那樣有興趣，而且他也已經覺得有點不耐煩了，但是他還是回答了我的問題：「那是人人都可以看得出來的，他的手和腳——」

我不等他講完，便失聲道：「他的手和腳都特別短，特別粗壯，是不是？」

村長點了點頭：「咦，你怎麼知道？」

我卻沒有回答村長這個問題，因爲這時，我的心中，亂到了極點。毫無疑問，我在山洞中見到的那個怪物「亞昆」，就是這個村中，劉寡婦的兒子「亞昆」！

但是，何以劉寡婦的兒子，會到裴達教授的實驗室中去養蝌蚪？

而且，我在看到「亞昆」的時候，「亞昆」的頭頂上，好像鑲著一塊塑膠板，而且還有幾個螺絲，看來十分詭異，那又是爲甚麼呢？

來。

我感到我已然應該可以想出甚麼了，但是在我面前的，卻只是一堆亂絲，理不出一個頭緒來。

村長看到了我不說話，便叫了我幾聲，我只是隨便應著他，村長道：「先生，你爲甚麼問起『亞昆』來，你以爲是『亞昆』回到村中來破壞？」

我又是一怔：「你說『亞昆』回到村中裏來，那又是甚麼？」

村長瞪大了眼：「『亞昆』已經失蹤了啊！」

我一伸手，抓住了村長的手臂，但是我也立即發現我的行動十分失常，是以我又鬆開了手，道：「他甚麼時候失蹤的？」

村長道：「讓我想一想，他是……對了，劉寡婦哭哭啼啼，要村中的人幫她去找兒子的時候，正巧是墟上有人做喜事，那是……」

村長接著，便說出了一個日子來。

而我在聽了那個日子之後，心跳得更加劇烈了！

那是「合成計劃」開始前的兩天，天下的事，不會有那麼巧合，我可以肯定，「亞昆」和裘達教授的「合成計劃」有關係！

而且，我可以更進一步肯定，在裘達教授的「合成計劃」中，「亞昆」一定佔著一個極重要的地位！

然而，「亞昆」是白痴，是一個一出生就身體畸形的白痴，裴達教授卻是一個世界上出名的權威生物學家，他們兩者之間，會有甚麼可能發生關係？

我緊蹙著雙眉，在心中將這個問題，問了七八次，然後，突然之間，心中一亮，從一堆亂絲之中理出絲頭來了：裴達教授想改造「亞昆」！

裴達教授改造「亞昆」，想使一個白痴變成一個正常人，那一定就是裴達教授的計劃，一個空前的計劃！

這個計劃，自然是人類以前所從來也未曾施行過的，也只有裴達教授那樣偉大的科學家，才能設想如此驚人的改造計劃！

但是，我卻還只不過理出了一個頭緒來，還有更多的疑問，無法解釋，這些疑問包括：爲甚麼貝興國會感到自己犯了罪，爲甚麼他說裴達教授罪有應得？裴達教授究竟對「亞昆」施行一些甚麼手術，以致「亞昆」會變得如此之兇殘，而且具有那麼大的破壞力？

我在苦苦思索的神態，一定十分之嚴肅，是以村長誤會了，以爲我會對「亞昆」有甚麼不利的想法，他道：「先生，你別想錯了，『亞昆』雖然是一個白痴，但是他卻非常善良，村中的孩子也最喜歡和他在一起玩。」

我問道：「孩子敢和他一齊玩麼？」

「敢和他一起玩？這是甚麼意思，『亞昆』從來也不欺侮小孩子，他走路踏斷了一根草，都會發上半天傻，他最喜歡各種各樣的蟲，他對孩子最好了。」

我再問道：「『亞昆』的智力，究竟相等於多大歲數的孩子？你可以估計一下？」

村長搖著頭：「他今年十六歲，但是我二歲的孩子，比他懂得更多。他是一個徹頭徹尾的白痴！」

我沒有再出聲，因為在村長的話中，我至少又知道了一點，那便是，在村中生活的「亞昆」，是善良的「亞昆」，但是在到了裴達教授之處，他就變了，變成了破壞者和殺人兇手，變成了危險之極的怪物！

如今，村中遭受到的破壞，和「亞昆」的玩物被偷走，毫無疑問，是「亞昆」所為！

我未曾向村長說出這一點，因為村民的思想單純，如果我向他們說明了一切經過，那麼將會引起他們極度的恐慌。

而村長則反向我要求：「記者先生，你們知道得多，到處都去，有機會，幫劉寡婦找一找『亞昆』回來，也是好的，他實在很可憐，甚麼也不知道！」

我敷衍著村長，就離開了那村莊。

「亞昆」一定還藏匿在這個村莊的附近，必須將他找到，因為到現在為止，我雖然不知道在他的身上，曾發生過甚麼變化，但是現在的「亞昆」是一個極其危險的人物，那卻毫無疑問！

如果村中的兒童不知道這個變化，見到了「亞昆」，仍然和他玩耍的話……

我想到這裏，眼前自然而然，浮起裘達教授慘死的那種可怖情景，以致機伶伶地打了一個寒顫，不敢再向下想去。

而且這種慘劇，決計不是我的幻想，在「亞昆」未被找出來之前，隨時隨地都可以發生。所以在我和村長告別之後，向前奔出去。

要尋找「亞昆」，那不是我一個人的力量所能做得到，要立即知會警方，派出大隊人馬，來這個村莊的附近，作徹底的搜索。

我奔到了車邊，剛打開車門，就看到一個四五歲大的小女孩，將手指放在口中，津津有味地吮吸著，一面叫嚷著，奔了過來。

我可以聽得她在叫的是：「『亞昆』扮牛牛，『亞昆』扮牛牛，『亞昆』拔大樹，『亞昆』拔大樹。」

我呆了一呆，將那小女孩抱了起來：「妹妹，你在說甚麼？」

那女孩看到我是個陌生人，立時扁起嘴來想哭，我忙道：「我知道你在說甚麼，你在說『亞昆』，是不是？」

小女孩不哭了，她很有興致地和我討論起「亞昆」來，她道：「是的，『亞昆』的氣力真大，一伸手，就將一株樹，拔了起來！」

我聽了之後，不禁「颼」地吸了一口涼氣：「你是在甚麼地方看到他的？」

小女孩伸手向前一指：「就在那邊。」

我忙又問道：「他一個人在？」

小女孩大搖其頭，道：「不，很多人和他在一起，牛哥，小弟，龍仔，還有豬女。」

我只覺得背脊上已直冒冷汗，幾乎連講話也不俐落了：村中的兒童和「亞昆」在一起！

我已沒時間去知會警方了，我必須先設法將村童和「亞昆」隔離，以免發生慘劇，又或者現在慘劇早已發生！唉，誰知道這事情竟來得那麼快！我急急道：「你快帶我去看『亞昆』，快帶我去！」

我將小女孩放了下來，小女孩向前奔出，我跟在後面，奔出了約有半哩，攀上了一個山坡，向下看去，是一條乾得見底的溪流。

溪流上幾乎沒有水，全是一大塊一大塊奇形的石頭，就在河坡上一幅十分平坦的草地上，我看到了「亞昆」和七八個孩子！

在那河坡上，有一株碗口粗幼的樹，連根拔起，倒在一旁，「亞昆」坐在一塊石頭上，那幾個孩子，正在他的前面。我預料中的慘劇還沒有發生，這使我略為放心了一些，但是危險仍然隨時可以發生！

我必須不動聲色地將孩子引開，我不能叫孩子奔跑，因為我知道「亞昆」的動作十分快，沒有一個孩子可以跑得比他更快的。

我在那山洞中，曾吃過「亞昆」的苦頭，在醫院中足足躺了一個星期才出院，這時我一看到了「亞昆」，心中仍不免有一股寒意！但是我卻必須接近他！

我蹲了下來，不被「亞昆」看到我，然後我吩咐那小女孩：「小妹妹，你快回村去，告訴村長——」

小女孩道：「村長就是我爸爸。」

我忙道：「好，那你就去告訴爸爸，叫你爸爸快去找多些人來這裏。」

小女孩奇道：「來這裏做甚麼啊？」

我嘆道：「唉，你不懂的，你就照我的話去做好了，你記得了麼？」

小女孩將手指放在口中：「記得了！」

她轉身便向外奔了開去。我明知將討救兵的任務，放在一個只有四五歲大的小女孩身上，那實在太靠不住，可是卻沒有別的辦法，因爲那群孩子，離「亞昆」，如此之近！

我迅速地向河坡下走去，一直來到了那平地的附近，我隱身在一株大樹後面，只聽得那幾個孩子嘻哈聲，不斷他傳了過來，他們顯然一點也不知道他們在極度的兇險之中，反倒十分興高采烈。

我還聽得一個八九歲大的男孩指著「亞昆」的頭部，大聲道：「『亞昆』，你頭上是甚麼東西？」

「亞昆」的身子站了起來，喉際發出了一陣模糊不清之聲。

那男孩子不但問，而且還走過去，想去摸「亞昆」頭上那幾個螺絲。

那時，我和「亞昆」，相距不到三碼，在日光之下，我可以將「亞昆」看得十分清楚，他那種可怕的模樣，實在是足以將一個成年人也嚇出病來的。

而那些村童，居然一點也不怕他，那自然是從小就看慣了他的緣故。可是，當那男童向「亞昆」走去的時候，我卻也看出不妙來了，因爲「亞昆」的身子向後一仰，伸手便向那男童推去！

從他那一推的動作來看，他大約是十分不願意人家去碰他的頭部，那一推，他可能也根本未曾發力，但是那男孩子卻已擋不住了。

就在「亞昆」的手，推中那男孩的肩頭之際，那男孩整個人都跌了出去，幸好那只是一個山坡，山坡上全是柔軟的野草，所以那男童在滾跌出了幾碼之後，一骨碌站了起來，看來他並沒有受甚麼損傷。

但是，那男孩的臉上，卻已充滿了驚怖的神色，不但是他，別的許多孩童，也都呆住了。

「亞昆」站了起來，自他的口中，發出了一種十分之怪異的聲音來。

那種聲音，十分難以形容，像是一頭大猩猩突然踏中了燒紅的鐵塊時所發出的急叫聲！

部。

「亞昆」一面叫著，一面伸手指著他自己的頭部，像是在示意那些孩童，不要去碰他的頭部。

而在這時候，我也看得再清楚沒有了，我看出，「亞昆」的頭部，經過一項極大的手術，他的腦蓋骨甚至被整個地揭去，而那塊平整的，上著螺絲的塑膠，竟代替了腦蓋骨！

也就在剎那間，我的心中，突然一動！

我立時想起，裴達教授的所謂「合成計劃」，一定和「亞昆」的腦部有關！

同時，在我的心中．也已迅速地假擬了事情的經過，我擬的經過是：「亞昆」是白痴，裴達教授在一個偶然的機會中看到了他，裴達教授想醫治他，於是將他帶到自己的家中，替他的腦部動手術。

但是，我卻又立即推翻了自己的這一個假定，因為這一個假定不合事實。第一，裴達教授只是一個生物學家，不是醫生，他不會想到要替「亞昆」醫治疾病。

第二，如果裴達教授的目的，是在於替「亞昆」醫病的話，那麼他決計沒有必要將「亞昆」的整個腦蓋骨完全揭去，而代以塑膠蓋。自然，更沒有理由，在塑膠蓋上，用螺絲來旋緊，用螺絲，用螺絲……

我在想著為甚麼裴達教授要用塑膠板來代替「亞昆」的腦蓋骨的原因。

突然之間，我想到了，同時我也不禁機伶伶地打了一個寒戰！裴達教授之所以用塑膠板來代替「亞昆」的腦蓋骨，他的目的，自然是在進行一項實驗，而那幾枚螺絲，也自然是為了方便實驗工作的進行，可以使得主持實驗工作的裘達教授，可以隨時打開塑膠板來觀察「亞昆」腦子的活動情形！

換一句話說，也就是裘達教授是在拿一個活人進行實驗！

我一想到這裏，不禁手足冰冷！

第八部：驚心動魄圍捕亞昆

裴達教授毫無疑問，是一個偉大的科學家，但是他如果拿一個活人來做試驗，那麼，他同時也是一個瘋狂的科學家！

在那時，我可以肯定我的假定是十分接近事實。正因爲裴達教授是在拿活人做試驗，所以貝興國在一開始就反對這個計劃。

也正因爲裴達教授是拿活人做試驗，所以後來出了意料之外的變故，貝興國才說他罪有應得。

也正因爲貝興國終於參加了裴達教授以活人做實驗的計劃，是以在變故發生之後，他內疚悔恨自己是幫兇，而且，因爲他未曾堅持原則，使得裴達教授間接被害，所以他才覺得自己有罪，終於自殺！

那的確是太可怕了，我只不過是猜想到了這件事，也不禁全身發冷，幾乎不知身在何處，直到許多人的呼喝聲，傳進了我的耳中，我才陡地驚起。

我看到以村長爲首，大約七八人，拿著竹桿、斧頭等武器，奔了過來，大聲呼喝著，一看到了我，村長忙問道：「甚麼事？甚麼事？」

我吸了一口氣道：「『亞昆』，『亞昆』剛才和他們這些孩子在一起！」

村長的神情十分惱怒：「先生，我已和你說過，『亞昆』不會害人。」

我搖著手：「現在不同了，我和你們說不明白，你只要記得我的話就行了，『亞昆』極其危險，隨時會殺人，他已經殺過人，你們快帶著孩子回去，我立時去通知警方。」

村長和村民的神情，都半信半疑。

是以，我再次鄭重吩咐他們：「千萬別將我的話當耳邊風，在我未曾回來之前，你們甚至不要去找『亞昆』。『亞昆』剛才還在這裏的，一定是聽了你們的聲音才逃走，而我因為想起了一些事，太出神了，竟不知他逃向何處。」

有幾個村民已經相信了我的話，立時拉住了他們的孩子，村長也點著頭。

我再吩咐了他們幾句，例如萬一見到了「亞昆」，千萬不可激怒他，更千萬不能碰到他的頭部等等。

我和他們一齊離開，我來到了車旁，駕著車，駛到了最近的警署，我沒有說明我的來意，我只是說要和傑克中校通電話。

因為如果由我來請求派人去搜尋「亞昆」，警署中的人一定以為我是神經病的。

電話打到傑克中校的辦公室，出乎我意料之外，中校居然已回來了，我連忙將我的發現向他說一遍，傑克立時說派大隊人員來，並且授權我指揮就近警署中可以動員的力量，先去找尋「亞昆」。

大規模的搜尋工作開始了！

不但進行地面搜索，而且有兩架直升機參加了空中的搜索。傑克中校就是從直升機上跳下來的，搜索的範圍幾乎廣達一平方哩，但是一直到天黑，卻找不到「亞昆」究竟在甚麼地方。

村中的孩子，逐個被叫來詢問，問他們誰知道「亞昆」匿藏的所在地，就可以有巨獎。但是所有的孩子，卻個個搖頭，都說不知道。劉寡婦看到那麼多的人來搜尋她的兒子，嚇得除了哭之外，甚麼也說不出來！

搜索工作一直進行到天黑，幾乎每一個人可以匿藏的地方都找遍了，但就是找不到「亞昆」的蹤跡。傑克中校留下了一部分警員在附近守衛著，告誡附近的各鄉村，有一個極其危險的白痴，可能隨時會出現，一發現他的蹤跡，應該立時向警方報告。

他並且組成了兩個巡邏隊，進行徹夜不停的巡邏搜索。等到他安排好了這一切，我才和他一起回到了市區，我和他是在警局門口分手的，那時已經是九點鐘了。

我和家中通了一個電話，並不回去，卻驅車去拜訪一位十分著名的腦科專家，他是我的父執，雖然已經退休，但還在進行尖端的研究工作，是好幾家大醫院的腦科顧問。

當我到達他的家中之後，他正戴著老花鏡，在書房之中翻閱最新的醫學文獻，他吩咐我坐下，定定地望著我，等我開口。

因為我至少有兩三年未去看他了，突然在晚上去拜訪他，自然知道我有重要的事。

我心中十分亂，不知該如何開口才好，是以我想了一會，才道：「林二叔，一個白痴，四肢都比旁人來得短而粗壯，是不是先天性的腦部缺憾帶來的？」

他推上了眼鏡，因為我這個問題很正經，是以他的神情也十分嚴肅：「是的，那是因為大腦皮膚的構造失常，影響了腦下垂體中的幾個內分泌腺，這個人無法保存記憶，也就是說，也無法獲得知識，所以他是一個白痴，而他的四肢，也因為內分泌不正常，所以發育異常，這種病例全是先天性的，父母梅毒的遺傳，就會造成那樣的白痴兒童。」

他已解釋得十分詳細，「亞昆」正是那樣一個白痴兒童。

我又問道：「那樣的兒童，如果進行腦部手術，是不是可以醫治？」

他搖著頭：「這不是一種病，病是可以醫治的，那是一種病態，是由發育不全所造成的，自然無法醫治，那是無可補救的缺憾。」

我喝著他倒給我的濃咖啡，又問道：「那麼，如果一個人，他將一個十六歲的那樣的白痴的腦蓋骨揭開，他是想做甚麼呢？」

他望著我：「我不明白你那樣問是甚麼意思，你的問題，能不能說得明確一些？」

我苦笑了一下，我的問題如果要說得明確一些，那得化很多的時間，但是我還是非說不可，因為我需要他專家資格的回答。

殺死。」

我道：「二叔，你認識裴達教授？」

他立時嘆了一聲：「認識的，他是一個極出色的生物學家，可惜得很，他竟被他的助手所殺死。」

「事情和你想像的略有不同，二叔，我可以將經過情形，詳細告訴你。」

他十分有興趣地坐直了身子，我便將這些日子來，我在受了裴珍妮的委托之後，所作的調查，和目前的發現，向他詳細地說了一遍。

最後，我道：「裴達教授將他在『亞昆』身上所做的工作叫合成計劃，你能猜想出他究竟做了些甚麼來麼？」

他搖著頭：「不能，我很難以想像，我是一個醫生，而他是一個生物學家，我們兩人研究的方向完全不同。」

我又問道：「那麼，在甚麼情形下，一個白痴忽然會狂性大發，忽然會行動如此靈敏，氣力如此之大，可是他的腦部起了甚麼特別的變化？」

我的那位父執緊鎖著他的雙眉：「你的問題，我實在很難回答，照你所說的看來，裴達教授顯然曾在他的腦部做過一些工作，但是據我所知，即使改變了一個人的內分泌，也是難以達到那樣結果的，何況內分泌系統的秘密，人類所知極少！」

「那麼，你也不明白他的計劃是甚麼？」

「不知道，但是我可以肯定的是，那一定是一項極之偉大，震驚世界的計劃。」

我又呆了片刻，我的拜訪，沒有甚麼收穫，只是在枝節問題上，得到了一些答案，在整個大問題上，甚麼也未曾獲得。

告辭出來之後，夜已很深，我回到了家中，又和白素作了很長時間的討論，作了很多不同的假設，但是卻沒有一個假設接近事實，只得快快睡去。一連數天，都化在拜訪著名的生物學家和腦科專家之上。

然而我的收穫加起來，也不會比我第一次拜訪我的父執時收穫更多，我在裴珍妮處，總算已有了交代，因爲我已證明了貝興國不是謀殺裴達教授的兇手。

兇手既然是「亞昆」，而「亞昆」之所以會成爲兇手，是裴達教授型造出來的，那是一個可怕的循環。

而在這個可怕的循環中，貝興國是一個無辜的犧牲者！

又過了六天，事情才有了進一步的發展，我接到了傑克中校的電話，他在電話中叫嚷道：「我們找到了『亞昆』，將他圍住了，你立即來！」

「在甚麼地方？」我立即問。

「你到警局來，我和你一起去！」傑克回答。

我放下了電話，便奔了出去，橫衝直撞，衝到警局。我才一到，傑克已等得不耐煩了，道：「你怎麼來得那麼遲？」

我苦笑道：「在我車後，至少有五個以上的交通警在追逐我，你還要我怎樣快？」

他道：「少廢話，我們要起飛了。」

我和他一齊向一架直昇機奔去，我們才一登上直昇機，直昇機便已起飛，飛出了市區，向上次發現「亞昆」的地方飛去。

直昇機飛得十分低，我看到在飛過的那山坡之後不久，有許多警員，圍住了一片林子，直昇機在一個草地上停了下來，我和傑克一齊跳出機艙，一名警官奔了過來，喘著氣：「他在林子中，他在林子中！」

另一名警官也奔了過來：「我們圍住他了，很多人看到他竄進林子中去。」

傑克中校的神色十分緊張：「肯定他是在林子中，沒有出來？」

「是的，」好幾個警官一齊回答，他們陸續奔了過來的。

傑克中校因爲過度的緊張，竟有點手足無措。他是一個非常精明幹練的警務人員，雖然他有時過分自信。但是警務人員必須有良好的判斷方，而良好的判斷力，又有賴於充分的自信。所以那也不算是甚麼缺點。

但是這時，傑克卻緊張得可以，他之所以緊張，是和我這時緊張的原因一樣，因爲我和他都知事情的來龍去脈，我們都知道「亞昆」是怎樣的一個人！

我在他向我望來的時候，吸了一口氣：「中校，一定要生擒『亞昆』，你同意這個原則？」

「當然！當然！」他立即回答：「這個原則必須肯定，那太重要了！」

我們都知道生擒「亞昆」的重要性，但是我們同時卻也知道要做到這一點，是如何的困難，因為「亞昆」是一個如此動作敏捷，力大無窮的人！

我吸了一口氣：「『亞昆』現在藏匿在林子中，我們要設法去接近他，而不是趕他出來，因為如果將他趕出來的話，他一定因為受驚而狂性大發，那時候，就可能有意想不到的事發生了。」

中校點頭：「對，你說得對。」

我用十分緩慢的調子道：「好，你既然同意了，那麼請你在你的屬下，挑選五個至七個受過嚴格柔道或是中國武術訓練的人。由我帶領著前去。」傑克中校呆了一呆：「不，應該由我帶去！」

我搖頭道：「中校，現在不是爭面子的時候，你是一個很好的警官，但是在身手靈活方面……」

傑克不等我講完，忙道：「那麼，至少我也要參加這個搜索小組！」

我點頭道：「那我不反對，還有一點，在你挑選你的屬下之際，必須聲明，那是一個極其危險的任務，參加者必須自願。」

「你放心，我的屬下沒有怕死鬼！」傑克已將命令傳達了下去，不到五分鐘，至少有二十名警員或警官，奔了過來。

我用簡單的方法，試驗了他們的反應的靈敏程度和氣力之後，留下了七個人，而我特別選擇柔道段數較高的人。因爲「亞昆」的蠻力大，如果被他大力衝撞，在柔道上有較高造詣的人，便不容易受傷。

當他們七人被決定下來之後，我簡單地講了幾句，我道：「我是衛斯理，你們一定知道我是誰，而我，不久以前，就會被我們現在要去對付的人，打斷過兩根肋骨，在醫院躺了一個星期！」

我那幾句話，令得這七個人，都現出程度不同的吃驚的神色來。

我又道：「而爲了某種極其重要的原因，我們必須生擒這個人，這個人的力大如牛，行動靈敏如猿猴，你們之中誰要退出的，絕沒有人非難，因爲這是一項危險之極的任務，我希望各位之中，有家屬的人，鄭重考慮退出。」

我的話講完之後，足有一分鐘的沉寂。

然後，才見一個警官開了口，他道：「喂，衛斯理，你不是也有妻子的麼？」

我點頭道：「是的，不但有妻子，還有一個十分可愛的女兒。」

那警官瞪著我：「是啊，那麼你自己爲甚麼不考慮退出，回家逗女兒去？」

我哈哈笑了起來，突然之間，緊張的神情一掃而空，頓時覺得豪氣干雲，大聲道：「好的，沒有人退出，我還有幾句話，各位必須記得，我們一定要生擒『亞昆』，而在單對單的情形下，絕不要和他硬拼，我們要和他群鬥，單打絕不是他的對手，好，解下各位的佩槍來！」

我最後的那句話，顯然大大出乎所有人的意料之外，是以一時之間，那七個「志願軍」和傑克中校都瞪著我，一聲不出。

我又重複了一遍：「所有的人，都將佩槍解下來，不准帶槍去執行任務。」

傑克叫了起來：「那太過分了。」

我立即道：「中校，要生擒『亞昆』，這是一個極其重大的原則，你同意的！」

「對，我同意這原則，但是那絕不是放棄武器，我們可以備而不用的，那就像……就像空中飛人……的演員扣上保險帶。」

我又是好氣，又是好笑：「中校，第一流空中飛人，寧願跌死，也不用保險帶，我們不是超人，絕難有在性命危險之際不使用槍械的那種克制力！」

傑克中校的聲音更大：「你要我們犧牲性命，也不可傷害『亞昆』？」

我望著他，他雖然在這個問題上還未曾弄得通，我們必須不可以令「亞昆」受到傷害，這絕不是爲了要保護「亞昆」，而是爲了全人類。

因爲，世界上最偉大的生物學家之一，裴達教授曾在「亞昆」的身上做了一項十分重要的工作，使「亞昆」生存著，對人類一定有益處。

但傑克中校卻不明白這一點，他只是在強調警員不受傷害！警員全是經過挑選的，身手敏捷的，只要他們趨避得宜，他們可能會有危險，但是卻不會致命！

但如果他們佩戴著槍的話，那麼，作爲一個警員，在受到襲擊時，最本能的動作是甚麼？

我覺得我非爭到底不可，是以我仍然堅持：「不行，不能帶槍，我們可以避免自己受傷害，然而，一定要保存『亞昆』的生命。」

傑克中校的面色變得十分難看，我曾經和他有好幾次的合作，但是每一次合作都是以不愉快而告終的，看來這次也不能例外了！

他簡直是在大聲呼喝了，他叫道：「你要我們解除武裝，那對我們來說，簡直是莫大的侮辱，如果必要的話，你可以退出，我們懂得如何進行。」

我也氣得漲紅了臉，用同樣大的聲音回敬他：「別不知羞！你懂得如何進行？誰告訴你『亞昆』在這附近？我在這裏看到『亞昆』的時候，你做夢也沒有將鄉村受破壞的事和『亞昆』聯繫在一起，你只知道貝興國是一個危險的人物，可是卻連想也未曾想一想貝興國沉重的心理負擔！」

傑克狠狠地咬著牙，向我揚著拳，我也不甘示弱，同樣向他揚著拳。

跟著我和他兩人就要爆發一場大戰了，一個警官連忙打圓場：「衛斯理，我看這樣吧，我們帶著槍，但是保證不用。」

我冷笑道：「既然保證不用，帶槍作甚麼？」

那警官道：「你太不近人情了，我們總不能不防萬一，對不對？」

我嘆了一聲，他們都不明白「亞昆」的重要性，這是難怪他們的。

我也不明白，我不能確切地向他們說明保持「亞昆」生存，對人類有重大的意義，我只不過是深信這一點而已，因爲我知道一個偉大的生物學家，將他加諸「亞昆」身上的實驗，稱之爲人類有史以來最偉大的一個計劃！

傑克中校和警方人員是執行者，我一個既然沒有力量捉住「亞昆」，自然只好服從他們的意見，所以在嘆了一聲之後，我便放棄了原來的意見：「既然你們不願意放棄手槍，那麼請接受我一個勸告：千萬別用它！」

傑克中校見我不再堅持自己的意見，他的神情也輕鬆了不少。他拍著我的肩頭，像是根本沒有發生甚麼爭執一樣：「好，那我們就開始進行搜索，分頭還是集體？」

我吸了一口氣：「分開來好些，人太多了，會刺激『亞昆』，好在我們每人都有無線電對講機，任何人發現了『亞昆』之後，立時站定，切勿接近，然後通知別人，等我們將他包圍之後再動手。」

各人都點了點頭，在這一點上，他們顯然都同意了我的意見。

我們各自散了開來，用十分輕靈的步子，走進了林子之中。那片林子是松樹林，地上全是跌落下來的松果，腳踏上去，發出「卡卡」的聲音。

我盡量放輕腳步，在開始時，我還可以看到其他的人，但是五分鐘之後，我卻發現只有我一個人了。我小心翼翼地向前走著，同時注意看四周圍的情形。

又過了十分鐘，我遇到了三個搜索隊員，我們交談了幾句之後，又分頭去尋找，約莫過了三十分鐘，我的無線電對講機中，突然傳出了一個緊張的聲音：「我看到了他，我看到了他，他在樹林的右角，近山坡處，他爬在樹上！」

我連忙轉向右奔去，不到五分鐘，我們九個人，每一個人都來到了那地方，我們九個人，也每一個人都看到了「亞昆」。

「亞昆」蹲在樹上，目光灼灼地看著我們，他離地大約有十二呎高，我們離他棲身的那株樹，約有五碼，傑克中校和別人，還是第一次看到「亞昆」，是以當他們向「亞昆」注視著的時候，他們的臉上，都現出一種難以形容，恐怖莫名的神色來。

我沉聲道：「大家散開來，圈子最好再擴大些，他從樹上躍下來，可能一下子便躍出了我們的包圍圈。」

他們聽著我的話，散了開來，我則慢慢地向前走去，傑克不斷地提醒我：「小心，衛斯理，千萬要小心，要小心！」

他過分地提醒我，令得我不耐煩起來，我轉過頭來叱道：「閉上你的鳥嘴！」

傑克給我冷不防那樣大聲一喝，果然緊抿著嘴，不再出聲。

我來到了樹下，抬起頭來，除非我爬上樹去，不然我已不能和「亞昆」之間的距離再拉近了。

我用十分柔和的聲音道：「『亞昆』，你下來。」

「亞昆」仍然蹲在樹上，他異樣的目光集中在我的身上。

我的手心沁出冷汗來。

他如果自樹上疾躍而下，向我襲擊，我再在醫院中躺一個星期，可以說是最幸運的結果。

我抬頭向上望著，我可以清清楚楚地看到「亞昆」，但是我卻無法知道他究竟是一個甚麼樣的怪物，他究竟爲何有那樣超人的能力！

我感到我的喉嚨乾得冒出煙來，要不斷地吞嚥口水，保持著咽喉的潤濕，才能夠繼續講話，我不斷地說著：「『亞昆』，你下來，我們一齊去玩，那邊的山溪上有許多蝌蚪，已經生出四條腿，很快就會變小青蛙，你下來，我們一齊去玩。」

「亞昆」仍然神情遲疑地望著我，在經過了約莫十分鐘之後，（或許沒有那麼久，因爲我這時，根本緊張得沒有時間概念了），「亞昆」才有了移動身子的意思，他的身子略動了一動，然後，他沿著樹身，向下迅速地攀了下來。當他向下攀來的時候，他是背對著我的。

而在一剎那間，他給我的印象，使我實在不當他是一個人，而只當他是一隻猿猴。

他幾乎在一秒鐘之內，便到了地上，然後，他向我望著，我仍然竭力在臉上維持著笑容，那使我看來，對他似乎並沒有惡意。

人自然是世上最狡滑的動物了，因爲人懂得一面裝出笑臉，一面心中卻對對方不懷好意，而其他任何動物，當對對方不懷好意之際，總是現出一副兇相來，至少好令得對方有所堤防。

我的右手在身後招著，一個警官迅速向我接近，將一根已扣了活結的繩索，交到了我的手中。

我的計劃是，由我拋出那股有活結的繩索，將「亞昆」的身子束住，然後，其餘人再一湧而上，將他制服，我握住了那繩索，才發覺我手心中的汗，多得驚人。

我向「亞昆」接近了一步。

自「亞昆」的口中，發出了一些模糊不清的聲音來，他粗短的雙臂也揮動著，像是正要表明些甚麼。

但是我根本不想去弄清楚他究竟要說些甚麼，我只是點著頭：「是的，『亞昆』，我們一齊去玩，玩你最喜歡玩的東西！」

「亞昆」顯然是聽懂了我的話，因爲他的臉上，開始現出了一個十分笨拙的笑容。而剛在他的臉上現出了笑容之際，我的手突然揚起，繩索的活結，向「亞昆」的頭頂上疾套了下去。我的計劃，本來是希望能將「亞昆」的手臂一齊套住的，但這時他的手臂卻在揮舞著。

而且，由於我太心急扯動繩子的活扣，是以那股繩子的活結，實際上是套在他的脖子上，而我也無法不繼續抽緊活扣，因爲這機會如果一消失，可能再也不會有同樣的機會了。

繩子的活扣，已緊緊地箍住了「亞昆」的頸際，我用方一拉，想將「亞昆」拉得跌倒在地。

但是「亞昆」卻站立著，並沒有跌倒，他的臉上，現出了一種極其迷惑不解的神色，一對小眼睛，在不住地眨動。

顯而易見，「亞昆」在一時之間，絕無法了解，何以剛才還是對他笑臉相迎的人，忽然之間，會用繩子套住了他的脖子。

而那時候，七名警員，已然一湧而上，「亞昆」對於穿著制服的警員，可能有一種特殊的敏感，也有可能，他已然意識到自己受到傷害了，是以自他的口中，發出了一陣十分難聽的叫聲來。

那時，已有兩名身手十分敏捷的警員，撲到了他的身邊，那兩個警員，一面一個，伸手便去扭「亞昆」的手臂，他們已抓住了「亞昆」的手臂，但是「亞昆」的身子突然向下一蹲，又向上陡地跳了起來。

那一蹲一跳之間，那兩個抓住了他手臂的警員，向外疾跌翻了出去，又撞倒了另外兩名警員，而「亞昆」已跳高了六七呎，伸手抓住了一根樹枝。

那活結還扣在他的頸際，而我也還緊抓繩子的另一端，是以他一向上跳了起來，令得我的身子，也被帶得不由自主，向前跌出了一步。

而「亞昆」在抓住了那樹枝之後，身子一晃，又向上蕩了起來，他向上蕩起的力道是如此之強，以致我如果不放開繩子的話，整個人非被他的一蕩之力，吊起來不可，就在此際，「亞昆」的身子，突然以迅雷不及掩耳的勢子，向下撲來。

我根本連走避的機會也沒有，他才一落地，便向我撞了過來，我的肩頭被他撞中，我向外翻了出去。而「亞昆」的身子，向下略蹲一蹲，突然抱起了一塊足有七八十斤的大石，連人帶石，一齊向我撲過來！

我被他撞跌在地，眼前陣陣變黑，全身發軟，是以我雖然眼看著他連人帶石向我撲了過來，也明知我被那塊大石砸中的後果，可是我卻一點辦法也沒有！

而就在那千鈞一髮間，槍聲響了。

槍聲連響了三下，槍聲就在我的身後響起。三下槍聲過後，「亞昆」倒了下來，在地上滾了幾下，雙手鬆開，他抱著的那塊大石，也自他的懷中滾了出來。

我循著槍聲望去，傑克中校握著槍，槍口還在冒著煙。我再轉頭向「亞昆」望去，「亞昆」的胸口中了兩槍，頸際中了一槍，當然死了！

我雙手用力在地上按著，慢慢地站了起來。

「亞昆」雖然死了，但是「亞昆」剛才的兇相，卻還令得所有人呆立在原來的地方，根本沒有人移動。在我站了起來，踉蹌向前走出了兩步之後，傑克中校才向我奔了過來：「你沒有事？」

我現出了一個苦笑來：「中校，多謝你救了我，多謝你。」

傑克中校也苦笑著：「你看，我必須將他射死，我只好連發三槍，如果我只將他射傷，一樣救不了你，你當然明白。」

我抹著額上的汗：「當然，我明白，他的來勢如此猛，而根本沒有躲避的可能！」

傑克道：「可是……他卻死了，我們沒有照計劃將他活擒。」

「我們的計劃……」我苦笑著再也說不下去。

因為我們的計劃，只不過是紙上談兵，一和「亞昆」接觸，完全被打亂，從「亞昆」自樹上跳了下來之後，一切的變化，全是如此之迅雷不及掩耳，我們的計劃，一點用處也派不上！

我望著「亞昆」的屍體，心中感到難以形容的沉重，我慢慢地轉過身，慢慢地向前走去，傑克在我的身後叫我：「衛斯理，你為甚麼走？」

我苦笑著：「我為甚麼還不走？」

傑克來到了我的背後：「是的，我用了槍，是我將他打死的，但是我應該怎麼辦？難道我不應該將他打死，應該讓他將你打死？」

我在一剎那間，只覺得無比的疲倦，而且，在這個問題上，實在無法和傑克爭論。所以，我只是苦笑：「傑克，我絕沒有責怪你的意思，真的，請相信我，我只不過感到心中不舒服而已，我想你心中一定有同樣感覺？」

傑克點著頭：「是的，我知道你並不怪我，可是我，唉，我們失敗了。」

「未必，『亞昆』的屍體，應該小心存起來，請有關方面的專家來解剖，別忘記檢查『亞昆』的屍體之際，通知我一聲！」

傑克點頭答應著，他不再攔阻我，我腳步沉重地進了車子，駕車回去，一切像是做了一場夢一樣。

第二天上午，我得到了傑克的通知，趕到了一所規模宏大的醫院的剖驗室之中，我和幾個警方的高級人員，全是高處向下看著，和我們坐在一起的還有好幾個腦科專家和生物學家。

三名專家在手術床上從事剖驗工作，其中的一個將「亞昆」的頭頂上的螺絲弄開，將那塊塑膠板移了開來。

我的估計不錯，裴達教授之所以要在「亞昆」頭頂上加上螺絲，是因爲便於觀察他腦部的情形，因爲那塊塑膠板一移開，就看到了「亞昆」的整個腦。

也就在那時，那三個從事剖驗工作的專家，一齊抬起頭來。他們中有兩個，不及拉下口罩，便叫了起來：「天，那不是人腦！」

是的，那不是人腦，那是一副人猿的腦，連我這個對生物學只有膚淺認識的人，也可以分別出人腦和猿腦的不同，在「亞昆」的腦殼中，是一副猿腦！

甚麼是「合成計劃」，真相大白了：裴達教授的確進行了一項人類史無前例的工作。

他成功地進行了人類第一次腦移植的手術！

他將一副猿腦，植進了「亞昆」的腦殼中，代替了他原來的白痴腦子！

但是，結果卻使「亞昆」成了一個半人半猿的怪物，發生了那樣的慘劇，那就是裴達教授所絕料不到的了。

事後，我和進行剖驗工作的一位專家談起裴達教授的工作來。

他說：「那是極偉大的工作，如果人類純熟地掌握了腦移植的方法，那麼，在某種情形下而言，人不會死，沒有死亡。我們都知道中國的偉人孫中山死於肝癌，如果那時有腦移植的手術，那就可將他的腦子移到另一個人的身上，人類的一切行動都是由腦來主宰的，那麼他也就仍活在世上了。」

我的聲音有些發顫：「有這可能？」

他答道：「有的，事實上裴達教授已做到了這一點，他的手術十分成功，以致令得猿的性格也進入了亞昆的體內。他克服了許多困難，可惜他實驗筆記全不見了。但一定會有人再做同樣的事。人不會死，知識不會消失，那是何等樣的成就！」

如果有那樣的一天，那自然是極偉大的成就。

但是，裴達教授不是取得了成就了麼，爲甚麼他的結果又如此悲慘？我迷惑了！

（完）

湖水

第一部：借屍還魂

湖水很藍，也很平靜。

那是一個小湖，在一片丘陵地帶之中，丘陵光禿，看來很醜惡，所以更襯托出湖水的秀麗，湖的一邊，滿是浮萍，在幾片大浮萍上，有幾隻才脫了長尾的小青蛙，在跳來跳去。

湖邊有很多人，那是一個假日，有人在湖邊野餐，也有人在湖邊嬉戲，一個年輕的教師，帶著十幾個學生，作郊外旅行。

十一二歲的孩子，幾乎毫無例外地都喜歡捉一些小生物回去飼養，那年輕教師帶領的十幾個學生，恰恰全是這個年齡，他們紛紛踏進了湖水之中，膽子大的，還來到湖水齊腰深處，彎著身，摸著湖泥中的魚兒。

他們嬉笑著，互相潑著水，有的捉到了青蛙，有的網到了蝌蚪。

其中一個學生，膽子最大，他不停地向前走著，等到湖水來到了他胸前的時候，他突然腳下一滑，整個人都向下沉了下去。

他立時大聲叫嚷了起來，他叫了兩聲，整個人都沉到水中去了！

湖邊的所有人都慌亂起來，那年輕教師連忙跳進湖中，他是游泳的能手，游到了那孩子出事的地點，潛進水中，將那孩子救了起來。

那孩子已經灌飽了湖水，被救到岸上之後，經過了一陣人工呼吸，吐出了水，醒了過來。旅行當然中止，有人借出了車輛，由那位教師送學生到醫院去，在醫院中經過了醫生的檢查，認爲孩子除了受驚之外，並沒有甚麼，於是，教師陪伴著孩子回到了家中。

那是一個星期之前的事。

那位年輕的教師，現在，坐在我的對面，向我講述著當日所發生的事，我耐著性子聽著。

其實，我的心中已經很不耐煩了。

我並不認識那位教師，而他之所以能來見我，是因爲小郭的一個電話，小郭在電話中告訴我，說是有一個人，有一個荒誕得幾乎令人難以相信的故事，要講給我聽，他問我有沒有興趣。

如果真有荒誕透頂的故事，我一定有興趣洗耳恭聽，而且，我還希望故事越是荒誕越好。

於是，那位年輕教師就來了，他先自我介紹，他今年二十四歲，名字是江建，職業是教師。

我在才一見到他的時候，看到他的臉上，充滿了一種難以形容的憂慮神色，還以爲一定可以聽到一個很古怪的故事。

可是，他講了半小時，就只講了他如何在那小湖之中，將一位遇到意外的學生救了出來。

那實在算不得甚麼荒誕的故事，甚至於不能算是故事。

那只是一件十分普通的事，如果它的結局，是那個孩子竟然不治身死，那或者還能引起聽者的一陣欷歔，但那也不算是甚麼大新聞，無知孩童，嬉水斃命的事，常可以在報上見到。

他一面說，一面還望定了我，像是迫切地希望我會有甚麼熱烈的反應。但是我卻已老實不客氣地，呵欠連連。當他講了一個段落之後，我又打了一個呵欠：「那很好，你將他救起來了！」

這純粹是一句禮貌上的敷衍話，而他也似乎看出了我對他的敘述，沒有多大的興趣，所以他急忙道：「可是，怪事就來了。」

我勉強忍住了一個呵欠：「請說。」

他直了直身子：「我將王振源——這就是那個學生的名字——救了起來之後，本來已沒有甚麼事了，可是，可是——」

我懶洋洋地道：「你應該說到怪事了。」

「是的！是的！」對於我不客氣的催促，這位年輕的教師多少有點尷尬，他連聲答應著，然後道：「在這幾天中，我發現王振源變了。」

「變了？」我多少有點興趣了，「變得怎樣？」

「他變得，唉，我說不上來，但是我是他的老師，我教了他三年，我可以察覺到他的變化，我覺得他好像，好像不是王振源。」

我皺著眉，因爲我實在不明白他在說些甚麼。

但是他卻忽然大聲了起來。他忽然提高了聲音，那表示他講的話，是在鼓足了勇氣之下，講出來的，他道：「衛先生，你相信借屍還魂這樣的事麼？」

我呆了一呆，在那剎那間，我幾乎失聲轟笑！

（一九八六年按，衛斯理的見識，不斷進步，二十年之前他聽到借屍還魂會笑，現在聽便不會笑，而且可以肯定真有那樣的事。）

但是我卻並沒有笑，因爲我想到，我剛才還在嫌江建所講的一切太乏味，現在，他忽然提及「借屍還魂」那樣驚險刺激，神秘怪誕兼而有之的事情來，我正應該表示歡迎才是，如何可以去笑他？

但是，我還是要花很大的力量，才能使我自己不笑出聲來。

因爲，無論如何，「借屍還魂」這樣的事，經過一個年輕教師的口，用那樣鄭重的態度說出來，總是滑稽的事情。

我緩緩吸了一口氣：「我自然聽過的，世界各國都有那樣的傳說，但大都發生在很久以前，你的意思是說，你的學生——」

我講到這裏，略頓了一頓，江建已經急不及待地道：「是的，王振源，他已不再是王振源，我的意思，他在我從湖水中救上來時，已經死了，而我救活的，卻是另一個人，雖然那人是王振源。」

他講得十分混亂，但我卻用心聽著。

這的確是一件十分亂的事，不可能用正常的語言，將之清楚他說出來。

我想了一想，才又道：「我明白了，你救活了王振源，但他已變成了另一個人，是有另一個人的靈魂，進入了他的肉體之內，你是不是想那樣說？」

「可以說是！」

「請你肯定答覆我！」我也提高了聲音。

江建嘆了一聲：「我實在很難肯定！」

我有點發怒：「那有甚麼難肯定的，如果有他人的靈魂，進入他的肉體之中，那麼，他就不會以爲自己是王振源，他會講另一個人的話，他會完全變成另一個人，現在是不是這樣？」

江建搖著頭：「不是！」

借屍還魂，是江建提出來的，而如果真有借屍還魂那樣的事，那麼情形就該如我所說的那樣。雖然，我也根本未曾見過借屍還魂那樣的事（誰見過？），但是一切傳說中的借屍還魂，就是那樣子的，但江建又說不是！

我瞪大了眼，望定了他，他搔著頭：「衛先生，請你替我想一想，我該怎樣說才好……嗯……我該說，他忽然是他自己，忽然不是。」

「甚麼意思？」

「我……舉一個例子來說，那天上國文課，我叫他背一段課文，他正在背著，可是才背了幾句，忽然，他用另一種聲音講起話來。」

我聽到這裏，不禁有一種毛髮直豎，遍體生寒的感覺，那的確是一件很可怕的事！

我忙問道：「他說甚麼？」

「我不知道，」江建忙加以解釋：「我的意思是，我聽不懂他在講甚麼，他的聲音很大，好像是在和人吵架，講的是我聽不懂的一種方言，我的學生中，有一個是湖南人，據他說，那是湖南土語，他只聽得他的祖父說過那種話。」

我呆了半晌，才道：「可有第二個例子？」

「有的，他在英文聽寫的時候，突然寫出了極其流利的英文來，衛先生，我將他的練習簿帶來了，請你看看。」

江建拿出了一本捲成一卷的練習簿，我急不及待地接了過來。一頁一頁地翻著。

第一頁和第二頁，全是很幼稚的筆跡，但是第三頁上，有五行，卻是流利圓熟之極的英文字，如果不是一個常寫英文的人，斷然難以寫得出那樣好的英文字。

而在那五行字之後，又是十分幼稚的筆跡了。

我看了半晌，肯定兩者之間的字雖然不同，但是使用的，卻是同樣的筆，同樣的墨水。

我抬起頭來：「可能那是人家代他寫的。」

江建搖著頭：「不可能，英文聽寫，是在課室中進行的，我當時也沒有注意，到家中改簿的時候，我才發現，這幾行文字，正是我當時念的，就算早有人代寫，代寫的人，又怎知道我會念甚麼？」

江建的話十分有理，有人代寫這一點，可以說不成立。

我又呆了半晌：「你問過王……王振源？」

「我問過他，我問他這幾行字，是怎麼一回事，他也答不上來。」

「還有甚麼怪事？」我又問。

「在學校中沒有了，但是我訪問過他的家長，他的母親說，有一次，半夜，王振源忽然大叫了起來，講的話，他們全聽不懂。但是他們以爲王振源是在講夢話，所以未曾在意，還有一次——」

江建講到這裏，面色變了一變。

我忙道：「怎麼樣？」

江建道：「還有一次，在吃飯的時候，他忽然對一碟皮蛋，大感興趣，吃了整整一盤，而在這以前，他從來不吃。而最近的一次是，他忽然翻閱起他父親書架上的一本清人筆記來，看得津津有味。」

江建看到我不出聲，他又道：「這是我目前得到的一些資料。」

我皺著眉：「這件事的確很怪，一個人在受到了驚恐之後，和以前會有不同，但是也決不會不同到忽然會說另一種話，寫另一種字。」

「那是甚麼緣故？衛先生，你有答案？」

我呆了片刻，才道：「沒有，我至少得先去認識一下那位小朋友。」

我站了起來：「好，我們現在就去。」

江建的故事，的確是夠荒誕的了，照他的敘述來看，「借屍還魂」這個名詞，顯然是不恰當的，因為王振源的本身還存在，而只不過是另有一個「靈魂」——（假定有靈魂），隨時在他的身上出現。

那應該叫甚麼呢？似乎應該叫「鬼上身」，像一些靈媒自稱可以做到的那樣。

自然，現在來猜測，是沒有用的，我必須先見到了王振源再說。

半小時之後，我們已在王振源的家中了。

王振源的家庭，是一個典型的小康之家，他們住在一幢大廈中的一個單元，父親有一份固定的職業，相當不錯的收入，母親是一個很慈祥的中年婦人，而王振源，是他們的獨子。

我們去的時候，王振源的母親，正和另外三位太太在打牌，看到了江建，王太太便站了起來，客氣地道：「江老師。」

江建忙道：「振源呢？」

「他在房間裏，做功課，這位是……」王太太望著我。

「我是江老師的同事。」我撒了一個謊。

「兩位請到他的房間去，」王太太替我們打開了房門，房門一打開，我們三個人全呆了一呆。

我看到一個孩子，很瘦削，伏在一張桌上，正在聚精會神地做著一件事，他是在看一本書，那本書很厚、很大，是一本大英百科全書。

那樣年紀的孩子，看大英百科全書，不是沒有，但也足令得我們呆上一呆了！

王太太道：「這孩子，近來很用功！」

她提高了聲音叫道：「振源，江老師來了！」

她連叫了兩聲，那孩子才突然轉過頭來，而那時，我也已來到了他的書桌之旁，到了他的書桌之旁，我更加驚訝了。

因爲我發現他在看的，是大英百科全書中，有關法律的那一部分。

一個十一歲的孩子，不應該對那一部分感到興趣，但是王振源卻顯然是十分用心地在看著，因爲在其中一段之下，他還特地加上了紅線，而他的手中，也正拿著一支紅筆。

老實說，那一連串英文的法律名詞，我都未必看得懂，可是王振源——

當我驚訝得說不出話來時，王振源已經站起來，叫道：「江老師！」

江建點了點頭：「你只管坐著，你近來覺得怎樣，不妨老實和老師說。」

王振源睜大了眼睛，顯然不知他不知道該說甚麼才好。我向江建使了個眼色：「王同學，你對於法律問題，是不是很有興趣？」

這時候，我已看清，在王振源用紅筆劃出的那一段文字，是解釋謀殺案的證據方面的問題。

王振源的眼睛睜得更大，看他的情形，像是對我的問題，全然不知所對。

我又指著那本書：「這是你剛在看的書？」

王振源搖頭：「不，這是爸爸的書。」

我再指著他手中的紅筆：「可是你正在看，而且，你還用紅筆劃著線！」

王振源搖著頭，像是他完全不知自己做了甚麼。

王太太在一旁道：「這孩子近幾天，老拿他爸爸的書來看，問他看甚麼，他又不出聲。」

我向王太太笑了一下：「少年人的求知慾強，王太太，你管你自己去打牌吧，別讓那三位太太久等。」

王太太早想退出，所以我一說，她忙道：「兩位老師請隨便坐！」一面說著，一面已走了出去。

我將房門關上，直視著王振源：「當那天跌進水時，你有甚麼感覺？」

王振源聽了我的話，臉上現出了一種奇異的神情來。

王振源並沒有立即回答我的問題，是以我又將同樣的問題，重複問了他一遍，我問的是，當時他跌進水時，心中有甚麼感覺。

最怪異的事情就在那時發生了！

當我第二次那樣問王振源之時，王振源的聲音，突然變得十分粗厲，他的嗓門也變得相當大，他道：「我當時想到，那不是意外，是謀殺！」

而令得我遍體生寒的是，他說的那句話，所用的語言，是湘西一帶的山地方言，如果不是我對各地方言都有一定研究的話，我也不一定聽得懂！

江建的臉色變了，他忙問道：「他說甚麼？他剛才說的是甚麼？」

我好一會出不了聲，因爲我的心中，實在人驚駭了。

我只是定定地望著王振源，看王振源的樣子，在那片刻之間，充滿了怨恨，他面上的肌肉，在不斷抽搐著，雙眼之中，射出怨毒之極的光芒。

江建也被王振源的神態嚇呆了，他沒有再問下去，只是和我一樣地瞪視著王振源。

就在我和江建兩人，目瞪口呆之際，王振源突然又用同樣的土話，罵了一句難聽之極的粗語，那種粗語，無法宣諸文字。

接著，情形便改變了。

只見王振源臉上的神情，突然變了，他變得和正常的孩子一樣，帶著對他老師的恭敬。

江建想說甚麼，但是他還沒有開口，我便已向他作了一個手勢，令他不要出聲，而我則問道：「你剛才說甚麼？」

王振源呆了一呆：「我？我沒有說甚麼啊！」

我用那種山地的方言逼問：「你說那是謀殺，不是意外，是甚麼意思？」

我說這種方言，說得相當生硬，如果王振源會說那種方言，那麼他一定應該懂得我在說些甚麼的，可是他卻只是眨著眼，用一種全然莫名其妙的神情望著我。

我沒有再問下去，因爲王振源顯然聽不懂我的話，但是，他剛才明明講過那種語言！

我呆了半晌，向江建使了一個眼色：「江老師，我們應該走了！」江建的神色駭異，但是他對我的提議，沒有反對，我們一起站起，王振源有禮貌地送我們出來，王太太在牌桌旁欠了欠身。

當我們來到街上的時候，江建已急不及待地問道：「怎麼樣？」

我皺著眉：「不可思議，像是另一個人的靈魂，進入了他的體內，不時發作，那時，王振源就變成了另一個人！江老師，你相信靈魂？」

江建呆了一呆，自然是一件十分困難的事，但是江建立即反問我：「剛才的情形，你是看到的了？」

我低著頭，向前走著，江建跟在我的身邊，我道：「他剛才用一種很偏僻的方言，說他掉進水中去，不是意外，是謀殺！」

江建呆了一呆：「誰會謀殺他？那純粹是一件意外，我親眼目睹！」

我搖著頭：「我想，王振源用那種語言講出來的意外，是指另一個人，在這個湖中，一定有另一個人淹死過。」

江建站定了身子：「你的意思是，有一個人，被人謀殺了，死在湖水中，而在王振源跌進湖水中去的時候……」我道：「我的設想是那樣。」

江建笑了起來，他笑得十分異樣：「你的設想……請原諒我，那太像包公奇案中的故事了，例如烏盆記那一類的故事。」

我也無可奈何地笑了起來：「你有甚麼別的解釋？」

第二部：十六年前的事

江建答不上來，坐了片刻，他才道：「那樣，我想請一個心理醫生，好好地對王振源檢查一下。」

我立即反對：「那樣，對孩子不好，我看我們還是分頭去進行的好。我，到警局去追尋那小湖有沒有淹死人的記錄，而你，我供給你一架錄音機，將王振源所說的每一句話，都記錄下來，揀出其中他用那種方言所說的話，來研究事實的真相。」

江建點了點頭：「好，就這樣。」

我們一起回到了我的家中，我將一架錄音機，給了江建，那架錄音機，有無線電錄音設備，將一個小型的錄音器放在王振源的身上，那麼，不論王振源走到何處，只要在七哩的範圍之內，他講的每一句話，都會被我記錄下來。

江建和我分手的時候，我約定他五天之後再見面，我相信在五天之中，我們一定可以錄得王振源所講的很多怪語言了。

江建帶著錄音機離去，我休息了一會，便到警局去查看檔案記錄。警方人員很合作，替我查看歷年來淹死人的紀錄，每年淹死的人可真不少，可是，一路查下去，沒有一宗發生在那個小湖中！

等到警方人員查完的時候，我的心頭，充滿了疑惑，道：「不會吧，應該有一個人是死在那湖中的，嗯，他是一個男人，湖南人，大約……三四十歲。」

所謂「大約三四十歲」，這句話連我自己，也一點把握都沒有。

而我之所以如此說，是因爲我聽得王振源說那種方言的時候，他的聲音突然變得很粗，那種聲音，聽來像是一個三四十歲的人所發出來的。

那位警官用懷疑的目光望著我：「如果你發現了一宗謀殺犯罪，應到調查科去報告，而不是到我這一部門來。」

我實在沒有法子向那位警官多解釋甚麼，我只好忙道：「再麻煩你，請你查一查失蹤的名單，看看是不是有一個和我所說的人相似的？」

警官道：「你說得實在太籠統了！」

我苦笑著，我根本沒有法子作進一步的描述，因爲我全然不知道那個附上了王振源身上的靈魂，以前的軀體是甚麼樣子的。

而且，靈魂附體，也還只是我的虛幻的假設，天下是不是真有那樣的事，那也只有天曉得了！

我搖著頭：「請你找一找，勉爲其難！」

那警官搖了搖頭，但是他還是將我所說的那些，寫在一張卡紙上，交給幾個專理失蹤者的檔案人員，去查這個人。

我耐著性子等著，這一等，足足等了將近三小時，才有三四分檔案卡，遞到了我的面前。

但是，那三四個人，顯然不是我要找的人，他們之中，兩個是婦人，一個是老翁，另一個年紀倒差不多，也是男人，但卻是在一次飛機失事中，被列爲失蹤者，他們四個倒全是湖南人。但是湖南的地方很大，他們中沒有一個是湘西人氏。

我嘆了一聲，向那位警官再三道謝，離開了警局，驅車到那小湖邊上去。

那小湖的確很優美，湖邊有不少人在野餐，湖水很淸，也有不少人在蕩舟。

我忽然生出一個怪異的念頭來，我想，如果我潛水下去，不知道可能發現甚麼？

可是我又立即打消了這個念頭，因爲我如果潛水下去，而能夠發現一個靈魂在水中蕩漾的話，那未免太滑稽了！

在天黑的時候，我才回到了家中，接下來的幾天中，江建並沒有和我聯絡，一直到約好了的第五天黃昏時分，他才來了。

他攜著一卷錄音帶，一見我，就道：「我已整理了一下，在這五天內，他用那種聽不懂的話，所講的話，加起來約莫可以聽半小時，好像大多數話，都是重複的，我全剪接起來了！」

我忙將江建帶到了我的書房，將錄音帶放在錄音機上，在刹那間，我的心情著實緊張，因爲我將聽到一些話，而這些話，我根本不知道是甚麼人說的，而且，說這些話的人，應該是早已死去的！

錄音帶轉動著，我先聽到了一連串難聽的罵人話，江建睜大了眼睛，我道：「這個人在罵人，他好像是在罵一個女人，用的詞句，只怕是對一個女人最大的侮辱了，他一定極恨這女人！」

錄音帶繼續轉動，我聽到了幾句比較有條理的話：「別以爲我不知道你偷偷摸摸在幹些甚麼，你和那賊種，想害我！」

接下來，又是一連串罵人話，江建所謂「大多數是重複」的，就是那些刻毒的罵人話了。然後，忽然又是一聲大叫：「賊婊子，你終究起了殺心，真可恨，我竟遲了一步下手，賊婊子，那戒指是我一年的工資買的。」

我和江建互望了一眼，我將那幾句話，傳譯給江建聽，江建緊皺著眉頭。

接著，那人似乎又和另一個人在講話了，他叫嚷著：「甚麼，只值那麼一點？」

但是，接下來，又是一連串罵人話，忽然，我直跳了起來，因爲我聽到了一句極重要的話！

那句話是：「你們那麼黑心，這家店該遭大火燒，狗入的，我記得你們這家，花花金舖！」

這句話之所以重要，是因爲我聽到了一個店名：花花金舖。

那人一定是一個脾氣十分暴烈的人，因爲他動不動就罵人，而聽來，像是他用一年的工資，去買了一枚戒指，送給了一個女人，結果，那女人將這枚戒指還給了他，而他到金舖去退回那戒指，可能由於金舖殺價，他就大罵了起來。

而那家金舖，叫花花金舖。

我已經有了第一條線索了，興奮地繼續聽下去。

但是那又是一些很沒有意義的話，大多數是在罵人，感嘆他的倒霉，那人一定是一個生活極不如意的人（如果真有那樣一個人的話），他的牢騷也特別多。

我一直等到耐著性子聽完，江建心急地問我：「你找到了甚麼？」

我道：「他曾在一間金舖中，買過一隻戒指，那間金舖，叫花花金舖。」

江建也興奮了起來：「那太好了，我們可以到那家金舖去查一查！」

我拿起了電話簿來，因爲我未曾聽說過那家金舖的名字，那一定是一家規模很小的金舖。然而即使規模小，我想也能在電話簿中找到它的。

我用心翻查著，可是，我仔細地找了兩遍，卻仍然找不到那間「花花金舖」！

江建接著我來找，我看他一連找了好幾遍，也是一無所獲，我記起我的父執之中，有一個正是珠寶金行的老前輩，我想他一定會知道那間金舖的，所以我連忙打了一個電話給他。

他在聽了我的問題之後，笑了起來：「還好你問到了我，要是你問到別人，只怕沒有人知道了，你要打聽這間金舖作甚麼？」

我忙道：「有一些事，它在哪裏？」

這位老長輩用教訓的口吻道：「聽說你一天到晚，都在弄些稀奇古怪的事，那樣……嗯……不務正業，實在不好，你該好好做一番事業了！」

我的心中暗嘆了一聲，但是我還是很有耐心地聽著，等他一講完，我就連聲答應，然後立即問道：「請你告訴我，那家金舖，在甚麼地方！」

這位老人一教訓開了頭，就不肯收科，他在電話中又足足嘮叨了我十五分鐘之久，才想起了我的問題，道：「花花金舖麼？以前，開設在龍如巷。」

「現在呢？」

「甚麼現在，早就沒有了，唔，讓我算算……十六年，在十六年前，一場大火將它燒了個清光，好像說有人放火，但也沒有抓到甚麼人。」

我再也想不到，我會得到那樣的一個答案！

我呆了片刻，才道：「那麼，金舖的主人呢？」

「不知道，那是一個小金舖，老板好像是湖南人——」

我忙道：「對的，一定是湖南人！」

那位老人家呆了片刻：「你怎麼知道？」

我唯恐他又將問題岔開去，所以忙道：「你別管了，你快告訴我，那老板怎麼了？」

「那老板後來，聽說窮愁潦倒，在龍如巷口，擺了一個小攤子，賣些假玉甚麼的，我也不詳細。」

我苦笑了一下：「謝謝你，改天來拜望你。」

我放下了電話，望著江建：「你聽到了，那間金鋪，在十六年之前被火燒毀了，我想，放火的一定就是那個人！」

江建嘆了一聲：「如果真是有那樣一個人的話。」

我的神情一定非常嚴肅，因爲我自己感到面部肌肉的僵硬，我道：「一定有那個人的，如果沒有花花金鋪，又如果花花金鋪現在還在，那麼我或許還會懷疑，但是現在我卻一點也不懷疑！」

江建點著頭：「是啊，王振源今年才十二歲，怎可能在他的口中，講出在十六年前已經毀於火災，根本無人知道的一家小金鋪的名字來？」

他同意了我的話，但是他的神情，仍然很迷惘。

江建道：「照那樣說來，那人也不是最近淹死在湖中的。」

「可能。」

「鬼——如果說真有鬼，難道能存在那麼久，而又附在另一個人的身上？」

我站了起來，我並沒有回答江建的問題，因爲我們對於鬼魂，所知實在太少。絕大部分的人，以「科學」的觀點，否定鬼魂（靈魂）的存在。而其實，否定一樣物事的存在，而又未能解釋許多怪異現象，是最不科學的觀點！

一直到現在爲止，對於人死後的精神、靈魂等等問題，還沒有系統的科學研究。就算有人在研究，也被排斥在科學的領域之外，而被稱爲「玄學」，在那樣的情形下，我有甚麼辦法回答江建的問題？

所以，我在來回踱了幾步之後道：「這件事，我請你暫時保守秘密，不要對任何人談起，更不要告訴王振源，免得他害怕。」

江建道：「是。那麼，錄音是不是要繼續？」

「當然要，我們還希望獲得更多的線索，而且，還要盡可能觀察王振源的行動！」

江建又和我討論了一些事項，告辭離去。白素在江建離去之後，走進了書房來，道：「你們在討論一些甚麼啊，我好像聽得有人在不斷罵人！」

我便將發生在王振源身上的事，和白素講了一遍。

白素是女人，女人有很多稀奇古怪的想法，而且堅信著某一些被認爲不可信的事。

當白素在聽完了我的敘述之後，她立即下了判斷：「毫無疑問的事是鬼上身，我小時候，見過那樣的例子。」

如果在平時，聽得她那樣說，我一定會譏諷她幾句，但這時，我卻並不說甚麼，只是望著她，鼓勵她繼續向下說去。

白素道：「我看到的那次，是我父親的一個手下，他本來好端端地在吸著水煙，忽然大叫大嚷起來，說的全是另一個人的話，說是他被一夥土匪殺了，棄在一個山洞中，而被上身的那人，昨天剛到過那個山洞。父親用狗血噴在他的身上，才止住了他的胡說，也立即派人到那山洞中去察看——」

我打斷了她的話頭，道：「看到了屍體？」

「沒有，甚麼也沒有找到，那人的屍體，可能早叫餓狼拖走了，但是，他的鬼魂，卻留在山洞中，有人走進山洞，就附在人的身上！」

我呆了一呆，白素所敘述的那種事，其實一點也不新鮮，幾乎在每一個古老的鄉村中，都可以找到相類的傳說，我小時候，也聽到過不少。

這種情形，和我現在見到的王振源的情形很相似。

白素又道：「那可憐的孩子，根據古老的傳說，只要用狗血淋頭，就可以驅走鬼魂了！」

我苦笑著：「現在，只怕很難做到這一點，我發覺人越來越自欺了，明明有那麼多不可能解釋的現象在，卻偏偏不去解釋它，總而言之曰迷信，曰不科學，以致那些現象，永遠得不到解釋！」

白素道：「那你現在準備怎樣？」

「我？我想到龍如巷去看看，希望我還能找到那金舖的老板，也希望他能提供我一些，有關當年去買戒指的那人的消息。」

「希望太微了！」白素說。

「是的，但是到現在爲止，線索只有這一點。」

白素沒有反對，我離開了家。

龍如巷是一條小巷子，兩旁的建築物也很殘舊，在不遠處，有一個建築地盤，準備興建高達二十層的大廈，正在打樁。

打樁的聲音，震耳欲聾，每一個打樁聲，都令得龍如巷兩旁的房子，產生劇烈的震蕩，像是它們可能隨時倒下來。

我走進巷子，兩面觀看著，巷中雖然有不少店舖，但是卻沒有一家是金舖，巷子並不長，我很快就走到了巷子的另一端。

而當我到了巷子的另一端之後，我高興得幾乎大聲叫了起來！

第三部：過去了的大明星

我看到了一個滿臉皺紋的老者，坐在一張小木凳上。在他的面前，是一隻破舊的籐箱子。籐箱子打開著，裏面是一些玉鐲、玉耳環之類的東西。

那老翁坐在凳上不動，雙眼一點神采也沒有。

我心中暗忖，這老翁，是不是當年花花金舖的主人呢？

我打量了他一會，來到了他面前，他總算覺出我來了，抬起頭向我望了一眼，但是他立即發現，我不會是他的顧客，所以又低下頭去。

而我在他低下頭去之時，蹲了下來，在他的籐箱中，順手撿了兩件玉製品，問道：「這兩件東西，賣多少錢？」

那老者用一種十分異樣的目光望著我：「如果你有心買，二十元吧。」

一聽得他開口，我更加高興，因爲在他的口音中，我聽出了濃重的湘西口音，我笑了笑，將二十元交在他的手中：「原來我們是同鄉！」

老翁聽到了我的話，陡地呆了一呆，才道：「是啊，我們的同鄉很少！」

我皺著眉：「我在找一個同鄉，多年之前，他是在這裏開設金舖的，後來，聽說他的金舖被火燒毀了，他也不知道去了哪裏！」

我的話還未曾講完，那老翁就激動了起來。

他抓住了我的手：「你要找的是我，你找我有甚麼事？」

我舒了一口氣，我竟找到了以前花花金舖的主人，現在，我希望他能記得當年來買戒指的那個人。

我道：「噢，原來就是你，我想問你一件事，那是很多年之前的事了，你可能不記得了，有一個我們的同鄉，人很粗魯，動不動就破口罵人——」

那老翁用心聽著，他仰著頭，皺著眉，以致他看來更老了許多。

我略停了停：「你可能想不起來了，但是那人曾揚言，說你用低價收回賣給他的戒指，他詛咒你的金舖被火燒——」

我才講到這裏，那老翁的身子，已不由自主，劇烈地發起抖來，他的喉間發出「咯咯」的聲響，身子搖搖欲倒，我連忙扶住了他。

在那剎間，我心中大是歡喜！

因爲看那老翁的這種情形，他分明記得我所說的那個人。

我扶住了他，他的身子仍不斷在發著抖，他揚起手來，喉間不斷發出「咯咯」的聲響。

看他的情形，像是他正拼命想說些甚麼，但是卻由於心情激動，是以反倒一句話也說不出來。我連忙伸手，在他的背後，重重拍了一下。

那一拍，令得他吐出了一口濃痰，他接著吸了一口氣，罵道：「是那個王八蛋！」

我忙問：「你想起來了？」

那老翁點著頭道：「怎會忘記？金舖一定就是他放火燒掉的，只不過沒有抓到他，他……實在是一隻畜牲！」

我沒有再問下去，因爲我知道，那老翁對這人既然有著如此深切的仇恨，那不必我再問下去，他也一定會滔滔不絕，將那人的事情講出來的。

果然，他喘著氣：「先生，你應該知道牛大角，或者你不知道，你年紀還輕。」

我呆了一呆：「牛大角？那人的名字叫牛大角？」

「不是，他是牛大角手下的軍師，官兵剿山，牛大角死在機槍下，他卻逃了出來。」

我有點明白了，那個牛大角，一定是湘西山區中的土匪，而那個人，原來是土匪出身，但他做過軍師，也可能是知識分子了。

我忙又問：「他叫甚麼名字？他念過書？」

「哼，聽說還放過洋，牛大角被官兵剿死，他帶著一大批金銀珠寶逃走，後來又將造孽錢用完了，我遇到他的時候，他已窮愁潦倒，在一艘外洋船上做事，這畜牲，他窮心未退色心又起，居然追求大明星殷殷。」

我陡地一震，殷殷的確是大明星，或者說：「曾是大明星。」她紅透半邊天的時候，是在二十年前，現在，幾乎已沒有甚麼人提起她的名字了。

那老翁繼續道：「也不知道他有甚麼法道，他和殷殷還同居過一陣。」

「那麼，」我問：「他向你買那枚戒指，就是送給那位大明星的了？」

「我也不清楚，但是，他想兌回那戒指的時候，卻對我大罵殷殷，他自然被殷殷趕了出來，那畜生，我一直幫忙他，怎知他卻放了一把火，燒了我的金鋪！」

那老翁說到這裏，身子又發起抖來。

我只好安慰他：「也不一定是他放的火——」

我的話才講到一半，非但起不了安慰的作用，反倒令得那老翁聲嘶力竭地叫了起來：「一定是他，一定是這畜牲！」

他說著，又劇烈地咳起來。

我心中暗嘆著氣，同時也感到十分抱歉，那老翁現在的日子雖然過得苦，但是也很平靜，但是，我卻勾起了他的痛楚。

過了好一會，我才道：「那麼，他叫甚麼名字？」

老翁雙手緊緊地握著拳：「他叫年振強。」

我又問了最後一個問題：「他現在在甚麼地方，你可知道？」

老翁搖了搖頭，咬牙切齒：「自從金鋪被他放火之後，我就未曾再見過他。」

我站了起來，我不忍心再看那老翁那種切齒痛恨，但是卻又根本無能爲力的樣子。

我急急穿過了巷子，一直到了巷口，我才停了下來。我的收穫很大，因爲我不但知道了那人的來歷和他的姓名，而且還知道了另一個人，那是曾和這人同居過的大明星殷殷。

而更重要的是，我知道了，的確有這個人！

對於這個人以後的事，我知道得比那老翁更清楚，我知道他已經死了，是死在一個小湖之中，而且，可能被人謀殺。

本來，一件謀殺案，在經過了二十年左右的時間，再被一點一滴地揭發出來，也不算是一件甚麼特別大不了的怪事。

可是，從我知道有年振強這個人起，整件事情，充滿了怪誕莫名的氣氛，因爲，我是在一個十二歲的孩子的口中，知道這件事的，那十二歲的孩子，只不過曾跌進湖水中去而已。

一件已發生了近二十年的案子，要去追查，自然十分困難，兇手也可能早已死了，如果單單是謀殺案，我可能一點興趣也沒有，但是了解年振強這個人，對於發生在那十二歲的小孩，王振源身上的怪異莫名的事，有極大的關係。是以我非查清楚不可！

我繼續向前走去，在那一天接下來的時間中，我從各方面打聽曾是大明星殷殷的地址。

那倒並不必化大多的功夫，因爲殷殷過去，究竟是大紅特紅的明星。

而且，在查到了結果之後，也頗出我的意料之外，殷殷並沒有窮途潦倒，她現在的日子，過得很好，一個在報界服務了近三十年的朋友告訴我，殷殷現在在一個高級住宅區居住，很少露面，過著和她以前當大明星時，完全相反的平淡生活。

她那種日子，已經過了十多年，所以難怪社會已早將她遺忘了。

那位朋友查出了殷殷的地址，我決定第二天，去按址造訪，當晚，我和江建又通了一個電話，將我的調查所得，告訴了他。

江建的聲音，有點發顫，他道：「那麼，真是有鬼魂的了？」

我想了幾秒鐘，才道：「照目前的事實看來，的確有，你要不要和我一起去拜訪那位殷殷女士？」

我想，江建一定是樂於和我一起去的，但是，出乎我的意料之外，江建竟一口拒絕，甚至連考慮也沒有考慮，便道：「我不去。」

我一時之間，想不透他爲甚麼回絕得如此之快，而江建自己，似乎也感到回絕得太突兀了，是以他忙又解釋道：「我要多加注意王振源，所以……我才不想去了，你一個人也足可勝任。」

我沒有再說甚麼，而在那一剎間，我忽然感到，江建似乎正在掩飾著甚麼。

但是我又立即拋開了這個想法，因爲那是沒有道理的，如果江建是在找尋理由，特地不去見殷殷，那只有一個可能，他認識殷殷，那當然不可能，所以江建自然也不必掩飾甚麼。

我放下了電話，當天晚上，我直到深夜才睡，我翻閱了許多有關鬼魂記錄的書籍。

我對於鬼魂的研究，一向興趣濃厚，所以有關這方面的書籍，我著實收藏得不少。

我讀到了一則記載，是記載著一個英國鄉村的農夫，有一次，忽然用希臘文寫出了一首長達七十四行的詩，被懂得希臘文的神父看到了，神父大爲驚奇。

但是那農人不會希臘文，後來，經過那神父的努力，發現那農人用希臘文寫下的那首詩，幾乎和一位已故希臘詩人，十分近似，於是神父便認定，是那位希臘詩人的鬼魂，附著在那農人的身上，所以才會有那樣情形出現。

但是，何以靈魂會遠渡重洋，去附在那農人的身上，寫下了這樣的一首詩，卻也沒有進一步的解釋。

這件事，倒和我如今遇到的事，有很多相同之處，我也可能永遠找不到解釋。但是我至少也可以將這件事記載下來，我相信人類總有一天，會有能力，解釋「鬼魂」之謎的。

第二天醒來時，已是中午時分，等我吃完早餐，已經是下午一時，而我駕著車，來到殷殷的那所巨宅門外時，又是三十分鐘以後的事了。

那是一幢很華麗的花園洋房，大鐵門旁，掛著一塊銅牌，上面刻著「殷寓」兩個字，我才一下車，便聽到了一陣犬吠聲。

我來到門前，按著門鈴，犬吠聲更劇烈，我從鐵門中打量著修剪整齊的花園，看到兩條大狼狗，直衝了出來，大狼狗後面，跟著一個中年女僕。

那中年女僕來到了鐵門前，臉上一點笑容也沒有，絕沒有半絲歡迎來客的意思。她的聲音，也是平板而冷淡的，她問道：「找誰？」

我不得不裝出笑臉來：「我是報社來的，想拜訪一下殷殷女士。」

那女僕立即搖頭道：「我們小姐不見客！」

她只講了一句話，便立時轉過身去，顯得絕沒有商量的餘地，我忙大聲叫了起來，我一叫，那女僕未曾轉過身來，倒是那兩頭狼狗，突然反撲了過來，直立著，前爪搭在鐵門上，對我狺狺而吠。

我退了一步，大聲道：「你們小姐不見別人，一定會見我的，我是特別的，絕不是來騷擾她，只不過來向她問幾個問題！」

我叫得十分大聲，那女僕一定是聽到了的，可是她卻仍然繼續向前走著。

我又叫道：「你去告訴你的主人，我是某某先生，介紹來的。」

我說的「某某先生」，就是那位報界的朋友，據他說，殷殷在未曾大紅特紅之時，他曾為殷殷出了不少力，是以抬出他的名頭來，希望能見到那位過去的大明星。

我也不知道那位女僕是不是聽到了我的叫聲，因為她逕自走進了屋中，我只好等在門口，那兩頭狼狗，仍然對我吠叫著。

還好，我等了大約五分鐘，那女僕又走了回來，她叱退了那兩頭狼狗，打開了鐵門：「小姐請你進去，但是她的精神不很好，不希望你逗留太久！」

我忙閃身而進：「我明白，至多不會超過十分鐘，謝謝你！」

那女僕牽著兩頭狼狗，向前走去，我跟在後面，踏上了石級，走進了客廳，一個雍容華貴的中年婦人，正坐在一張沙發上，她向我略點了點頭：「請坐，某先生好麼？好久不見他了！」

我在她的斜對面，坐了下來，那中年婦人，自然就是多年前的大明星了。

我回答了她的問題，她才又問道：「你來，是爲了甚麼事情？」

我信口雌黃，道：「我正在撰寫一本有關電影發展的書，殷殷小姐是紅透半邊天的大明星，是以我想來請教幾個問題。」

這是一個任何拍過電影的人，都感到興趣的事，是以殷殷笑了笑，道：「請問。」

我胡亂想了一些問題，殷殷聽得很用心，也都回答了我，我假裝用心地在一本筆記本上，記了下來。

十分鐘之後，我又裝著不經意地，問出了我最想知道的問題。

我道：「殷小姐，有一個人，叫年振強，他曾和你很……接近，關於這個人，你——」

我已經盡力不顯露我是專為這個問題而來的了，可是，我的話還未曾講完，殷殷的面色，已經變得十分難看，她站起身來：「對不起，我的身體不很好，醫生要我多多休息，所以……」

她總算十分客氣，未曾直接下逐客令。

在那樣的情形下，我實在是非走不可的了！

但是，我來到這裏，一點也未曾得到我所要知道的事，怎肯離去？

我迅速地轉著念，一面仍然站了起來，然後，我才道：「殷小姐，我提起年振強這個人來，是因為我知道一件事，和他有關，而且牽涉了你在內。」

殷殷冷笑地道：「我不感興趣。」

我忙道：「是！可是我聽說，年振強的一個親人，正準備聘請律師來告你！」

那全是我胡謅出來的。

我之所以要那樣胡謅，是因為我想到，殷殷目前的生活，豐裕而平淡，過那樣生活的人，一定十分怕麻煩，於是我就故意編造一些能令她感到麻煩的事，以便引起她將更多有關年振強的事告訴我。

我那樣講了之後，殷殷果然皺了皺眉：「有那樣的事？」

我忙道：「是的，那個人說，年振強和你在一起的時候，有一筆巨款，放在你這裏。」

這一點，也是我的猜想。

但是這一個猜想，倒不是我在剎那間想出來，而是早在心中，有所懷疑的事。

因爲殷殷過去，雖然曾是大明星，可是她卻受著一家公司的合約控制，收入有限，支出浩大。而她現在的日子卻過得十分好，那一定是她曾有過一筆十分可觀的意外收入，這是原因之一。

原因之二，是我在那老翁的口中，知道年振強來到這個城市時，是帶著土匪頭子的一批財富而來的，而這筆錢，顯然後來，不在年振強的身上。

原因之三，更加明顯了，年振強決不是甚麼英俊小生，雖然他的知識程度可能相當高，但是他的行動、出言卻絕不會使女人喜歡他。

而年振強居然曾和殷殷那樣的大明星同居過，那不問可知，殷殷喜歡的，是他的錢。

有以上那三點原因，所以我才大著膽於那樣講。而在我那句話一出口之後，我知道，我的估計，不會離事實太遠！

第四部：揭破一件謀殺案

因爲我看到，殷殷的面色，在剎那之間，變得極其難看，她甚至於立時轉過頭去，不敢望我，而且她的話，也變得十分生硬。

她道：「那有這樣的事！」

我又進一步逼問道：「殷小姐，你也是湖南人吧，你知道不知道，年振強原來是湘西大土匪牛大角的車師，他是帶了牛大角的錢逃走的，我看那個親人，多半是假托的，實際上是年振強以前的土匪同黨。」

殷殷聽了我的話之後，身子又震了一下。

我又道：「如果那人循法律途徑來解決，倒還沒有甚麼，因爲他不會有證據，怕只怕他土匪的賊性不改，那多少有一點麻煩！」

殷殷突然望定了我：「你怎麼知道得那麼詳細，你認識那個人？」

我倒料不到殷殷忽然會那樣問我，但是我還是立即回答道：「我是新聞記者啊，殷小姐。」

殷殷沒有再說甚麼，她只是現出十分疲倦的神態來，揮了揮手。

而我就算再想知道多一點，也是無法再多逗留下去的了，是以我只好道：「我告辭了，殷小姐，如果我知道事情有進一步的發展，我是不是可以效勞？」

殷殷又望了我片刻，才道：「衛先生，你想不想賺一些外快？」

我呆了一呆，忙道：「你的意思是——」

殷殷道：「那人——你所說的那人，你有沒有法子，將他打發掉？」

我吃了一驚，「打發掉」這三個字，可以包括很多意思在內，甚至包括謀殺！

所以我一時之間，出不了聲，過了片刻，我才道：「殷小姐，我不明白你的意思。」

殷殷勉強笑了一笑，道：「我怕麻煩，而年振強……已經死了，我根本不想見到那人，你該明白了？」

我在那剎那間，心頭怦怦亂跳了起來。

自殷殷的口中，終於講出和年振強有關的事來了，那就是年振強已經死了，殷殷知道他已經死了，這一點，實在相當重要。

因爲直到如今爲止，別人似乎只知道年振強不知所終，大約只有我和江建兩人，才是肯定知道年振強已經死了的人。

因爲，年振強的「靈魂」，附在王振源的身上。

我當時便「哦」地一聲：「原來年振強已經死了，我還想去尋訪他哩！」

殷殷有些焦躁地道：「他早已死了！我委託你去打發那個人，不論你用甚麼辦法，只要他不來麻煩我，我就給你報酬！」

那個人，根本是我胡謅出來的。可是殷殷卻立即相信，不但相信，而且，還立即要託我這個陌生人，去打發那個人！

由此可知，她的心中十分焦急，而這種焦急，是由於她的心虛！

她爲甚麼會那樣心虛呢？自然，最大的可能是，年振強真是有一筆錢在她的手上，而她也知道年振強這筆錢的來源。

可是，我立即又想到，如果真是那樣，她也不必那麼心虛的。因爲她既然曾和年振強同居，關係密切，那麼，年振強的錢，也就是她的錢了，何必心虛？

我一步一步想下去，想到了這裏，我的心頭，不禁怦怦亂跳了起來！

而殷殷顯然不知道我在想些甚麼，她還在等著我的答覆，我好一會不出聲，她才又道：「我的報酬很豐厚，至少等於你一年的薪水！」

可是，我接下來的一句，卻是和她所講的一切，全然不相干的，我突然問道：「殷小姐，年振強是怎麼死的？」

我早已料到，我這個問題，會令得殷殷大受震動的，可是我卻料不到，她受的震動，會如此之甚！

她陡地退了兩步，身子一軟，倒在沙發上，她的神色，變得極其蒼白，她的身子也在微微發抖，過了好一會，她才掙扎出了一句話：「那……我怎知道？」

我嘆了聲：「殷小組，你雖然說不知道，可是你的神態卻告訴我，你知道的！」

殷殷的身子抖得更劇烈，她尖聲叫道：「胡說，我甚麼也不知道！」

我冷冷地道：「殷小姐，謀殺是沒有法律追究期限的，雖然事情過了很多年，但是追究起來——」

殷殷不等我講完，就尖叫了起來：「你給我滾！」

我道：「好的，我走，可是我卻會到警局去。」

殷殷一聽到「警局」兩字，立時又軟了下來，她忙道：「那對你並沒有甚麼好處，是不是？你想到哪裏去了，你以為我殺了年振強？」

我毫不掩飾地道：「是的。」

殷殷已回復了鎮定，她道：「你當然不會有證據，根本無稽之極！」

我想不到殷殷的態度，忽然之間，會變得那樣鎮定，但是，那卻證明了我的猜想是對的。她，的確是謀殺了年振強！

而她現在之所以如此鎮定，自然是因為她明知我決不可能有甚麼證據的緣故。

我冷笑著：「殷小姐，你說得對，我不會有證據，警方可能對於我的投訴，根本不理，但是有一件事，你卻非知道不可！」

我說得十分嚴重，所以令得殷殷立即向我問道：「是甚麼事？」

我先道：「就是因爲發生了這件事，所以我才知道世上有年振強這個人的！」

然後，我便將王振源如何跌進那個小湖之中，在他救了起來之後，忽然說起湘西的土語來，以及做出一些很奇怪的舉動的整件事，告訴殷殷。

我說得很詳細，也說得很緩慢。

在我開始說的時候，殷殷在不安地走來走去，而當我講到後來時，殷殷坐倒在沙發上，不斷地抹著汗，她看來像是在十分鐘之內，老了十年。

我講完了之後，她的口唇發著抖，一句話也講不出來，只是怔怔地望著我，我真怕她突然昏了過去！

她呆了好一會，忽然用一種異樣的聲音，笑了起來，她一面笑著，一面道：「現在科學如此昌明，衛先生，你還要用鬼故事來嚇我！」

我笑著：「殷小姐，第一、現在的科學還未曾昌明到確實證明鬼的不存在。第二、鬼故事是嚇不倒人的，除非那人做過虧心事！」

殷殷仍然在冒著汗，她不斷抹著汗，但忽然轉了話題：「我明白了，你剛才所說，甚麼土匪中有人要找年振強的那筆錢，全是謊言！」

我略感到一些狼狽，但是當我想到，多年前的謀殺案突然被揭發，殷殷一定比我更狼狽時，我也就泰然自若了，我道：「是的，但是現在這件事，卻一點不假。」

殷殷一點也不肯放鬆我：「你已說了一次謊，我怎知道你不會說第二次謊！」

這個外表端莊的中年婦人，竟然如此狡猾，那不禁使我的心中，十分憤怒。

我立時冷笑著：「殷小姐，我想你當年行事，一定十分機密，只怕沒有甚麼人知道年振強是在那小湖中淹死的，我知道你的心中，現在一定極其吃驚，你害怕年振強的靈魂——」

我才講到這裏，殷殷便立時尖聲叫了起來：「滾，滾，你給我滾出去！」

她的尖叫聲，引來了那女傭，和一個男僕。

殷殷喘著氣，指著我：「將他趕出去，以後再也不准他進屋子來！」

那男僕立時撩拳捋臂，向我走近來。

我冷冷地打量了那男僕一眼，我根本不想和任何人動手，我來這裏的目的已達。雖然殷殷還沒有承認她謀殺年振強，可是事情再清楚也沒有，她承認不承認，又有甚麼關係？

而且，就算她在我的面前認了，在法庭上一樣可以反悔，而我則提不出任何證據來。再說，殺人自然犯罪，但是年振強那樣的歹人，死了又算甚麼？

所以我不打算再逗留下去，我向那男僕笑了笑：「不必動手，我走了！」

天下就有那種人，我自己說要走了，那傢伙竟然以為我好欺侮，伸手向我的肩頭上推來，這一推，推得我無名火起，一翻手，抓住了他的手腕，用力一摔，將他摔得向後，跌出了好幾唲去！

他倒在地上，一時之間爬不起身來，我已大踏步地向外走了出去。

我出了門口，上了車，這件事，在查訪年振強這個人上，可以說已告一段落，因爲我無法再繼續向下查究下去，我已知道年振強死了，是被以前的大明星殷殷在那湖中謀殺的。

如果有足夠的證據，那麼這自然是一件轟動的大新聞。

可是，我卻甚麼證據也沒有。

當我駕著車離去之際，我也知道，殷殷以後的日子，絕不會好過，試想，她殺了一個人，在二十年之後，那人的「靈魂」，突然附在一個小童的身上，她絕不可能對這件事無動於衷。

而我和江建兩人要做的事，自然不再是調查年振強這個人，而是要研究年振強的「靈魂」，如果會在湖水之中「存在」如此之久，又如何會「附」在王振源的身上，那是一件怪事，我們的研究，可能一點結果也沒有，但還是非研究不可。

我駕車照著江建給我的地址去找他，他還沒有回來，他的房東，請我等一等。我等了大約二十分鐘，江建就回來。

江建像是想不到我會來找他，所以看到了我，略怔了一怔。

他將我帶進了他的房間之中，急急忙忙地道：「你去看了殷殷，結果怎樣？」

我沉聲道：「年振強的確是被謀殺的，而兇手就是殷殷，年振強好像還有一筆錢，自然，那筆錢也落在殷殷的手中了！」

江建顯得很興奮，他在房間中走來走去：「原來是那樣，她自己承認了？」

「她沒有承認，但是我可以肯定！」

我將我和殷殷談話的經過，從頭至尾，向江建講了一遍，江建用心地聽著：「衛先生，你果然了不起，十多年的懸案，被你解決了！」

我皺了皺眉：「江老師，這件懸案，我一點興趣也沒有，重要的只不過是我們證明了有年振強這個人，而且他的確是死在湖水中的。」

江建道：「是的，已證明了這一點。」

「可是為甚麼會有那樣的情形？」我說：「我們還得進一步研究！」

江建呆了半晌：「可是我們從何研究起？我們簡直甚麼也捉摸不到！」

我道：「自然從王振源著手，他今天還有甚麼奇特的表現？」

江建搖頭道：「沒有，他已完全正常了，而且，一天沒有用那種怪言語說話。」

聽得江建那樣說，我真感到十分失望，因為如果年振強的「靈魂」消失了的話，那麼我可以研究的資料，更加少得可憐了！

我只好道：「請你繼續留意王振源的情形，我準備多搜集一些資料，到英國去走一遭，那裏有一個學會，是專門研究鬼魂的。」

江建答應著，我們又閒談了一會，我就告辭離去，現在，除了等待再進一步的資料來供我研究之外，沒有甚麼別的事可做了。

我等了三天。

在這三天中，我每天都和江建通電話，但是江建的回答只是：王振源並沒有異樣表現。

我越來越是失望，因爲根據現有的那些資料，除了可以確實證明年振強的「鬼魂」曾附在王振源的身上之外，無從作進一步研究。

我趁夜晚的空閒時間，著手寫一篇有關整件事的記述，準備送到一本靈魂學雜誌上去發表。可是到了第四天早上，事情突然有了意外的發展。

那天早上，我一打開報紙，就看到一項大標題：紅星殷殷在香閨暴斃！

另外還有兩行十分奪目的副題：醫官證實死於極度恐怖，男女僕人頻聞呼鬼之聲。

我急急地去看新聞內容：「十多年前，風靡一代的紅星殷殷，息影多年，深居簡出，昨晚午夜，被發現死於居所。在死前，男女僕人，均曾聽到她連聲尖呼，然後聲音寂然，僕人曾隔門相詢，答以無事，但女僕在凌晨時分，又聽得慘叫聲，破門而入，殷殷已奄奄一息，臨死之前，猶頻頻呼鬼！」

接下來，便是記者訪問男女僕人的記錄，和那男女僕人的照片。

連我也在新聞之中，因爲那男僕顯然記得我，他向記者說出，有一個姓衛的怪訪客，在三天之前，曾經來訪，結果是給他主人下令趕出。

我看完了整版新聞，不禁呆住了作聲不得。

年振強的鬼魂，竟去殺了殷殷，報了仇！

那實在令人難以相信，但卻又是活生生的事實，令人無法不相信！

我呆了好一會，又看了其他幾張報紙，記載的都大同小異，我立時又想到，電台上可能有訪問那男女僕人的錄音，所以我忙扭著了收音機。

我守在收音機旁，等了大半小時，果然有訪問的錄音播放，先是記者訪問醫官：「請問死者是因爲甚麼原因致死的？」

「初步檢查，是受了極度的驚恐，引致心臟病發作而死的，詳細的結果，還要等進一步剖驗。」

「醫官先生，你認爲是不是可能，她是被一個鬼魂嚇死的？」

醫官的回答是：「請原諒，那不是我的工作範圍。」

接著，又訪問那女僕，那女僕的聲音，聽來很尖利，她道：「我們聽到她的尖叫聲，好像她看到了……甚麼，後來，我們隔著門問她，她說是做噩夢，後來又聽得她慘叫，我們撞了進去，她已經身子發抖，只會說，鬼啊，鬼啊，醫生來了，不知怎樣，就死了。」

記者問：「你相信有鬼？」

女僕的聲音更尖：「不管有沒有，我今天就要搬走了。」

那男僕所講的，和女僕講的差不了多少。

然後，記者又訪問一位警官，問及是不是有謀殺的跡象，那警官說：「現場一點也沒有掙扎糾纏的痕跡，但是有一扇門開著，而且，發現兩頭狼狗，在事先被人毒死，這是可疑之處。」

「是不是兇手扮鬼來行兇呢？」

「可能，但是我們至今為止，還不能斷定那是甚麼性質的案件，有可能是蓄意謀殺，也有可能是鼠輩摸入屋行竊，被事主發覺。」

「醫官說，死者是死於自然原因的。」

那警官說：「使人受到極大的驚恐，而導致死亡，雖然不必使用任何兇器，但是在法律上，也當作謀殺！」

記者又追問道：「那麼，你的意思是，有人令得死者感到極度的恐懼？」

警官對這個問題，想了片刻，並沒有正面回答：「那是我們的推測，事實上，一個人是絕少可能自己嚇自己，嚇到那一地步的。」

記者仍然追問不休：「警官先生，你認為死者在臨死之前，頻頻說著『鬼』字是甚麼意思！」

警官答道：「人在極度的驚恐中，很容易胡言亂語。記者先生，你不見得認為死者是被鬼嚇死的吧！」

那記者多少有點狼狽，他連忙道：「謝謝你接受我的訪問。」

那一次訪問，就在那樣的情形下結束了。

接下來，便是記者對死者殷殷居住的房子，內部和外部情形的描述，他描述得十分詳細，並且從那扇打開了的窗子望下去，說是就在窗子的旁邊，有著一條水管，如果由那水管攀上來，可以到達死者的臥室。

我聽到這裏，便熄了收音機。

因為我知道鬼魂是不必爬甚麼水管的，鬼魂甚至不必弄開窗子，就可以飄然進屋——雖然我未曾見過鬼魂，但是至少所有有關鬼魂的傳說，都是那樣的。

我苦笑了一下，那一定是一件無頭案子，鬼魂嚇死了一個人，警方再能幹，又有甚麼辦法查得出來？

第五部：誰是兇手

我呆了半晌，撥了一個電話到江建的學校，找到了江建，我第一句話就問道：「你看過今天的報紙了？那件兇案，你有甚麼意見？」

「我想那真是年振強的鬼魂幹的。」

「你也相信鬼魂了。」

「除了承認鬼魂的存在之外，沒有甚麼別的辦法，可以解釋！」

我苦笑著：「王振源怎麼了？有沒有甚麼奇特的新表現？」

「沒有，他好像完全恢復正常了。」

在江建那裏，我問不出甚麼，於是，我和他說著再見，放下了電話。本來，這件事情，可以說已經過去了，年振強的鬼魂，絕不會來找我，因爲那可以說是一件和我無關的事。而且，年振強的靈魂，似乎也已經遠離開王振源，我也不必再爲這孩子擔心甚麼。可是，我總感到整件事，還有一些疑點。

然而我卻只是感到這一點，一點也說不出究竟我是在懷疑甚麼。

直到第二天，我的懷疑更濃。

第二天的報上，仍然是這件奇異死亡的消息，消息報導了死者的經濟情形，死者竟一無所有，只剩下極少數的現款。

但是那女傭，卻力證死者有鉅量的現款，和大量的首飾，放在她臥室的一個秘密保險櫃之中，當警方人員打開那保險櫃之際，卻是空的。

於是，就有人揣測，死者是由於經濟拮据而自殺的，而警方仍然一點頭緒也沒有。

我看完了那些新聞，掩上了報紙，我的腦中思緒十分亂，有許多許多想法，在我腦中團團打著轉，我已經想到了一些，但是卻捕捉不到頭緒。

我開始懷疑起那是不是真是鬼魂的行為。

鬼魂去報仇，會將保險箱中的一切全帶走？自然不會！而我根本不考慮死者經濟拮据這一點，因為在她死前，我曾去見過她。我對於自己的觀察力，多少還有一點信心，我一點也看不出她有何經濟拮据之處。那麼，這件事是人幹的。

我多少有點頭緒，而且，我也突然想到了我最早起了懷疑的一點，那是因為太巧了，年振強的鬼魂為甚麼不遲不早，恰好在我拜訪了死者，肯定年振強是死在殷殷之手之後，才去找殷殷報仇？

而且，我又立即想起了我懷疑的第二點，年振強鬼魂的存在，是要通過另一個人的身體而表現出來的，就算承認了鬼魂的存在，也不可能有年振強形象的出現，既然沒有年振強形象的出現，何以殷殷會叫嚷有「鬼」呢？殷殷一定曾看到了甚麼，她看到的，自然是年振強所以才會嚇成那樣。

警方說臥室中一點沒有掙扎的痕跡，而保險箱中的東西卻不見了，自然是殷殷一看到了年振強，心中發虛，自願獻出來的。而年振強早已死了，即使承認鬼魂的存在，他的鬼魂也不可能形成一個形象，出現在殷殷面前。

當我想到這一點的時候，我本來是坐著的，但是卻直跳了起來！

我找到問題的焦點了！

那便是：有人知道了殷殷心理上的弱點，所以扮成了年振強，出現在殷殷的面前。而那人的目的，當然是爲了那一大筆現款和首飾。這個人，不但知道殷殷心理上的弱點，知道殷殷曾經殺過年振強，而且還知道年振強有一筆可觀的錢財，留在殷殷那裏！

當我想到了這一點時，我整個人僵立著，因爲適合這個條件的人，似乎就是我！

我知道年振強有錢留在殷殷處，知道殷殷殺了年振強我最可能成爲假扮年振強，嚇死了殷殷的人。但是我卻可以肯定我自己未曾做過，我甚至絕不懷疑我有可能在夢遊病中做過那樣的事。那麼，除了我之外，還有甚麼人呢？

江建！

我突然想起了江建的名字，我知道的，他也全知道，不是我，就一定是他！

我又坐了下來，再度感到紊亂，江建，整件事，全部從他那裏來的，如果不是他告訴我有那件奇事，我根本不認識王振源，也不知道世上有年振強這個人！

而且，我也想起，當我想和江建一起去見殷殷時，他的神態十分特別，那是爲甚麼？爲甚麼他不去見殷殷？

我並沒有想了多久，就有了頭緒。

江建現在在學校，但是我卻趕到他的家中去，我匆匆出了門，來到他家門口，按了鈴，他的房東認識我，開門讓我進去。我表示我是和江建約好了的，在他的房間中等他。可是房東卻道：「江老師一定忘記了，他這兩天，都鎖住了房門！」

我心中一動：「他以前是不鎖的？」

「是啊，從來不鎖，」房東回答：「我可以替他打掃房間。」

我取出了一串鑰匙來：「不要緊，他記得房間是鎖著的，所以他給了我鑰匙。」

江建自然沒有給我任何鑰匙，但是我卻有三柄百合匙，要打開江建房門的那種鎖，實在太容易了。

房東也沒有疑心，我輕而易舉，用百合匙打開了房門，走了進去，我將門關上，江建的房間很凌亂，他寧願不要房東收拾房間，而要將門鎖上，自然有原因，那原因只可能有一個：就是在他的房間中，突然多了一些不想被人家看到的東西。

我開始在他的房間中搜索起來，不到十分鐘，我就在衣櫥的下面，拉出了一隻沉重的箱子，一打開那隻箱子，當我提起了上面的幾件衣服之後，我不由自主，吸進了一口氣。箱子裏全是鈔票，而且，全是大額的鈔票。

看來，當年年振強帶來的財富，真還不少，經過了那麼多年的花用，還有那麼多餘下來！

我又在箱子中找到了一包首飾，然後，我合上箱蓋，將箱子放在原來的地方。

我打了一個電話給江建，告訴他，我在他的家中等他，有一點要事和他商量，請他立時回來。江建在半小時之後，衝進了房間來，他的面色十分難看，瞪著我：「你是怎麼進來的？」

我笑了笑：「打開門，我自然進來了！」

他迅速地向衣櫥看了一眼，我又道：「不必看了，我已經搜出了一切，只不過我又照原來的情形放好了它，江建，你是年振強的甚麼人？」

我那個問題，是如此突兀，令得江建的臉，在剎那之間，成了死灰色，他身子發著抖，道：「你……你怎麼知道的？」

「那是我的猜想。」我回答。那的確是我的猜想，而且我還沒有足夠的證據來證實我的猜想，我只不過是懷疑而已。

我懷疑江建和年振強有關係的起點，是因爲他不肯和我一起去見殷殷。而當我發現了那一箱鈔票之際，我更知道了扮成了年振強去嚇殷殷的就是他。那就引起了我進一步的思疑，殷殷竟然被他假扮的年振強嚇死，那他一定扮得十分之像，而如果他不是熟悉年振強的話，怎可能扮得像年振強？在我來說，我就不知道年振強是甚麼樣子！

所以，我才突然那樣問了江建一句，而江建的反問，已表示我的猜測沒有錯！

江建的面色，變得十分蒼白，他的身子，也在微微發著抖，他無助地垂著手，口唇哆嗦著，可是卻又一句話也講不出來。

我望了一會：「慢慢來，別急，將你要說的話，慢慢說出來。」

江建的臉色，由白而紅，他突然脹紅了臉叫：「我沒有殺死她，她是自己嚇死的，那完全不關我的事！」

我搖了搖頭：「你對我那樣說，一點用處也沒有，法官和陪審員是不是會接受你那樣的解釋，大有疑問。」

他的臉色又變得蒼白：「你……要將我交給警局？你……不會吧。」

我攤開雙手：「還有甚麼辦法？」

他突然拉住了我的手臂，用力搖著：「她是一個殺人兇手，她是謀財害命的兇手，你知道，那是你告訴我的。」

我點了點頭：「是——」可是我根本沒有再說下去的機會，他又急急地道：「而我只不過假扮了被她害死的人，去索回被她謀去的財物，她一見了我，就自願將所有的財物都給我，她自己打開保險箱，然後，我離去，她死了，那樣，難道我也有罪？」

我對法律不是十分在行，江建的那種情形，是不是有罪，我自然難以回答。

我呆了半晌，又將問題回到最初的時候來：「你是年振強的甚麼人？」

江建頹然坐了下來，他低著頭，用沉緩的聲音道：「他是我的叔叔。」

我望著他，在聽到了他那樣的回答之後，我的心中，不禁升起了一股極度的憤怒，那種怒意，任何人發覺自己被人玩弄之後，都會產生。江建是年振強的姪子，那麼，他自然也是湘西人，他完全懂得那種土語，可是他卻裝得完全聽不懂那種話，來戲弄我！

我更進一步想到，自始至終，整件事，都是他安排的圈套！

我惡狠狠地盯著他：「江建，你是一個卑劣的騙徒，大卑劣了！」

江建不敢抬起頭來，他頭壓得更低：「請原諒我，我只不過想明白我叔叔究竟是怎樣死的，當時，我實在太年幼了。」

我厲聲道：「甚麼意思？」

江建道：「當我叔叔和那女明星同居的時候，我也寄居在她家裏。」

江建道：「有一天，他們出去時，說是到那個小湖去玩，可是我叔叔卻沒有回來，她只告訴我，我叔叔已在湖中淹死了！」

我難過得講不出話來，我自然不是爲了年振強的死而難過，我是難過我自己，竟如此輕而易舉，就被人愚弄了一大場。

整件事，全是江建的圈套！

江建總算再抬起頭來，向我望了一眼，但是他一看到我滿面怒容的樣子，立時又低下頭去。他繼續道：「當晚，她就將我趕了出來。除了叔叔之外，我一個親人也沒有，我只好去做小叫化子，後來總算有人肯收留我做學徒，我自己再奮發讀書，總算未曾被社會吞沒。」

我仍然不出聲，江建苦笑道：「像我那樣的情形，在我長大了之後，我想調查我叔叔當年的死因，不是自然而然的事麼？」

我冷冷地道：「說下去！」

江建嘆了一聲：「我久聞你的大名，我又沒有錢去請私家偵探調查這件事，而且，事情相隔得太久遠了，普通人未必調查得出，我想，只有利用一件稀奇古怪的事，才能引起你調查的興趣！」

我冷冷地道：「於是，你就製造了王振源跌進湖水去的那個故事。」

「不，不，王振源真是跌進了湖水之中，我在將他救了起來之後，才突然有了靈感，我知道當年我叔叔淹死的小湖，就是那一個，所以我才教王振源做一些古怪的行動，叫他講幾句那種難懂的土語，假作是靈魂附體，要你去調查這件事。」

我感到了一陣昏眩！原來王振源的怪異舉動，自他口中講出來的湘西土語，全是江建教他的！而我卻還一本正經，在研究靈魂的存在，已經寫好了大綱，準備寫一篇詳詳細細的文章，送到一個專門研究靈魂存在與否的雜誌上去發表！

大約由於我的面色十分難看，所以江建雙手搖著，好像想阻擋我去打他一樣。過了好一會，我才道：「那麼，那卷錄音帶上的話，也全是你自己說的了。」

「是……的，我只記得叔叔本來很有錢，可是他的錢，突然間不知道到甚麼地方去了，那天他怒氣衝回來，大罵那金舖，又大罵那個女人，我恰好走到他的身邊，他還重重打了我一巴掌，所以我記得十分清楚。」

我慢慢地站了起來，突然一轉身，重重擊在一張書桌上，令得桌面的東西，全都震得跳了起來，江建嚇得瞪大了眼，我道：「江建，你利用我去調查年振強的死因，既然知道了結果，爲甚麼不報警？」

江建結結巴巴地道：「報警沒有用，因爲事情過去太久了，我在你那裏，確實知道了我叔叔是被謀殺的，化了三天時間準備，化裝成我叔叔的模樣，半夜偷進了她的臥房之中，她一看到，就幾乎昏了過去！」

我冷笑著，江建急急忙忙地爲他自己辯白：「我就問她，吞沒了的錢在哪裏，她自動打開保險箱，將一切都搬了出來，還求我饒她，我根本沒有再做甚麼，帶著錢就走，直到第二天看報紙，才知道她已經死了，她是被自己當年的虧心事嚇死的！」

我又是半晌不出聲。

我有理由相信江建的話，殷殷不是江建殺死的，因為當男女僕人衝進房去的時候，殷殷還沒有斷氣，她還在不斷地叫著：「鬼！鬼！鬼！」

後來，自然是因為她驚恐過度，心臟不勝負荷，所以才死了。

江建的話，也不無道理，殷殷如果不是當年做了虧心事，她不會死。年振強是一個土匪頭，他死有餘辜，殷殷是一個謀殺犯，也死不足惜。

江建可說無辜，雖然他從頭至尾在利用我，但是他如果被控謀殺的話，那麼他這一生就完結了。

我在他的房間中，踱來踱去。

江建一直望著我，我心中固然恨他，但是卻也不想毀了他。

江建看到我不出聲，他苦笑了一下：「衛先生，如果你一定要將我交給警方，那麼，我對你還有一個要求，請你在法庭上，將你的調查所得，殷殷當年是如何謀殺年振強的事講出來。」

我道：「就算我講了出來，你一樣有罪！」

江建苦笑著：「那總比較好些，事實上，我的罪名只不過私自入屋而已，如果不是她殺了年振強，看到假扮的年振強，何必害怕？」

我又呆了半晌，才道：「那筆錢，你準備要來，作甚麼用途？」

江建黯然道：「本來，我準備用那筆錢，來建造一所貧民中學，因爲我絕不能忘記我自己讀中學時，那種困苦的情形。現在，自然不能達到這目的了。」

我嘆了一聲，在那剎間，我改變了主意，我伸手在他的肩頭上拍了拍：「好，去實現你的志願吧，我們算是從來也不相識的好了！」

江建陡地抬起頭來，望住了我，張大了口，一句話也講不出來。而我連望也不向他多望一眼，拉開門，就向外走去，我出了那幢屋子，急速地向前走著。

我之所以突然改變了主意，道理實在很簡單，正如江建所言，他在法律上所難以洗脫的罪，其實只是私自入屋而已。至於一個狡猾的殺人犯，因爲他的出現而嚇死，那豈是他的的責任？那狡猾的殺人犯，已經活得太久了！而還有一點很主要的，是我深信江建真的會用那筆錢去建造一所貧民中學，這總也是一件好事。是不？

陽光照射著我的眼，使我的眼睛，有些刺痛，我低著頭，向前疾走著。

整件事，好像是一個偵探故事，而並沒有甚麼科學幻想成分，面對於靈魂的存在與否，一點結論也沒有，實在抱歉得很。

但是，記述這個故事，也不是全無意義的。

這個故事和大多數與鬼有關的事相類，以發現鬼作祟爲開始，但是在經過了深入的調查之後，卻發現作祟的不是鬼，而是人。

正因爲那一類的事很多，所以有很多人就認爲，鬼是不存在的，根本沒有靈魂，就算有鬼魂，鬼魂也不能做出任何事來等等。

這種結論，自然不對，除非所有有關鬼魂的事，都經查明由人作怪，那才可以得出如此的結論，可是事實上，並不如此，有很多有名的鬼魂活動的記載，都證明並不是人在作怪，而的的確確，是由一種不知何來，無影無蹤的力量造成，這種力量，由於人類對之還一無所知，稱之曰「鬼魂」，不亦宜乎？

對於鬼魂的傳說，古、今、中、外，都盛傳不衰，如果實際並不存在，而能被傳說如此之久，那倒也真是一件怪事了。

或者有人問，既然你堅信「鬼魂」的存在，那麼，爲甚麼不寫一個鬼魂的故事，而寫了一個偵探故事呢？我只好苦笑，因爲人類科學太淺薄了，淺薄到了對「鬼魂」可稱一無所知的地步，淺薄到了想幻想一下，「鬼魂」究竟是甚麼東西的最起碼根據也沒有！

但是，見過鬼的人卻著實不少，包括我自己在內，其中有些是不可靠的，有些是可靠的，有機會時，當選擇其中可靠的幾則，記述出來，頗有趣味。

當然，那是日後的事了。

（完）

後記

連續寫了好幾篇科學幻想小說，由於是用第一人稱來寫的緣故，收到不少讀者來信，問「究竟是真的還是假的」。這其實是根本不必回答的一個問題，各位讀者以爲是不？有的以爲這幾篇小說的想像力太豐富了，有些「離題」。實在我的想像力是十分平凡的，世上有些事情，其不可思議處，的確遠在這幾篇小說之上。例如印度有一處地方，有一次山石崩瀉，大小石塊傾坍而下，有一塊大石，在落到一座小廟的頂上時，並沒有將小廟砸碎，而是突然停頓不動了，大石離廟頂五公分左右，完全懸空，就此定著不動，受著許多人的膜拜，認爲這是「神」的力量，那究竟是甚麼力量？沒有人知道。

世上不可解釋的異事太多了，這說明地球上人類的知識，人類的科學，實在還在一個十分幼稚的階段，人甚至連自己的人體構造，也還未弄全弄清楚呢！

而在無邊無涯的太空之中，在千萬億的星球上，若說沒有別的高級生物在，那是絕對不可能的事，地球人到如今爲止，連離得自己最近的月亮都未曾到達。

試想，一個一生未邁出家門一步的人，有甚麼資格去否定門外的一切呢？

再後記：寫這篇小說的時候，人類還未登陸月球。現在，總算已登上月球了，但也不過踏出了家門一步而已。

又再後記：重新再校訂，又過去了足足八年，在這八年之中，人類對太空的探索，似乎乏善足陳，希望以後的八年，打破這種局面。

一九七八・六・一

一九八六・八・十八

倪匡珍藏限量紀念版 5

衛斯理傳奇之蜂雲

作者：倪匡
發行人：陳曉林
出版所：風雲時代出版股份有限公司
地址：10576台北市民生東路五段178號7樓之3
電話：(02) 2756-0949　　傳真：(02) 2765-3799
執行主編：朱墨菲
美術設計：許惠芳
行銷企劃：林安莉
業務總監：張瑋鳳
出版日期：2023年3月倪匡珍藏限量紀念版一刷
版權授權：倪匡
ISBN ：978-626-7153-76-5
風雲書網：http://www.eastbooks.com.tw
官方部落格：http://eastbooks.pixnet.net/blog
Facebook：http://www.facebook.com/h7560949
E-mail：h7560949@ms15.hinet.net
劃撥帳號：12043291
戶名：風雲時代出版股份有限公司

風雲發行所：33373桃園市龜山區公西村2鄰復興街304巷96號
電話：(03) 318-1378
傳真：(03) 318-1378
法律顧問：永然法律事務所 李永然律師
　　　　　北辰著作權事務所 蕭雄淋律師

行政院新聞局局版台業字第3595號 營利事業統一編號22759935

定價：340元　

國家圖書館出版品預行編目資料

衛斯理傳奇之蜂雲 ／ 倪匡著. -- 三版. --
臺北市：風雲時代出版股份有限公司，2022.11
面；公分　倪匡珍藏限量紀念版

ISBN 978-626-7153-76-5（平裝）

857.83　　　　111018519